더 뉴 게이트

13. 이세계의 배움터

THE NEW GATE
더 뉴 게이트

13. 이세계의 배움터

카자나미 시노기 지음
Illustration 반파이 아키라
김진환 옮김

라루나

목차

「THE NEW GATE」 세계의 용어에 관해

● 능력치

LV: 레벨
HP: 히트 포인트
MP: 매직 포인트
STR: 힘
VIT: 체력
DEX: 기술
AGI: 민첩성
INT: 지력
LUC: 운

● 거리·무게

1세메르 = 1cm
1메르 = 1m
1케메르 = 1km

1구므 = 1g
1케구므 = 1kg

● 화폐

쥬르(J): 500년 뒤의 게임 세계에서 널리 통용되는 화폐.
제일(G): 게임 시대의 화폐. 쥬르보다 10억 배 이상의 가치가 있다.

쥬르 동화(銅貨) = 100J
쥬르 은화(銀貨) = 쥬르 동화 100닢 = 10,000J
쥬르 금화(金貨) = 쥬르 은화 100닢 = 1,000,000J
쥬르 백금화(白金貨) = 쥬르 금화 100닢 = 100,000,000J

● 육천의 길드하우스

1식 괴공방 데미에덴(통칭: 스튜디오)『검은 대장장이』 신 담당
2식 강습함 세르슈토스(통칭: 쉽)『하얀 요리사』 쿳쿠 담당
3식 구동 기지 미랄트레아(통칭: 베이스)『금색 상인』 레드 담당
4식 수림전 팔미락(통칭: 슈라인)『푸른 기술사(奇術士)』 카인 담당
5식 혼란 정원 로메눈(통칭: 가든)『붉은 연금술사』 헤카테 담당
6식 천공성 라슈감(통칭: 캐슬)『은색 소환사』 캐시미어 담당

뮤 해밀
16세. 드래그닐. 엘쿤트 마법 학교의 학생. 3인 파티의 돌격대장.
기안 엘멘트
17세. 드래그닐. 엘쿤트 마법 학교의 학생. 방패와 창으로 균형 있는 전투를 한다.
바르간 록
55세. 드워프. 엘쿤트의 유명한 대장장이. 『강철 모루』라는 공방을 운영한다.
룩스리아
433세. 죄원의 악마중 하나인 「음욕의 악마」. 엘쿤트 마법 학교의 보건교사.

주요 등장인물
렉스 어바인
78세. 엘프. 엘쿤트 마법 학교의 학생. 3인 파티의 리더.
히라미
148세. 픽시. 엘쿤트 마법 학교의 학장. 신과 같은 전 플레이어.
슈니 라이자
521세. 하이 엘프. 신의 서포트 캐릭터. 500년 동안 신을 기다려왔다.
신
본작의 주인공. 21세. 하이 휴먼. 온라인 게임에서 이름을 떨친 최강 플레이어. 데스 게임 클리어 후 500년 뒤의 게임 세계로 차원 이동되었다.

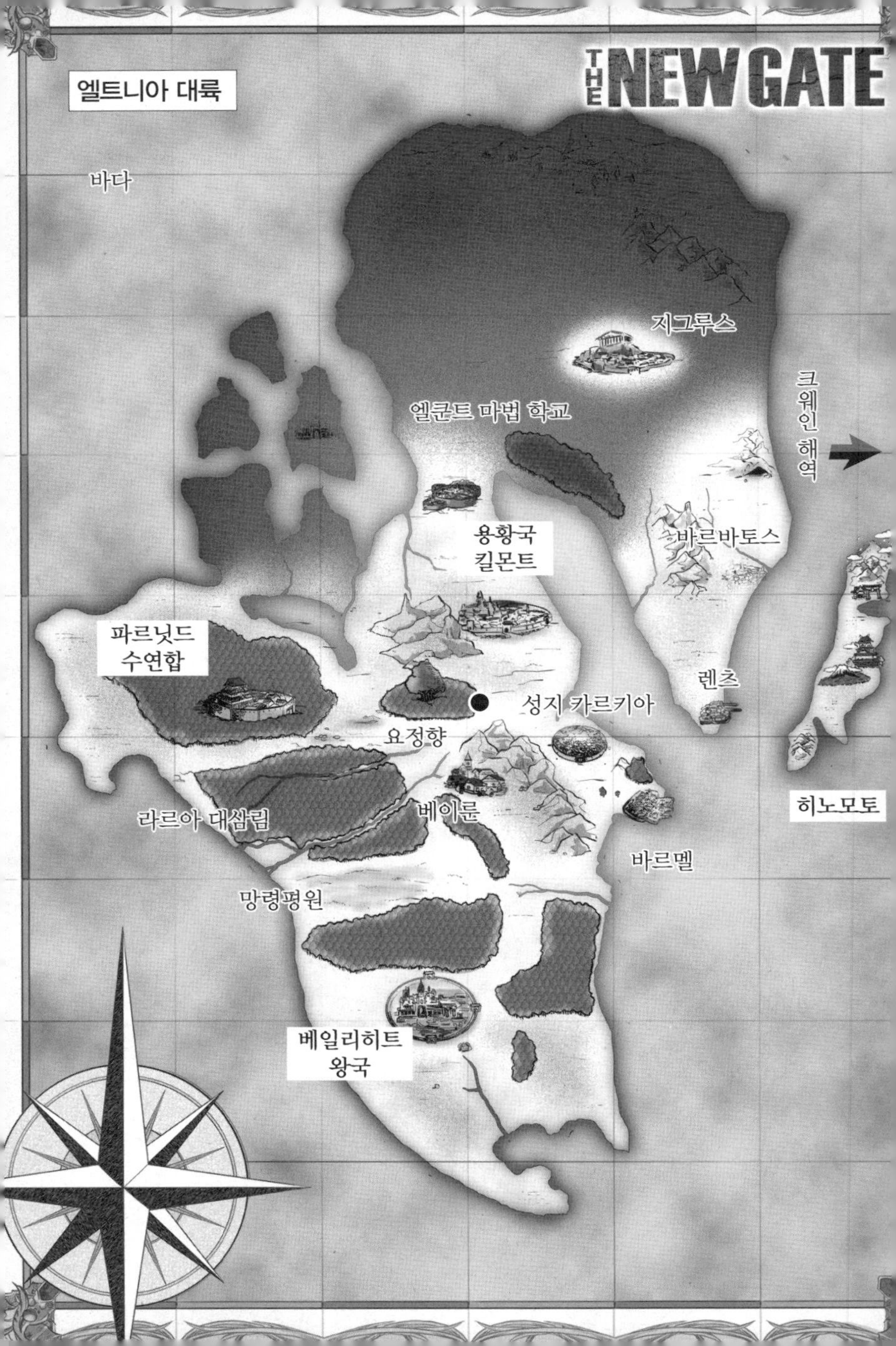
THE NEW GATE
엘트니아 대륙
바다
지그루스
크웨인 해역
엘쿤트 마법 학교
용황국
킬몬트
바르바토스
파르닛드
수연합
렌츠
성지 카르키아
요정향
히노모토
베이룬
라르아 대삼림
바르멜
망령평원
베일리히트
왕국

주종 관계를 뛰어넘어

Chapter 1

신은 지하의 숨겨진 던전에서 사신 아듀트로포스와의 싸움에서 승리했다. 무사히 슈니를 구출했지만 던전에 설치된 전송 마법진이 발동되었다.

두 사람은 동료들과 떨어져 낯선 장소로 강제 전송되고 말았다—.

신이 처음으로 느낀 것은 품안의 부드러운 감촉이었다.

다음으로 누군가의 숨결과 체온이 느껴졌고 잠시 뒤에는 좋은 냄새가 코를 간지럽혔다.

"서로 떨어지진 않았나 보군."

신은 주변에 적대 반응이 없는 것을 확인하고 자신이 끌어안고 있던 슈니에게 말했다. 자신의 품에 슈니가 없었다면 어땠을지 상상조차 하기 싫었다.

"네…… 여기는 동굴……인 걸까요?"

"그런 것 같아. 대충 살펴봐도 아래쪽과 위쪽 모두 길이 있는 것 같아. 가깝진 않지만 무언가가 움직이는 반응도 있어."

【매직 소나(마력파 탐지)】로 동굴 구조를 조사한 신은 한꺼번에 움직이는 몇 개의 반응을 감지했다. 작은 그룹은 하나, 많

은 그룹은 여섯 개의 반응이 한데 뭉쳐 있었다.

"몬스터일까요?"

"여기가 또 다른 던전이라면 모험가일 수도 있겠지. 파티 최대 인원이 여섯 명이잖아."

다만 고블린이나 코볼트처럼 무리를 지어 다니는 몬스터도 있어서 단언할 수는 없었다.

방금 의식을 회복한 상태였기에 신은 만약의 사태에 대비해 슈니에게 『엘릭서(만능 회복약)』를 먹이고 쉬게 했다.

그사이 신은 주변을 경계했다.

"이제 괜찮아? 어디 안 좋은 덴 없어?"

"괜찮아요. 갇혀 있었던 것뿐이라 대미지도 입지 않았는걸요. 걱정이 너무 심한 것 아닌가요?"

"어쩔 수 없잖아. 이제는 예전 같은 관계가 아니니까."

"아…… 네. 그랬……죠."

신의 고백을 떠올렸는지 슈니의 말소리가 작아졌다. 뺨은 붉게 상기되어 있었다.

"……미안해요. 5분만 더 진정할 시간을 주세요."

"알았어."

신은 양손으로 얼굴을 감싸는 슈니가 사랑스럽다고 생각하며 다시 주변을 경계했다.

아무 일 없이 5분이 지나자 슈니가 몸을 일으켰다.

"많이 기다리셨죠? 이제는 괜찮아요."

“그런 것 같네. 그리고 이제는 좀 더 편하게 이야기해도 돼.”

“아니요. 이건 습관 같은 거라서요.”

기본적으로 모든 사람에게 같은 말투였기에 그에게 거리를 두는 것은 아니라고 한다.

“하지만…… 그래요. 가끔은 좀 더 편한 말을 써도 괜찮을지 모르겠네요.”

“뭐, 천천히 바꿔가면 되지. 어쨌든 슬슬 상황부터 파악해 보자.”

신과 슈니는 의식을 전환했다.

장비와 능력치에는 이렇다 하게 달라진 점이 없었다. 그들을 날려 보낸 것이 단순한 전송 마법이라면 특별한 문제는 없을 것이다.

『신, 어디 있어?』

“응?”

일단 다른 동료들에게 연락해봐야겠다고 신이 생각했을 때 마침 머릿속에서 유즈하의 목소리가 들렸다.

『동굴 같은 곳에 와 있어. 사신은 쓰러뜨렸고 슈니도 원래대로 돌아왔어. 그쪽은 어때?』

『티에라와 카게로우, 슈바이드가 같이 있어.』

『심해 고성』에서 성장했기 때문인지 이제는 티에라를 함부로 부르고 있었다.

그런 유즈하의 말에 따르면, 그들은 현재 어딘지 모를 숲에 있다. 숨겨진 던전의 전투에서 피해를 입은 사람은 없었기에 위험하진 않다고 한다.

『그랬구나. 무사해서 다행이야. 서로 현재 위치가 파악되면 다시 연락하자. 슈바이드도 심화는 할 수 있으니까 유즈하는 이쪽으로 올래?』

『지금은 됐어. 신하고 슈니, 한동안은 단둘이 있어. 유즈하도 눈치 없는 여우는 아냐.』

신의 머릿속에 의기양양해하는 유즈하의 표정이 떠올랐다.

본인이 괜찮다고 했기에 유즈하를 소환하진 않기로 했다.

"심화인가요?"

"응, 슈바이드하고 티에라, 유즈하, 카게로우가 함께 있는 것 같아. 필마와 세티에게도 연락해볼게."

신은 슈니에게 유즈하와 대화한 내용을 알려준 뒤 필마에게 심화를 신청했다. 몇 초 뒤에 필마의 목소리가 들려왔다.

『네, 네. 신이 연락해온 걸 보면 사신은 쓰러뜨렸나 보네?』

『응, 슈니도 무사해. 지금 같이 있어. 넌 세티하고 같이 있는 거야?』

『응, 어떻게 알았어? 나하고 세티는 어딘지 모를 해안에 와 있어.』

필마는 특색 있는 것이 아무것도 보이지 않아서 어디로 날아왔는지 모르겠다고 말했다.

신은 나머지 일행도 무사하다는 것을 알려주고 위치가 파악되면 연락하라고 말한 뒤 심화를 끊었다. 그리고 묵묵히 기다리던 슈니에게 파티 멤버들의 상황을 전했다.

"다들 무사했군요. 안심이 되네요."

"쉽게 당할 녀석들도 아니잖아. 자, 지금부터 어떻게 할까?"

신과 슈니라면 자력으로 전송 마법을 사용할 수도 있었지만 사신에 의해 전송된 곳이 어디인지 궁금했다. 그래서 신은 합류를 조금 미루는 대신 각자 주변을 조사해보자는 뜻을 필마와 유즈하를 통해 다른 동료들에게도 전달했다.

"그러면 우리도 여기가 어딘지 확인해보자."

"네. 일단 위쪽으로 가봐야겠네요."

그곳은 흙과 바위로 이루어진 동굴이었다. 상식적으로 생각했을 때 출구가 있다면 위쪽일 것이다.

"—어, 몬스터 반응이 있어."

【매직 소나】로 동굴을 꼼꼼히 확인하며 나아가던 두 사람의 전방에 몬스터의 반응이 있었다. 숫자는 하나였다.

"홉 고블린이네요. 여기에 서식하는 걸까요?"

"여기가 던전일 수도 있겠지. 그런데 이쪽 세계에선 던전 외부의 몬스터들이 안으로 들어오는 경우도 있는 거야?"

게임 시절에는 이벤트의 일환으로 던전에서 몬스터가 쏟아져 나오는 경우도 있었다. 반면 몬스터들이 자발적으로 던전에 들어가는 현상은 없었던 것이다.

"있어요. 새로 생겨난 던전 근처에 강력한 몬스터가 있어서 던전 보스를 대신하는 경우도 봤는걸요."

"몬스터가 던전을 빼앗을 수도 있는 거구나."

돌발적으로 생겨나는 던전은 보스도 무작위였기에 그런 일이 가능하다고 한다. 무슨 원리인지는 슈니도 모르는 것 같았다.

"홉 고블린의 레벨은 51이네. 특별히 이상할 건 없군."

신은 당당하게 홉 고블린의 정면으로 다가갔다. 발소리를 숨기려 하지도 않았기에 홉 고블린도 금방 눈치챈 것 같았다.

"akdoubnoaeaura·, lsa!"

홉 고블린은 알아들을 수 없는 말을 외치며 정면으로 돌격해왔다. 양손으로 치켜든 강철 장검이 희미하게 빛을 냈다. 스킬을 사용한 것이리라.

"……평범하군. 스킬도 【슬래시】인 걸 보면 역시 특별한 던전은 아닌 건가?"

신은 고블린이 휘두른 검을 한 손으로 잡아내며 무방비 상태의 복부를 주먹으로 가격했다.

그렇게 강하게 때린 것도 아니었지만 주먹에 맞은 홉 고블린은 강하게 튕겨 나가더니 잠시 신음한 끝에 생명의 불꽃을 꺼트렸다.

"어라? 이런 식으로 사라지는 건……."

소멸해가는 홉 고블린을 보며 신의 뇌리에 무언가가 떠올랐다.

이 세계에서는 던전 내에서 쓰러진 몬스터는 일정 시간이 지나야 소멸한다. 하지만 방금 상대한 홉 고블린은 HP가 0으로 떨어지는 것과 동시에 몸이 연기로 변했다.

이것은 게임 시절에 신도 경험해본 어떤 던전의 특징이었다.

"여기는 트레이닝 던전인지도 모르겠어."

"초심자도 안전하게 드나들 수 있는 그 던전 말인가요?"

"맞아, 저런 식으로 특이하게 사라지는 건 트레이닝 던전의 몬스터뿐이야. 새로운 스킬을 시험할 때마다 자주 드나들었으니까 잘못 본 건 아닐 거야."

트레이닝 던전은 아바타 조작이 미숙하거나 새로운 스킬을 시험해보고 싶어 하는 플레이어를 위해 따로 마련된 던전이었다.

몬스터의 능력은 그대로지만 대미지를 적게 입는 대신 획득 경험치도 적었다. 죽어도 얼마든지 부활할 수 있는 반면 험난한 함정도 설치되어 있어, 던전 공략을 안전하게 훈련하기 위해 찾는 사람들이 제법 많았다.

"그렇다면 여기는 엘쿤트일 수도 있겠네요."

"엘쿤트?"

"국경의 구분 없이 학생들을 모집하고 학문 연구와 보급에 힘쓰는 나라예요. 대륙 중앙에서 북서쪽으로 살짝 치우친 곳에 위치하고요. 트레이닝 던전이 확인된 유일한 국가니까 이곳은 엘쿤트일 가능성이 높을 거예요. 물론 아직 확인되지 않은 트레이닝 던전도 있을 수 있지만요."

"그렇구나. 난 아직 그런 정보에 어두우니까 슈니가 함께 있어서 다행이야."

친절하게 알려주는 슈니에게 감사를 표하며 신은 전방을 주시했다.

"……그러고 보니 아직도 힘을 완전히 해방한 상태였군."

신은 몇 걸음 걸어가다가 홉 고블린의 몸이 고무공처럼 튕겨 나갔던 것을 떠올렸다. 사신(邪神)과 싸울 때 모든【리미트】를 해제했기에 가벼운 공격에도 엄청난 위력이 실린 것이다.

힘을 제어하는 것엔 익숙했지만 예기치 못한 사태가 발생할 수도 있었기에 신은 다시 능력치 제한을 걸어두기로 했다.

"이곳으로 날아온 것에 특별한 의미라도 있는 걸까요?"

"글쎄. 숨겨진 던전에서 이동되는 장소는 무작위라고 들었는데, 그냥 우연이겠지."

신은 사신의 의도가 무엇인지 전혀 알 수 없었다. 하지만 굳이 짐작해본들 억측에 지나지 않았기에 더 이상은 생각하지 않기로 했다.

"뭐, 어쨌든 여기는 위험한 장소도 아니고 탈출 제한도 없을 거야. 편하게 나가자."

출현하는 몬스터와 함정을 보면 두 사람의 현재 위치는 트레이닝 던전의 초입 부분 같았다.

초입 부근에서는 강한 몬스터가 나타나지 않는 것이 던전의 법칙 중 하나였다.

100레벨을 위한 던전과 200레벨을 위한 던전은 초입부터 등장하는 몬스터가 당연히 다르며, 같은 종류라도 레벨에서 차이가 난다. 그러나 두 자릿수 레벨의 적들만 출현하는 곳에서 신과 슈니가 고전할 만한 사태가 벌어질 리는 없었다.

"우선은 어느 정도 주변을 경계하면서 여기서 나가야겠지. 최단 경로로 가자."

【매직 소나】를 통해 출구로 {보이는} 장소까지의 경로는 파악해두고 있었다.

다만【매직 소나】는 지하에서 지상으로 향하는 지형 조사에 약했기에 그 길이 맞다고 단언할 수는 없었다. 지상에서 지하로 내려가거나 지상만 혹은 지하만 조사하는 데 특화된 스킬이었다.

설령 길이 막혀 있더라도 지도 작성이 자동으로 이루어지고 있기에 왔던 길을 헤맬 일은 없을 것이다.

"—이 앞에서 누가 싸우고 있어."

아무런 방해도 받지 않고 걸어가던 신 일행의 전방에서 몇 개의 반응이 포착되었다. 마크의 움직임을 봐서 세 사람이 몬스터에게 포위된 것 같았다.

아마 몬스터 하우스 같은 함정을 무심코 발동시켰거나 트레인 현상이 일어난 것이리라.

몬스터 하우스란 플레이어가 던전 내의 밀폐된 공간 안에 갇힌 상태에서 대량의 몬스터가 출현하는 함정이다. 플레이어의 기량이 따라와 준다면 경험치를 획득할 좋은 기회지만 중과부적으로 당하는 사례가 대부분이었다.

트레인이란 플레이어가 몬스터로부터 도망치다 다른 몬스터가 연쇄적으로 유인되어 엄청난 숫자에 쫓기는 현상을 말한다. 따돌리지 못할 경우는 마찬가지로 당할 수밖에 없다.

마크의 움직임만으로 정확한 판단을 내리긴 어렵겠지만 그다지 좋은 상황은 아닌 것 같았다.

"탱커가 열심히 어그로를 끌고 있는 것 같아. 하지만 저런 상태면 탱커와 딜러의 구분이 사라지겠군……. 일단 잘 대처하고 있는 것 같아. 괜히 다른 모험가들 일에 끼어들었다간 문제가 생길 수 있으니 들키지 않도록 접근해서 확인해보자."

"그게 좋겠네요. 위험한 상황이면 개입하실 건가요?"

"위험하면 구해야지. 하지만 조금이라도 수상하면 그러기 힘들 거야."

냉정한 말이지만 최악의 경우는 못 본 체 지나갈 수도 있었다.

고의로 트레인을 일으켜 상대를 몰아넣은 뒤 죽이는 소위 MPK—몬스터 플레이어 킬이라 불리는 수법이 존재하기 때문이다.

이 세계에서는 왕족, 귀족 같은 특권 계급 내의 다툼이 끊이지 않았다. 신은 그런 문제에 절대 끼어들고 싶지 않았다.

따라서 몬스터 뒤에 숨어 암살 기회를 노리는 자들이 있을 경우는 굳이 돕지 않고 지나칠 생각이었다.

이곳이 정말 트레이닝 던전이라면 HP가 0까지 떨어지더라도 죽음은 피할 수도 있었다.

"좋지 않군."

【은폐】 스킬로 모습을 감추고 나아간 신의 눈앞에서 몬스터와 모험가로 보이는 사람들의 공방전이 펼쳐지고 있었다. 상대는 고블린의 상위 종인 레드 캡이었다.

2메르에 이르는 거구에 피로 얼룩진 낡은 모자를 쓰고 있다. 손에 든 이 빠진 도끼에는 검붉은 피가 들러붙어 있었다.

고블린으로 분류되지만 웬만한 오우거보다도 강한 몬스터였다. 평균 레벨은 200이었지만 그들 앞에 있는 개체는 222로 조금 높은 편이었다.

"『영광의 낙일』 이후로 오랜만에 보는데 전투 방식은 달라지지 않은 것 같네요."

레드 캡은 사냥감을 괴롭히는 습성이 있었다. 플레이어 사이에서는 트라우마 제조기로 통했고 어느 정도 강해지기 전까지는 절대 접근하면 안 된다는 충고를 자주 들을 수 있었다.

벽을 타고 올라간 곳의 탁 트인 공간에서 레드 캡 무리를 상대하는 것은 아직 앳된 소년소녀들이었다.

장비는 나름 잘 갖추고 있었지만 레벨이 100 전후였기에, 선정자가 아니라면 전혀 승산이 없는 상황이었다. 원래대로라면 이미 숫자에 압도당해 쓰러졌을 것이다.

하지만 눈앞의 세 사람은 달랐다.

창을 든 소년이 밀려드는 적들에게 돌격해 레드 캡 몇 마리를 한꺼번에 날려버렸다. 그로 인해 생겨난 공간에 격투용 장갑을 낀 소녀가 내려서서 더욱 큰 피해를 주었다. 공격을 마친 소녀가 즉시 뒤로 물러나자 그곳에 지팡이를 든 소년의 마법 공격이 쏟아졌다.

신이 처음 발견했을 때만 해도 포위당한 상태였던 세 사람은 어느새 적의 공격 방향을 제한하기 위해 벽을 등진 채 이동하는 중이었다.

"전투 방식이 나쁘지 않고…… 주변에 사람의 반응도 없군. 뭐, 괜찮겠지. 슈니는 창 쓰는 녀석을 회복시켜줘. 체력 소모가 꽤 심해. 난 레드 캡을 청소할게."

"알겠습니다."

창을 든 소년은 탱커로서 적의 주목을 계속 끌었던 것이리라. HP가 3분의 1 이하로 떨어진 소년을 슈니에게 맡기고 신은 레드 캡을 향해 뛰며 땅을 박찼다.

신의 눈앞에서 레드 캡에게 붙잡힌 소녀가 이 빠진 도끼에

당하기 직전이었다. 벗어나려고 발버둥을 쳐보지만 여러 마리의 레드 캡에게 붙잡힌 탓에 꿈쩍도 하지 않았다.

하지만 그런 상황에서도 레드 캡 몇 마리를 때려눕히는 것을 보면 일반인은 아닌 것 같았다. 완전한 상태였다면 이 정도로 위기에 놓이지는 않았을 것이다.

"끔찍한 광경은 딱 질색이야."

신은 『카쿠라』를 실체화하며 소녀에게 쇄도하는 레드 캡 무리를 향해 뛰어들었다.

그리고 소녀가 피해를 입지 않도록 조절하면서 『카쿠라』를 휘둘렀다.

통로 전체가 적들로 꽉 찬 상황이었기에 단 한 번의 공격만으로 열 마리가 넘는 레드 캡이 날아갔다.

"……어?"

자신을 제압하던 레드 캡들이 허공으로 솟구치는 것을 보고 소녀가 얼빠진 소리를 냈다. 레드 캡 무리가 붉은 탁류라면 신은 검은 태풍이었다.

무수히 흩어지며 허공으로 솟구치는 레드 캡 무리는 바람에 날리는 나무 부스러기 같았다.

"난 적이 아니니까 공격하진 말라고."

신은 몸을 일으킨 소녀에게 말한 뒤 『카쿠라』를 쥔 손에 힘을 모았다.

한 번, 두 번, 그리고 세 번의 공격.

통로를 가득 메우던 레드 캡의 숫자가 순식간에 줄어들었다.

슬쩍 슈니 쪽을 돌아보자 그녀도 소년들을 지켜내며 춤추는 듯한 움직임으로 레드 캡 무리를 찢어발기고 있었다.

신처럼 바람과 충격으로 날려버리는 것이 아니라 냉기로 얼려서 움직임을 제한하며, 소년들에게 접근하기도 전에 섬멸하고 있었다.

그녀는 신의 『카쿠라』와 마찬가지로 원래 애용하는 무기보다 몇 단계 낮은 얼음 속성 단검 『빙화(氷華)』를 사용하고 있었다.

단검의 궤적을 따라 공중에서 얼음 꽃이 춤을 추었다. 찬란히 빛나며 레드 캡을 해치우는 슈니는 싸우고 있다는 것을 인식하지 못할 만큼 몽환적으로 아름다웠다.

"이걸로 마지막!"

신은 하나 남은 레드 캡과의 거리를 좁히며 『카쿠라』를 내리쳤다.

레드 캡은 손도끼로 방어 자세를 취했지만 중량급 무기인 『카쿠라』 앞에서는 무의미한 행동이었다.

신이 완력으로 휘두른 『카쿠라』는 손도끼를 부러뜨린 뒤, 날이 없음에도 불구하고 레드 캡의 몸을 두부처럼 베어냈다.

비스듬하게 베인 몸체의 윗부분이 천천히 미끄러져 내렸다. 내장이 튀어나오기도 전에 레드 캡의 몸은 소멸되었다.

"좋아, 전투 종료."

"저, 저기!"

"응?"

주변에 몬스터 반응이 없는 것을 확인한 신이 그렇게 선언하자 주저하는 목소리가 그에게 말을 건넸다.

신이 고개를 돌리자 레드 캡에게 포위당했던 소녀가 서 있었다. 장비는 조금 망가졌지만 대미지는 적은 것 같았다. HP도 80퍼센트 이상 남아 있었다.

붉은 머리는 어깨 위까지 내려왔고 이마에는 머리띠를 두르고 있었다. 상체에는 도복 느낌의 방어구를 걸치고 하체에는 레깅스를 입은 모습이었다. 무기는 격투용 장갑과 각반일 것이다. 『권투사』인 듯했다.

머리 양옆에서 뒤쪽으로 솟은 붉은 수정 같은 뿔과, 꼬리뼈 근처에서 뻗어 나온 붉은 비늘의 꼬리를 보면 소녀가 드래그닐이라는 것을 금방 알 수 있었다.

"위험할 때 구해주셔서 감사합니다!"

"아니, 우리도 사정이 있어서 그런 거니까 신경 쓸 것 없어."

신은 『카쿠라』를 카드로 되돌리며, 기세 좋게 고개를 숙인 소녀에게 말했다.

자신들이 고전하던 상대를 순식간에 해치웠기 때문인지 소녀의 주황색 눈동자가 호기심에 반짝거렸다.

"이봐, 뮤. 아무리 우릴 구해줬다지만 경계심을 쉽게 풀면 안 되지!"

신이 사정을 설명하려던 찰나, 슈니에게 치료받던 소년이 경계하는 자세를 취하며 소리쳤다.

짙은 푸른색 머리카락과 붉은 눈동자를 가진 소년이었다. 금속 갑옷과 카이트 실드를 장비하고 손에는 철창을 들고 있었다. 다만 카이트 실드와 갑옷은 여기저기가 움푹 파이고 너덜너덜했다. 창도 끝이 무뎌져 있었다.

신을 바라볼 때 눈이 부자연스럽게 빛난 것을 보면 마안 계열 스킬을 사용한 것 같았다. 종족은 뮤라고 불린 소녀와 동일한 드래그닐이었다.

크게 소리쳐서 자신에게 주목을 집중시킨 뒤 스킬을 사용한 것은 제법 괜찮은 판단이었지만 신과 슈니의 저항력 앞에서는 아무 효과도 발휘하지 못했다. 힘의 차이가 너무나도 컸던 것이다.

"렉스도 마찬가지야. 이 사람들은 교원 표를 달고 있지 않아. 우리 학교의 교사가 아니라고!"

뮤, 렉스와 달리 이 푸른 머리 소년은 신과 슈니를 끝까지 경계하고 있었다.

자신들을 구해준 두 사람이 학교 소속이 아니라는 것을 바로 알아채고 경계한 것은 나쁜 판단이 아니었다.

그리고 그의 말을 통해 이곳이 학교 소유의 공간임을 알 수 있었다.

"생명의 은인에게 주먹을 쥘 수는 없어!"

"잘난 척하지 마! 저 녀석들이 우리 편이라는 증거가 어디 있어?!"

"두 사람 다 너무 흥분했어. 좀 진정해."

신과 슈니를 무시한 채 언쟁하던 두 사람을 렉스가 말렸다. 그는 마법사인지 갈색 로브와 구부러진 나무 지팡이를 들고 있었다. 귀가 긴 것으로 봐서 종족은 엘프였다.

"이 사람들에게선 나쁜 의도가 느껴지지 않아. 게다가 아무리 저항해본들 우리에겐 승산이 없어. 아니, 10메르도 도망치지 못할걸. 기안도 저 사람이 싸우는 걸 봤잖아. 그리고 여기 있는 여성분도 보통 사람은 아냐."

렉스는 푸른 머리 소년—기안 못지않게 상황을 냉정하게 판단하고 있었다. 뮤는 그런 렉스의 말을 듣고 허리에 손을 얹으며 자신만만하게 웃어 보였다.

"맞아! 도우려 했지만 도울 틈이 없었는걸!"

어째서 뮤가 이렇게 기뻐하는 건지는 알 수 없었지만 렉스가 저항하지 말라고 말한 이유는 간단했다.

신과 슈니는 단독으로 몬스터들을 섬멸할 수 있다는 것을 보여주었다. 그것도 호흡 하나 흐트러뜨리지 않으면서 말이다. 세 명의 소년소녀들과는 명백히 차이가 나는 전투 능력이었다.

“어쨌든 우리는 너희를 해칠 마음이 없어. 사정을 설명할 테니 이야기를 들어주지 않겠어?”

신이 카드로 되돌린 『카쿠라』를 품에 집어넣자 기안도 마지못해 가까이 다가왔다. 다만 표정만큼은 여전히 불만스러웠다.

“우선 구해주신 것에 감사드리고 싶습니다. 저는 렉스 어베인. 저희 파티의 리더입니다. 저기 있는 드래그닐 여자아이가 뮤 해밀이고, 조금 무례하게 굴었던 남자아이가 기안 엘멘트입니다.”

“잘 부탁합니다!”

“……흥.”

뮤는 기운차게 인사했지만 기안은 여전히 못마땅한 눈치였다.

“내 이름은 신이고 이쪽은 유키야. 다른 동료들도 있지만 던전에서 보스를 쓰러뜨린 뒤에 각자 다른 곳으로 순간 이동되었거든. 솔직히 말하면 이곳에 온 지 얼마 되지 않아서 여기가 어디인지도 잘 모르겠어.”

슈니라는 이름을 밝혔다간 여러모로 귀찮아질 수 있었기에 지금은 가명을 쓰기로 했다. 이미 이들을 도우러 오기 전부터 금발에 붉은 눈으로 변장을 해둔 상태였다.

안심시키려는 듯이 웃어 보이는 슈니를 보고 렉스와 기안은 넋을 잃고 있었다.

신이 쓴웃음을 지으며 말을 건네자 그제야 퍼뜩 정신을 차린 모양이었다. 신은 얼굴을 붉히며 사과하는 렉스에게 괜찮다고 말해준 뒤 자신들이 이곳에 오게 된 경위를 자세히 설명했다.

"전송……이군요. 던전 보스를 쓰러뜨리면 발동되는 함정 중에 그런 게 있었나 보네요."

"보스를 쓰러뜨릴 정도로 강한 건가! 신 씨는 굉장한 사람이군!"

"……."

이야기를 들은 세 사람 중에서 렉스와 뮤는 감탄하는 반응을 보였다. 렉스는 지적 호기심, 뮤는 강자에 대한 동경심으로 이유는 각자 달랐지만, 두 사람 모두 신의 말을 의심하는 것 같지는 않았다.

기안이 뭔가 반박하지 않을까 싶었지만 입을 꾹 다물고 있을 뿐이었다.

"어쨌든 밖으로 나가고 싶은데, 안내를 부탁해도 될까? 우리끼리 나갔다간 소동이 일어날지도 몰라. 그리고 너희도 그런 장비로 던전을 더 공략할 생각은 없을 것 같은데."

렉스와 뮤는 몰라도 기안의 장비는 수선은커녕 새로 사야 할 만큼 심하게 손상되어 있었다. 신은 그들이 이대로 계속 진행하기는 힘들 거라는 생각에 그런 제안을 한 것이다.

돌아가는 길에 방금 전 같은 몬스터들이 출현하면 신과 슈니가 상대하겠다는 약속도 해두었다.

"그게 좋겠네요. 저희도 현재 완전한 상태라고 할 수 없고, 던전 사이를 강제적으로 이동시키는 함정에 대해서도 보고해 둬야 할 것 같습니다. 함께 가시죠. 다만 두 분은 일단 경비병들에게 인계될 겁니다. 이곳의 규칙이다 보니 따라주셔야만 합니다. 물론 저희를 구해주신 사실과 두 분의 사정은 저희도 이야기해두겠습니다. 경비병분들은 다들 이성적이니까 부당한 일을 당하시진 않을 겁니다."

트레이닝 던전도 몬스터가 출현하는 것은 마찬가지였기에 입구에 실력 있는 경비병이 상주하는 모양이었다.

피치 못할 사정이 있었던 만큼 불법 침입으로 억울한 처벌을 받지는 않을 거라고 렉스가 말했다.

"별수 없지. 최대한 원만하게 해결되면 좋겠지만 말이야."

【은폐】 스킬로 밖으로 나갈 수도 있었겠지만 렉스 일행과 이미 만난 이상 선택의 여지가 없었다. 그리고 학교에 제대로 이야기해두지 않으면 신 일행의 차후 행동에도 지장이 생길 수 있을 것이다.

"그럼 가시죠. 기안은 걸을 수 있겠어?"

"……괜찮아. 회복되었으니까."

갑옷이 망가질 만큼 상당히 강한 공격을 받아냈던 기안은 조금 비틀거리면서도 자신의 다리로 똑바로 서 있었다. 슈니의 회복 스킬이라면 팔다리가 잘려나가도 완전히 회복할 수 있다.

“그렇게나 얻어맞았으면서, 기안은 튼튼하군.”

“적의 주의를 끈 거라고! 그리고 그 몬스터들도 그렇게 강하게 공격하진 않았어. 저기 있는 유키…… 씨가 사용한 【힐(HEAL)】의 위력도 내가 아는 것과 차원이 달랐고.”

기안은 분한 표정을 숨기지 못하며 뮤의 말에 반박했다.

레드 캡은 자신보다 약한 상대를 괴롭히는 특징이 있었다. HP가 가장 높은 상대부터 노리는데, 일격으로 쓰러뜨릴 수 있을 때도 굳이 힘 조절을 하는 것이다.

그런 전투 방식을 역이용해서 함정에 빠뜨리는 방법도 있었지만 렉스 일행은 거기까진 생각하지 못한 듯했다.

“신 씨와 유키 씨는 고(高)랭크의 모험가인 건가요?”

신은 그렇게 물어보는 뮤에게 모험가 카드를 보여주었다.

“일단은 A랭크야. 뭐, A랭크가 된 이후로 모험가 길드에서 의뢰를 받은 적은 없지만 말이지.”

“A랭크라……. 그래서 그렇게 강했던 거군!”

아하하 하고 웃는 신에게 뮤는 이제야 납득이 간다는 듯이 대답했다. 그러자 렉스가 무심결에 끼어들었다.

“아니, 아니, 그런 식으로 납득해버리면 이상하다고, 뮤.”

“뭐가 이상하지? 모험가는 강할수록 랭크가 높다고 들었는데?”

“그건 B랭크까지야. A 이상으로 올라가려면 길드나 국가에 대한 공헌도나 인격 등등, 전투력 외의 요소도 평가되거든. 아무리 강해도 난폭한 성격이라면 A랭크는 되지 못해.”

“그러면 신 씨는 강하면서 좋은 사람이라는 얘기군!”

“……뭐, 틀린 말은 아닌 것 같은데.”

뮤는 깊이 생각하지 않는 편인지 이번에도 납득했다는 듯이 고개를 끄덕였다. 그와 동시에 신을 바라보는 눈빛도 더욱 초롱초롱해졌다. 하지만 이런 일이 평소에도 흔했는지 렉스는 쓴웃음을 지으며 그녀의 말에 동의할 뿐이었다.

이렇게 되자 신도 바르멜을 습격한 몬스터 무리에 뛰어들어 해치웠다는 말은 절대 할 수 없었다.

“그러면 단숨에 1층까지 가겠습니다. 저기 있는 마법진 위로 올라가 주세요.”

게임 시절의 트레이닝 던전에는 전에 내려갔던 층까지 단숨에 이동할 수 있는 직통 전송 장치가 있었다. 렉스가 말한 마법진도 그것을 가리키는 것이리라.

“제가 먼저 가서 사정을 설명하겠습니다.”

전송 마법으로 1층으로 돌아오자 렉스는 빛이 스며드는 출구를 향해 먼저 뛰어나갔다.

남겨진 뮤는 신에게 열심히 말을 걸고 있었다. 좋아하는 스포츠 선수를 만난 열성 팬 같았다.

반면 기안은 거의 말이 없었다. 다만 시선은 자주 슈니를 좇았다.

밖에 도착하자 갑옷을 입은 인물 세 명이 렉스와 함께 그들을 기다리고 있었다. 통일된 디자인의 갑옷에는 마법 부여까지 걸려 있었다. 경비를 담당하는 사람들답게 레벨도 전원이 200 이상이었다.

"사고로 여기에 날아왔다는 게 당신들입니까?"

"네. 보스 토벌과 동시에 발동되는 함정이었던 것 같은데, 동료들은 다른 곳으로 날아갔습니다. 가까이 붙어 있어서인지 저희 둘만 같은 장소로 오게 됐고요."

"동료분들과 연락이 되신 겁니까?"

"원거리에서 메시지를 주고받을 수 있는 아이템을 던전에서 발견했는데 그걸 사용했습니다. 모두가 무사하다는 건 확인했지만 일회용 아이템이라 이제 거의 다 써버렸네요."

"그렇군요. 대략적인 사정은 알겠습니다. 자세한 이야기를 듣고 싶으니 따라와 주십시오."

경비병 중 한 명이 렉스 일행과 동행하고 나머지 두 명이 신과 슈니의 앞에 서서 걷기 시작했다.

렉스 일행은 눈치채지 못했지만 동행하는 경비병 외에도 여러 개의 반응이 신과 슈니 주위를 둘러싸고 있었다. 두 사람을 상당히 경계하는 모양이었다.

그들이 안내받아 간 곳은 경비병들의 대기소였다. 건물 자체가 강화되어서 내부에서 난동을 피워도 쉽게 무너지지 않게 되어 있었다. 지하에도 공간이 있었는데, 만약 신과 슈니가 위험인물로 간주된다면 그곳에 갇히게 될 것이다.

대기소 안의 좁은 방에 안내된 신과 슈니는 자세한 사정을 설명했다. 담당자는 처음 그들에게 말을 건넸던 경비병이었는데 이름은 베르만이었다.

"—협조에 감사하네. 던전에서 던전으로 전송되다니, 자네들도 꽤나 진귀한 체험을 했군."

"전송되면서 흙 속에 파묻히진 않아서 다행이죠."

"운도 실력일세. 그런데 마지막으로 한 가지만 확인하고 싶군. 자네들이 공략했다는 던전은 어디지? 앞으로도 자네들처럼 전송되어 오는 사람들이 있다면 상응하는 대책을 세워야만 하네."

"저기, 그거라면 걱정할 필요는 없을 겁니다."

"어째서지?"

신이 단호하게 말하자 베르만이 눈을 가늘게 뜨며 되물었다.

"그 던전은 저희가 전송될 때 저절로 무너져버렸거든요. 저도 무너지는 걸 분명히 봤고 저희 동료들이 던전이 사라졌다는 걸 확인했습니다."

이것은 다른 동료들과 마찬가지로 차오바트에게 연락했을 때 알게 된 사실이었다.

몬스터 상대로도 적용될지는 몰랐지만 시험 삼아 메시지 카드를 사용해보니 제대로 보낼 수 있었다.

차오바트의 말에 따르면, 밖으로 도망친 사신과 함께 던전 전체가 날아가버렸다. 신은 사신의 마지막 자폭이 도망치기 위한 최후의 수단이었음을 그제야 깨달았다.

신이 '무너졌다'고 표현한 것은 드래곤이 브레스로 날려버렸다고 말해봐야 믿어줄 것 같지 않았기 때문이다.

"그렇군. 우리나라에 불법 침입하는 수단으로 사용되는 걸 막으려 했는데, 이미 소멸해버렸다면 문제는 없을 테지."

"저희를 믿어주시는 겁니까?"

"자네들이 불법 침입자라면 학생들을 구해줄 필요는 없었겠지. 굳이 주목을 끄는 첩보원은 없지 않겠나."

"뭐, 맞는 말이군요."

베르만의 말을 곧이곧대로 받아들일 만큼 신은 순진하지 않았지만, 사실은 의심하고 있지 않느냐는 말을 굳이 하고 싶지도 않았다.

사정 청취가 끝나자 베르만은 신과 슈니를 소파와 테이블이 놓인 응접실로 안내했다. 학교에서 응답이 올 때까지만 이곳에서 기다려달라는 이야기였다.

신도 특별히 불만은 없었기에 잠시만 기다리기로 했다.

『우릴 경계하는군.』

『완전히 믿는 것 같진 않았으니까요. 그렇다고 강한 의심을 품은 것 같지도 않네요.』

신은 심화로 대화를 나누며 자연스럽게 주변을 둘러보았

다. 방 주변에서는 던전에서 나왔을 때보다도 많은 반응들이 느껴졌다.

신 일행의 행동은 학교에 숨어들어 나쁜 짓을 하려는 것과는 거리가 멀었다. 사정 청취 때 거짓말을 둘러대지도 않았기에 아직까지 판단에 어려움을 겪는지도 몰랐다.

한 시간 정도 기다렸을 때 경비병과 다른 복장을 한 몇 사람이 베르만과 함께 응접실 안으로 들어왔다.

"응?"

신은 들어온 이들의 선두에 선 인물이 왠지 모르게 낯익었다. 하지만 닮은 사람일 수도 있었기에 일단【애널라이즈】로 확인해보았다.

―【히라미 레벨 255 마법사】

"역시 히라미였군!"

"……?! 저, 저기, 혹시 정말로 신 씨인가요?"

무심결에 말을 꺼낸 신에게 대답한 것은 앞장서서 걸어오던 픽시 여성이었다.

"그래, 오랜만이야. 그래, 너도 이쪽에 와 있었구나."

데스 게임 시절에 신과 몇 번 정도 교류가 있었고, 마지막에는 자신보다 약한 아이들을 지키기 위해 희생한 소녀. 그것이 신이 아는 히라미였다.

비취색 머리카락과 눈동자를 가진 픽시로, 마사카도라는 이름의 드래그닐 소년과 파티를 맺고 다니던 것이 아직도 기

억에 남아 있다.

신의 눈앞에 있는 히라미는 그가 기억하던 모습에서 성장해 완전한 성인 여성이 되어 있었다.

"마사카도는 함께 있지 않은 거야?"

"지금은 잠깐 밖에 나가 있어요. 하지만 어째서 신 씨가—."

"대화 중에 죄송합니다. 두 분, 아니 세 분은 서로 아는 사이신가요?"

뒤에 있던 한 여성이 신과 히라미의 대화에 끼어들었다.

"아아, 미안. 에헴, 신 씨. 저는 이곳 엘쿤트 마법 학교의 학장을 맡고 있어요. 이쪽은 부학장인 리시아예요."

리시아가 끼어든 뒤에야 모두의 시선이 자신에게 집중된 것을 알아챈 히라미가 자세를 바로 하며 말을 이어나갔다. 신의 기억 속에서 히라미는 계속 어린 모습으로 멈춰 있었지만 그것도 이제 과거의 이야기인 듯했다.

신이 히라미라는 것을 바로 확신하지 못했던 것도 신이 기억하는 것보다 훨씬 성숙했기 때문이었다. 헛기침을 한 뒤, 자신을 학장이라 소개하는 히라미에게서는 신이 알던 소심한 모습을 전혀 찾아볼 수 없었다.

"다시 한번 자기소개를 하죠. 저는 신이라고 합니다. 그리고 이쪽은 파티 멤버인 유키고요."

"유키라고 합니다."

슈니가 가볍게 목례하자 히라미 뒤에 있던 남성 교원들이 술렁거렸다.

"보고서는 읽어보았습니다. 타국의 공작원일지도 모른다고 생각했지만 괜한 걱정이었던 것 같아 안심이네요."

"학장님?!"

"괜찮습니다. 신 씨라면 이 정도 일로 화를 내진 않으실 테니까요."

의심했다는 사실을 히라미가 노골적으로 밝히자 리시아가 당황하며 말렸다.

하지만 히라미는 그런 잔소리는 아랑곳하지 않고 큭큭 웃을 뿐이었다. 신도 왠지 옛날로 돌아간 것 같은 기분이 들어서 히라미와 마주 보며 작게 웃었다.

"리시아. 미안하지만 다른 사람들은 학교로 돌려보내 줘. 지금부터는 되도록 적은 인원만 나눠야 하는 이야기가 될 테니까."

"대체 무슨 일인가요?"

"여러모로 확인해야 할 일이 있어. 신 씨, 사정을 듣는 데 리시아를 동석시켜도 될까요? 이래 봬도 환생 보너스를 갖고 있고 입도 무거워서 믿을 만한 사람이거든요."

어째서 신이 이곳에 있는지, 대체 무슨 일이 있었는지, 히라미에게는 묻고 싶은 일이 잔뜩 있을 것이다.

그것을 묻는 과정에서 신이 하이 휴먼이라는 사실을 언급하지 않을 수는 없었다. 그런 정보를 알려줘도 될 만큼 리시아를 신뢰하는 모양이었다.

"다른 데서 이야기하지 않는다고 약속해줄 수 있지?"

"물론이죠. 리시아도 알겠지?"

"아—네."

진지한 눈빛으로 히라미가 바라보자 리시아가 마른침을 삼키며 대답했다.

"그러면 먼저 나부터 이야기하고 싶은데, 한 가지만 확인할게. 리시아 씨는 플레이어에 대해 어디까지 알고 있지?"

"데스 게임……이라는 것이 있었다고 학장님께 들었습니다. 학장님은 그곳에서 한 번 죽었다는 이야기도요."

리시아는 모험가들이 흔히 언급하는 선정자였다. 하지만 플레이어는 아니었다.

히라미와는 벌써 100년 넘게 알고 지낸 사이였고 플레이어에 대한 것, 데스 게임에 대한 것, 죽은 사람이 이 세계에 오게 된 것 등 대부분의 정보를 이미 알고 있는 듯했다.

"거기까지 알고 있다면 쉽게 이야기할 수 있겠군. 나도 히라미와 같은 플레이어야. 여기 있는 유키는 서포트 캐릭터라고 이야기하면 알려나?"

"네. 플레이어에 의해 창조된 인간을 말하는 거죠? 저희 세계에서는 다들 평범한 사람으로 살아가고 있으니까 특별하게 생각할 필요는 없겠죠."

"그렇다면 다행이고. 아, 그리고 유키라는 이름은 가명이고 본명은 슈니 라이자야."

"【애널라이즈】를 오인시키는 스킬을 갖고 계신가 보군요. 그건 그렇고 슈니 라이자라니……. 위대한 업적을 이룬 인물의 이름을 자식에게 붙여주는 경우야…… 아니, 잠시만요. 위인의 이름을 자식에게 붙여주는 일은 엘프들 사이에선 금지되어 있어요. 그런데도 그 이름을 갖고 계시다는 건……."

진지하게 이야기를 듣던 리시아의 표정이 점점 딱딱하게 굳어갔다.

히라미는 특별한 반응을 보이지 않았다. 신의 지인들 사이에서는 그의 필두 서포트 캐릭터로 유명했기 때문이다. 게임 시절에는 지인 외에도 아는 사람이 있을 정도였다.

그런 히라미 옆에서 리시아가 "……본인이신가요?"라고 작게 중얼거렸다.

"정체를 숨기기 위해서였지만 방금 전에는 가명으로 소개하는 실례를 범했네요. 다시 인사드릴게요. 슈니 라이자라고 합니다."

"……."

슈니가 변장을 풀고 리시아에게 진짜 모습을 보여주었다. 그것을 본 리시아는 할 말을 잃고 입만 뻐끔거릴 뿐이었다.

"리시아. 그렇게 얼빠진 모습을 보여서야 되겠어?"

"아, 네. 실례했습니다."

슈니는 완전히 긴장해버린 리시아에게 괜찮다고 말해주며 다음 이야기를 시작했다. 던전에 들어갔던 목적과 그곳에서 순간 이동된 경위를 자세히 설명하자 히라미와 리시아도 진지한 얼굴로 생각에 잠겼다.

"기억을 잃게 만드는 사신……. 그 일족이 아직 생존해 있을 줄이야……. 게다가 하멜른까지……."

"이름과 종족밖에 알려지지 않았지만 대륙 전체에 지명수배된 중범죄자잖아요."

한 나라를 괴멸한 적도 있다는 하멜른의 이름이 나오자 지금까지의 들뜬 분위기가 순식간에 가라앉았다. 히라미와 리시아는 학생들의 안전을 염려하는 책임자다운 표정을 지었다.

"데스 게임 때도 그 녀석을 쓰러뜨리느라 고생했거든. 이쪽 세계에선 사람 찾는 일이 쉽지 않잖아. 게다가 그 녀석은 숨는 게 특기고."

이번 기회에 해치우고 싶었지만 현실적으로 쉽지는 않았다. 문제의 근원을 없애기보다는 문제가 발생할 때마다 대처해나가는 수밖에 없는 셈이다.

"아무리 고민해봐야 답이 안 나올 테니 이 이야기는 이쯤 해두죠. 그런데 신 씨는 앞으로 어떻게 하실 생각이에요? 동료들과 합류하실 건가요?"

"아니, 다른 동료들이 여기에 와주기로 했어. 뭐랄까, 나름대로 배려해준 거지."

유즈하가 그랬던 것처럼 필마 역시 신과 슈니가 단둘이 보낼 시간을 마련해준 것이다.

"그렇다면 한동안은 여기에 머무르시겠네요?"

"그래, 그럴 생각이야. 언제까지 있게 될지는 모르지만 말이지. 뭐, 다들 모이려면 일주일은 넘게 걸릴 거야."

"그렇다면 꼭 부탁드릴 일이 있어요!"

히라미는 신과 슈니가 오래 머물 거라는 말을 듣자마자 앞으로 몸을 쭉 내밀었다.

"학장님. 설마 그 일을……?"

"그래, 리시아. 신 씨라면 예기치 못한 사태가 생기더라도 괜찮을 거야."

히라미는 신이 즉시 떠날 예정이라고 대답하면 동료와 합류해서 다시 엘쿤트로 와달라고 부탁할 생각이었다고 한다.

"공교롭게도 귀찮은 일은 사양하고 싶은데 말이지."

모처럼 유즈하까지 자신들을 배려해준 상황에서 문제에 휘말릴 수는 없었다.

"어떻게 안 될까요? 반나절도 걸리지 않을 거예요. 이야기만이라도 들어주실 수 없을까요?"

히라미가 이렇게까지 진지하게 나오자 신은 한숨을 쉬며 이야기를 들어보기로 했다. 학생들의 안전과 관련된 일이라면 마냥 거절할 수도 없었기 때문이다.

히라미의 부탁은 엘쿤트 마법 학교의 보건 교사와 회담하는 자리에 동석해달라는 것이었다. 그 보건 교사가 위험하지 않은지 신의 의견을 듣고 싶다고 했다.

"보건 교사가 위험하다고? 대체 무슨 일이 있었길래 그런 말이 나오는 거야?"

학교에서는 전투 훈련도 행해지기 때문에 부상자가 많다는 이야기는 뮤에게서 들은 적이 있었다. 이곳의 보건실은 현실 학교의 보건실보다도 학생들에게 친숙한 장소일 것이다.

그곳을 담당하는 보건 교사가 위험인물이라는 것은 아무래도 기묘한 이야기였다.

"사실 그 보건 교사는 몬스터거든요."

"몬스터? 협력 캐릭터 같은 녀석이라면 게임 시절에도 있었잖아."

몬스터는 기본적으로 쓰러뜨려야 하는 대상이다. 하지만 그중에는 사람들과 적대하지 않고 퀘스트의 힌트를 주거나 일시적으로 파티에 참여해서 함께 싸워주는 몬스터도 있었다.

시련을 준다면서 플레이어와 싸우고, 힘을 증명하면 보상으로 아이템을 주는 엘레멘트 테일이 그 대표적인 예였다.

"아니요, 게임 시절에는 완전히 적으로 등장했어요. 물론 적대해야 하는 상대와 협력하는 내용의 이벤트도 있었지만, 거기에 해당되는 몬스터도 아니고요."

“그 몬스터의 이름이 뭔데?”

“일곱 죄원의 악마 중 하나인 음욕(淫欲)이에요. 지금은 룩스리아라는 이름을 쓰고 있죠.”

“악마가 보건 교사를……. 아아, 그렇군. 그 녀석들은 최종적으로 인간의 모습이 되었지.”

탐욕, 음욕, 나태, 시기, 분노, 폭식, 교만.

그런 각각의 이름이 붙은 악마들은 초기 상태 때만 해도 평범한 몬스터와 다르지 않다. 레벨이 올라가면서 악마에 어울리는 모습으로 성장하다가 최종 형태가 되면 사람의 모습이으로 정착되는 것이다.

게임 시절에는 악마가 최종 단계까지 성장하는 사례가 거의 없었다. 신도 악마의 인간 형태는 동영상을 통해서밖에 보지 못했다.

“3년쯤 전에 아무 예고도 없이 불쑥 나타나더니 지금은 학교의 교원으로 완전히 자리 잡았어요. 약초와 연금술에 대한 지식이 워낙 풍부하고, 솔직히 말해 무척 유능하긴 하거든요…….”

하지만 변덕이라도 부려서 난동을 피운다면 학교가 사라질 거라고 히라미는 말을 이었다.

인간 형태가 되려면 악마의 레벨이 700은 넘어야 했다. 전 플레이어인 히라미라 해도 도저히 감당하기 힘든 수치였다.

“그렇게 된 거군. 확실히 레벨 700이 넘는 몬스터가 학교 안을 자유롭게 돌아다니도록 놔둘 수는 없겠지."

몬스터라는 이유만으로 실력 행사를 통해 쫓아낼 수도 없었다.

몬스터라는 문제점이 있긴 해도 채용 시험을 문제없이 통과했기 때문이다. 일상 업무도 문제없이 잘 처리했고 학생들의 신뢰도 깊었다.

이 문제에 관해 본인과 탁 터놓고 이야기해보고 싶었지만 혹시라도 잘못 건드려서 난폭해질까 봐 아직까지 실행에 옮기지 못했다고 한다.

"결국 보디가드 같은 역할을 해달라는 거군. 난폭하게 굴면 우리가 진압하면 되는 거지?"

"네. 회담일에는 모든 학생들을 학교 밖으로 내보낼 거예요. 저희 학교는 원래 길드 건물이었으니까 결계를 풀가동해서 외부와 차단하면 싸움이 벌어지더라도 피해가 번지지는 않을 테니까요."

준비 자체는 이미 되어 있다고 한다. 마침 학교가 장기 방학에 들어가 학생이 많지 않은 지금이 기회였다.

"……알았어. 이쪽 세계에서는 죄원의 악마가 어떤 녀석들인지 알아둬서 나쁠 건 없겠지. 슈니는 어떻게 생각해?"

"저도 찬성이에요. 악마가 무슨 꿍꿍이인지는 모르겠지만 학생들을 염려하는 마음에는 공감이 가네요."

"가, 감사합니다!"

히라미는 한시름 놓았다는 듯이 감사를 표했다. 옆에 있던 리시아도 안도의 한숨을 살짝 내쉬었다.

"그러면 바로 내일 회담 자리를 만들게요. 신 씨와 슈니 씨는 이제부터 어떻게 할 건가요?"

"적당한 여관을 잡아서 쉬고 있을게. 언제쯤 가면 되지?"

던전에 들어가게 된 경위를 설명했을 때 히라미가 불법 침입에 관해서는 처벌이 없을 거라고 선언했기에 앞으로는 사람들 눈에 띄지 않도록 학교 밖으로 나가서 숙소를 잡을 생각이었다.

"회담일에 저희가 사람을 보낼게요. 숙소에는 저희가 따로 소개장을 써둘 테니까 그곳으로 가시죠. 서비스 좋은 가게가 있거든요."

"알았어. 호의를 고맙게 받을게."

"아뇨, 아뇨. 회담 결과에 따라서는 오히려 저희가 큰 신세를 지게 될 텐데요."

죄원의 악마와 싸우게 될 가능성을 고려하면 숙소 준비는 별것 아니라고 히라미가 조금 지친 얼굴로 말했다.

안내인은 아침 아홉 시에 올 거라고 한다.

신과 슈니도 만약의 사태에 대비해서 대(對)악마용 무기를 준비해두겠다고 말한 뒤 히라미와 작별했다.

"이렇게 직접 안내해주셔서 감사합니다."

신은 바로 숙소에 가기로 했다.

처음 와보는 거리에서 길을 잃으면 큰일이라며 히라미가 베르만을 안내역으로 붙여준 것이다.

"이 정도야 별것 아니지. 내일은 우리가 오히려 도움을 받을 테니 말이야."

학교 내에서도 상위의 전투력을 가진 베르만에게는 이미 신의 정체를 알린 뒤였다. 모든 것을 알게 된 베르만의 얼굴은 딱딱하게 굳어 있었다. 아마 신과 적대했다면 어떻게 되었을지 상상한 듯했다.

소개받은 숙소는 학교에서 그리 멀지 않아서 10여 분 만에 도착했다. 이 세계에서는 처음 보는 4층 건물이었다.

호텔이 세워진 곳은 고급스러운 가게들이 모인 상점가였고 어느 건물이나 외벽에 먼지 하나 없이 깨끗했다. 상류 계층 사람들이 이용하는 구획 같았다.

신 일행이 도착할 거라는 연락을 미리 받았는지, 그들을 본 종업원 한 명이 우아하고 신속하게 호텔 문—현실 세계처럼 유리로 되어 있었다—을 열어주었다.

"엘쿤트 마법 학교에서 온 베르만이다. 학교 손님들을 데려왔다."

"기다리고 있었습니다. 호텔 모르가나입니다. 종업원 일동은 신 님과 유키 님을 진심으로 환영합니다."

신 일행을 맞이한 종업원 네 명이 조금의 흐트러짐도 없는 동작으로 허리를 숙였다. 제복을 제대로 갖춰 입은 모습을 보자 신은 현실 세계의 호텔에 온 듯한 착각이 들었다.

종업원들의 부담스러운 환영 인사에 자연스레 주변을 둘러보았지만 자신들을 특별히 주시하는 사람은 거의 없었다. 어쩌면 이런 일이 자주 있는 것인지도 몰랐다.

"저기, 그러면 일단 남녀가 같이 묵을—."

"최상급 스위트룸을 빌리고 싶은데요."

"어?"

신의 말을 가로막으며 슈니가 방을 지정했다.

지금까지는 여관에 묵을 때 슈니가 그런 주문을 한 적이 없었기에 신은 조금 놀랐다.

"그렇게 말씀하실 거라는 언질을 받았습니다. 요금도 이미 결제받았으니 즉시 방으로 안내해드리겠습니다."

언질을 준 사람이 히라미인지 리시아인지, 그리고 어째서 그런 말을 한 것인지 신은 알 수 없었다.

상황이 이해되지 않는 부분도 있었지만 슈니가 그렇게 원한다면 괜찮을 거라는 생각에 신은 이의를 제기하지 않았다.

"헤에, 굉장하군."

현실 세계의 고급 호텔처럼 한 층 전체를 빌려 쓰는 건 아니었지만 한 가족이 묵어도 충분히 편할 만큼 넓고 다양한 설비가 갖춰져 있었다.

창문에서 스며드는 빛을 반사하며 테이블이 빛났다. 신은 생활용품에 대해서는 문외한이었지만 실내 인테리어가 고급스럽고 세련됐다는 인상을 받았다.

"필요한 것이 있으시면 테이블 위에 놓인 벨을 눌러주십시오. 담당자가 찾아뵐 겁니다."

신은 설비의 사용법을 간단히 배운 뒤 종업원을 배웅했다. 고급 호텔답게 방에는 고정식 욕조까지 있었다.

"테라스에서는 거리 전체가 내려다보이는군. 응? 저쪽 성벽만 다른 곳보다 높은 것 같은데?"

먼저 나와 있던 슈니를 따라 테라스로 나온 신은 성벽 일부가 높게 만들어진 것을 발견했다.

"저건 엘쿤트 수도와의 경계선이에요. 마법 학교가 있는 이쪽 구획은 원래의 엘쿤트 성벽 바로 옆에 만들어졌거든요."

슈니의 설명에 따르면, 마법 학교는 엘쿤트 성벽 밖에 위치하기 때문에 수도에 가려면 그쪽 성벽을 통과해야만 한다. 엘쿤트 성벽에 바로 붙어 있는 것은 외벽을 만들 수고와 자재를 아끼기 위해서였다.

게다가 마법 학교에 입학하는 유학생 중에는 타국의 첩보원도 많았다. 건설 책임자는 마법 학교를 도시 안에 들이면 그런 자들까지 국내로 들어오게 된다고 강하게 주장했다고 한다.

신은 학교와 상관없이 첩자는 늘 있는 거라고 생각했지만 이미 지난 일이기에 굳이 의견을 피력하지는 않았다.

"식사는 어떻게 하시겠어요?"

"모처럼 왔으니까 레스토랑에서 먹자."

호텔에는 요리 스킬을 가진 셰프가 실력을 발휘하는 레스토랑이 있다며 종업원이 강력히 추천할 정도였다. 두 사람은 그곳에 가기 위해 분위기에 맞춰 살짝 멋을 부렸다.

신은 하얀색 바탕에 붉은색으로 포인트를 준 군복 느낌의 옷을, 슈니는 하늘색 머메이드 드레스를 입었다.

"맛있기는…… 한데 말이지."

"왜 맘에 안 드세요?"

레스토랑에서는 고급 호텔에 걸맞은 요리들이 나왔다. 하지만 신은 맛있는 음식을 먹었을 때의 만족감 대신 왠지 모를 허전함을 느끼고 있었다.

"슈니가 만들어주는 요리에 익숙해져서 그런지 뭔가 부족한 느낌이 들어."

"후후, 고마워요."

신이 은연중에 슈니의 요리가 더 맛있다고 말하자 슈니가 미소 지으며 대답했다. 기억을 잃기 전과 다를 바 없는 그녀의 미소가 신에게는 더욱 눈부시게 보였다.

식사가 끝나자 두 사람은 바로 객실로 돌아왔다. 언제나처럼 다른 손님들의 시선을 한 몸에 받았기 때문이다.

고급 호텔의 손님들인 만큼 갑자기 말을 걸어오는 사람은 없었지만 몇 명은 슈니에게서 내내 눈을 떼지 못했다.

이제 곧 죄원의 악마를 상대해야 했기에 소동을 피하기 위해 빨리 빠져나오기로 한 것이다.

객실로 돌아온 두 사람은 소파에 앉아 내일 일정에 관해 이야기를 나누었다.

“그건 그렇고 악마가 보건 교사라니. 게다가 시험까지 자력으로 통과했다면…….”

“우리가 아는 악마와는 꽤나 많이 다른 것 같네요.”

“뭐, 만화에서는 그런 캐릭터가 등장해도 이상할 건 없지만 말이지.”

【THE NEW GATE】에서는 데몬과 악마는 각각 다른 존재로 정의된다.

데몬은 인간의 감정에서 생겨나 인간을 괴롭히는 존재였다.

그에 반해 악마는 생물들의 욕망에서 생겨나며 존재 이유는 일정하지 않았다.

어떻게 보면 악마 쪽이 더 자유롭다고 할 수 있었다.

“일단 대악마 장비를 사용하자고. 슈니 것도 준비해둘게.”

『쿠노이치』의 대악마 장비는 피부 노출이 심한 닌자복이었지만 효과가 꽤 좋았기에, 회담 당일에는 모습을 감춘 채로 신의 뒤에서 대기하기로 했다.

“신은 음욕, 아, 이름이 룩스리아라고 했죠? 그 악마에 관해 아는 것이 있나요?”

"아니, 내가 싸워본 건 폭식과 분노, 교만까지였어. 아는 사실이라고 해봐야 음욕의 악마가 여성 타입의 몬스터라는 것과, 드레인 계열의 스킬을 사용한다는 것 정도야."

신이 죄원 토벌에 참가한 것은 몇 차례에 불과했기에 자세한 정보는 알지 못했다.

"교원 신분으로 학교에 잠입해서 학생들에게 【드레인】을 사용해 성장을 위한 에너지를 모으고 있는 걸까요?"

"아니, 인간 형태가 되었다면 이미 성장 한계에 도달한 걸 거야. 이제 와서 그런 짓을 해봐야 의미가 없을 텐데 말이지."

슈니의 추측에 신은 고개를 갸웃거리며 대답했다. 이 세계에서는 몬스터조차도 습성이 완전히 달라졌기에 도무지 예상하기 힘들었던 것이다.

"설마…… 아니, 그럴 리는……."

"뭔가 생각난 거라도 있는 거야?"

"아뇨! 그냥 완전히 착각한 것뿐이에요!"

"흐음~?"

부정하는 슈니의 뺨이 살짝 빨개진 것을 보고 신은 그녀가 대체 무슨 생각을 한 것인지 무척 궁금해졌다.

"착각한 거라도 좋으니까 뭔지 알려주면 안 될까?"

"저, 정말로 잠깐 착각한 거라니까요!"

"그렇게 허둥대는 걸 보니 수상한데. 착각한 거라도 좋으니까 말해줘."

진지하게 상의할 생각은 이미 사라진 지 오래였다. 슈니의 당황한 얼굴을 혼자서만 볼 수 있다는 우월감에 잠시나마 도취되고 싶은 마음뿐이었다.

"저, 저기…… 정말로 별것 아니에요!"

"괜찮아. 별것 아닌 이야기라도 비웃진 않을게."

신이 가까이 다가가자 슈니의 뺨이 더욱 빨개지고 있었다.

신은 그런 모습을 의아하게 여기면서도 부끄러워하는 슈니가 귀여웠기에 거리를 더욱 좁히기로 했다.

신이 다가갈수록 슈니가 뒤로 물러났다. 하지만 아무리 큰 소파라도 뒤로 물러나는 것은 한계가 있었기에 금방 막다른 곳에 몰리고 말았다.

슈니는 소파에서 일어나 도망치려고 했다. 하지만 신은 그보다 먼저 슈니의 양손을 잡아 소파에 밀어붙였다.

"그렇게 도망치는 건 슈니답지 않아. 대체 무슨 생각을 했던 건지 궁금해지는데."

"그, 그건……."

시선을 어디에 둘지 모르는 슈니를 바라보는 것이 점점 즐거워지고 있었다. 쉽게 말해 짓궂은 장난기가 발동된 것이다.

"학생하고, 그러니까…… 육체관계를 가지기 위해서가 아닌가 해서요."

"……헤에."

신은 슈니의 말에 '음욕의 악마니까 말이지'라고 생각하며 납득했다. 하지만 무엇보다 놀라웠던 것은 그 생각이 다름 아닌 슈니의 머리에서 나왔다는 점이었다.

'유혹해서 정신적인 지배하에 둔다는 거면 또 모르지만 말이지.'

신은 슈니가 성적인 방향으로 생각할 줄은 조금도 예상하지 못했다.

한편 슈니는 신 앞에서 그런 이야기를 한 것이 부끄러웠는지 얼굴을 돌리고 있었다. 귀까지 빨갛게 달아오른 상태였다.

"지금의 신은 조금 짓궂어요."

"그런가? 아니, 확실히 그럴지도 모르겠군."

소파에 누워 부끄러워하는 슈니의 모습을 대체 누가 상상이나 할 수 있었을까?

동료들 앞에서도 별다른 감정 동요를 보여준 적이 없는 슈니였다. 그런 만큼 모처럼 발견한 색다른 면모를 계속 바라보고 싶은 마음이었다.

이곳에는 자신과 슈니뿐이다. 그렇게 자각한 순간, 신은 슈니의 뺨에 손을 얹어 자신을 향하게 했다.

"어, 신?"

"내가 모르는 슈니를 더 보고 싶어. 이렇게 귀여운 구석이 있었구나."

"앗?! 으아, 아으아으……."

갑작스러운 신의 고백에 슈니의 얼굴이 더욱 새빨개졌다.

무언가를 이야기하고 싶지만 말이 나오지 않는지, 연신 입을 뻐끔거릴 뿐이었다.

신은 그런 모습마저도 사랑스러워서 이대로 슈니가 진정되기를 기다렸다.

"……신은 신이 모르는 저를 보고 싶은 거군요?"

5분 정도 지났을까. 조금이나마 평정심을 되찾은 슈니가 그렇게 물었다.

"그래."

"그걸 보면 저를 경멸하게 될지도 모르는데요?"

"괜찮아."

걱정스럽게 말하는 슈니에게 신은 즉시 대답했다. 이런 상황에서 주저할 리가 없었다.

"—."

"응? 미안, 잘 안 들려."

슈니의 입술이 희미하게 움직였다. 하지만 거기서 흘러나온 말은 신의 청력으로도 완전히 알아들을 수 없었다.

"—요."

"미안, 한 번만 더."

"그러니까 안—주—요."

웅얼거리는 슈니의 말에서 중요한 부분이 들리지 않았다.

다시 말해달라고 몇 번을 반복한 뒤 대체 무슨 뜻인지 신이 고민하기 시작했을 때, 슈니의 눈에 힘이 들어갔다.

눕혀진 상태에서 몸을 벌떡 일으키더니 이번에는 슈니가 신을 밀어붙였다.

"그러니까! 저는 신에게 안기고 싶다니까요!!"

"어?!"

느닷없는 고백에 오히려 놀란 것은 신이었다. 슈니의 입에서 그런 말이 나올 줄은 상상도 하지 못했던 것이다.

"신! 신은 저하고 결혼하고 싶다고 말했어요!"

"그, 그래."

"저는 그걸 받아들였고요!!"

"네, 네."

"그러니까 이건 당연한 일이라고요!!!"

말은 당당했지만 슈니의 얼굴은 지금까지 본 것 중에서 가장 새빨개져 있었다.

거기까지 말한 슈니는 신의 얼굴을 양손으로 잡더니 지금까지의 기세가 무색하게 부드러운 키스를 했다.

"당신에게 안기고 싶다고 생각하는 제가 불결하게 느껴지나요?"

신을 바라보는 슈니의 눈은 희미하게 젖어 있었다. 그런 표정과 분위기만으로도 슈니가 무엇을 원하는지 알 수 있었다.

"……설마. 그냥 조금 놀란 것뿐이야. 그러면 나도 슈니를 안고 싶은 마음을 증명해야겠네."

신은 그렇게 말하며 몸을 일으켜 슈니를 끌어안았다. 슈니는 저항하지 않고 신에게 몸을 맡기고 있었다.

"이렇게 행복해도 되는 걸까요?"

침대로 가는 도중에 신의 품에 안긴 슈니가 말했다. 신은 슈니를 안은 팔에 힘을 주며 몸을 밀착했다.

"그건 내가 할 말이야."

신은 슈니의 온기를 느끼며 말했다.

"마리노를 지키지 못했던 내가 다시 한번 누군가를 좋아할 수 있을지, 좋아해도 되는 건지 계속 생각했었어. 지금 이렇게 널 좋아한다고 당당히 말할 수 있는 건 전부 슈니 덕분이야. 고마워, 슈니. 이런 날 좋아해줘서. 난 지금 정말 행복해."

"신……."

신의 말에 슈니의 눈에서 눈물이 흘러내렸다.

슈니를 침대에 눕힌 신은 그 눈물을 닦아주었다.

"당신을 사랑해요."

갈구하듯이 양손을 신에게 뻗으며 슈니가 말했다.

"널 사랑해."

슈니 위로 몸을 겹치며 신이 말했다.

다른 말은 더 이상 필요하지 않았다.

†

"……음?"

슈니와 첫날밤을 보낸 다음 날 아침이었다. 신은 입술에 무언가가 닿은 것을 느끼며 눈을 떴다.

눈앞에는 낯선 천장과 신에게서 황급히 거리를 벌리는 슈니의 모습이 보였다. 하지만 애초에 입술이 달라붙어 있었던 탓에 그리 멀리 도망친 것은 아니었다.

신은 눈 뜨는 순간의 감촉을 떠올리며 슈니가 무엇을 했는지 알아차렸다.

"좋은 아침이에요."

"좋은 아침."

슈니가 이불로 나신을 가리며 인사말을 건넸다. 창문을 통해 내리쬐는 햇빛이 슈니의 은발에 반사되어 반짝거렸다.

신은 자다 깬 몽롱한 머리로 예쁘다는 생각을 했다.

"아직도 잠이 덜 깬 것 같아. 한 번만 더 해줘."

"역시 느끼고 있었던 거군요."

"어쩌다 보니."

"이렇게 된 이상 어쩔 수 없겠죠."

슈니는 그렇게 말하며 신에게 얼굴을 가까이 댔다. 가볍게 맞닿는 정도의 부드러운 키스였다.

단지 그런 행위만으로도 신의 마음속은 행복으로 가득 찼다.

"자, 이제 그만 일어나죠. 최악의 경우는 죄원의 악마와 싸워야 하니까 긴장을 놓아선 안 돼요."

"아아, 그랬지. 방심은 금물이야."

신은 지금의 행복한 시간을 누구에게도 빼앗길 수 없다고 생각하며 기합을 불어넣었다.

만약 악마가 난동을 부려 학교에 피해가 미친다면 신과 슈니의 마음도 편안할 수는 없었다. 모처럼 단둘이 보내는 시간을 그렇게 만들고 싶지는 않았다.

아침 식사는 방으로 가져와 달라고 부탁해서 전투가 벌어졌을 경우를 위한 대비책을 세우기로 했다.

"뭐, 나와 슈니밖에 없으니까 전술도 단순해질 수밖에 없잖아."

"어쩔 수 없죠."

식후에 차를 마시며 신이 말하자 슈니가 맞장구를 쳤다.

두 사람뿐이었기에 신이 악마를 상대하는 동안 슈니는 히라미를 비롯한 학교 임원들을 피난시켜야 했다. 임원들의 피난이 종료되면 슈니도 신과 합류해서 싸울 것이다.

작전이라기에는 지나치게 단순했다.

"죄원의 악마를 혼자 붙잡아 둔다는 게 보통 사람들에겐 벅찰 테지만요."

"온 힘을 다할 테니까 맡겨만 줘."

슈니에게도 불가능한 일은 아니었지만 신이 직접 만든 장비의 힘을 빌려서 간신히 해낼 수 있는 정도였다.

신처럼 순수한 신체 능력만으로 악마를 붙잡아 둔다는 것은 선정자에게도 쉽지 않았다.

"어, 온 건가?"

신은 누군가가 자신들이 머무는 층에 올라오는 것을 감지했다. 때마침 같은 층에 묵고 있는 손님이 없었기에 두 사람을 찾아온 것이 분명했다.

문을 노크하고 말을 꺼낸 것은 호텔 종업원이었다.

신과 슈니를 찾아온 손님이 있다고 한다. 손님의 이름은 신과 슈니도 잘 알고 있었다. 두 사람은 종업원을 따라 로비로 내려왔다.

로비에서 그들을 기다린 것은 부학장인 리시아였다.

"좋은 아침입니다. 오늘 하루 잘 부탁드리겠습니다. ……저기, 슈……가 아니고 유키 님은 어디 계신가요?"

신은 깔끔한 동작으로 고개를 숙이는 리시아에게 인사한 뒤 대기하고 있던 마차에 올라탔다. 상대의 감지 능력이 어느 정도인지 몰랐기에 숙소 안에서부터 슈니의 모습을 감추기로 한 것이다.

리시아에게는 그런 사실을 마차 안에서 귀띔해주었다.

"학교 쪽은 준비가 다 된 겁니까?"

"네. 학교 내의 설비 점검을 명목으로 학생들을 전원 밖으로 내보냈습니다."

현재 학교 안에는 예의 보건 교사와 히라미, 그리고 유사시에 외부에 연락하기 위해 남은 교원 몇 명과 던전 경비병 정도만 남아 있다고 한다.

흔들리는 마차를 타고 이동한 지 몇 분이 지나서 신은 다시 엘쿤트 마법 학교에 도착했다.

감지 범위를 넓혀보자 확실히 느껴지는 반응이 거의 없었다.

"이쪽입니다."

신은 리시아를 따라 학교 안으로 걸어갔다. 학교 부지가 제법 넓어서 문제의 보건 교사가 기다리는 곳까지는 15분 정도가 걸렸다.

회담 장소는 보건실이었다. 신 일행이 도착했을 때 히라미가 문 앞에서 기다리고 있었다.

"오늘 잘 부탁드릴게요."

"맡겨둬. 그런데 보건실은 보건 교사의 본거지나 다름없을 텐데, 괜찮겠어?"

"아무 장치도 없다는 건 확인했어요."

"그렇군."

신은 준비됐느냐고 묻는 히라미에게 고개를 끄덕여 보였다. 히라미도 고개를 끄덕여 보인 뒤에 보건실 문을 열었다.

"어라? 오늘은 귀한 손님이 왔네."

보건실 안에서는 흰 가운을 입은 여성이 의자에 앉아 책을 보고 있었다.

얼굴을 들 때 웨이브가 들어간 긴 흑발이 흔들렸다. 보건실의 주인 룩스리아는 미소를 지으며 안경 안쪽의 진홍색 눈동자로 히라미와 신을 바라보았다.

"오늘은 룩스리아 선생님에게 중요한 할 말이 있어서 왔습니다."

"이야기를 하러 왔다는 것치고는 살벌한 분위기 아냐?"

룩스리아는 팔짱을 끼며 히라미의 시선을 받아냈다. 팔짱과 함께 가슴이 밀어 올려진 탓에 스웨터 안의 풍만함이 더욱 강조되었다.

룩스리아는 흰 가운 안에 옅은 살구색 스웨터와 타이트한 스커트를 입고 있었다.

팔짱을 끼지 않더라도 충분히 남자들을 매료시킬 만한 몸매였다. 치마도 짧았기에 다리를 바꿔 꼬기라도 하면 상당히 아슬아슬한 장면이 연출될 것이다.

목소리는 조금 낮은 편이라 귓가에서 속삭이는 듯한 느낌을 주었다. 눈가의 점도 매력적이어서 사춘기 남학생들에게는 너무 자극적인 자태였다.

신은 일부러 몸을 다치게 해서 찾아오는 학생이 많을 것 같다고 생각했다.

하지만 이 정도로 넘쳐흐르는 섹시함을 발산하면서도 정신 계열 스킬은 전혀 사용하고 있지 않았다.

룩스리아의 섹시함은 복장과 몸동작, 그녀가 자아내는 분위기를 통해 만들어진 것이다. 적어도 악의 같은 것은 느껴지지 않았다.

"혹시 뒤에 있는 무서운 사람도 상관이 있는 거야?"

"상황에 따라서는 그렇게 될 수도 있습니다."

"어머, 어머. 정말로 위험한 이야기인가 보네."

룩스리아는 책을 덮어 책상 위에 내려놓고 몸을 히라미 쪽으로 돌렸다. 그녀의 말투를 보면 신의 장비가 어느 정도의 물건인지 알고 있는 듯했다.

하지만 어깨를 으쓱거리며 쓴웃음을 짓는 모습에서는 조금의 긴장감도 느껴지지 않았다.

"갑자기 공격해오지 않는 걸 보니 대화의 여지가 남아 있는 건가 보네?"

"저로서는 그렇길 바랍니다."

"그래? 그러면 항복할 테니까 여기서 계속 일하게 해줄 수 있을까?"

룩스리아는 양손을 들어 항복의 뜻을 내비치며 히라미에게 물었다.

천연덕스러운 태도를 보며 신도 표정에는 드러내지 않았지만 조금 당황하고 있었다.

"……당신이라면 제 허가 없이도 이곳에 눌러앉을 수 있지 않나요? 솔직히 말해 굳이 채용 시험을 응시한 것도 이해가 안 가는데요."

"음~ 그런 식으로 부정한 방법을 쓰는 건 별로 좋아하지 않거든. 사람들을 적으로 돌린다고 나한테 이득이 돌아오는 것도 아니잖아. 그래서 시험에 응시했어. 내 입으로 이런 말 하기도 좀 그렇지만, 내가 보건 교사로서는 제법 뛰어나지 않았어?"

"그건 인정할 수밖에 없지만……."

자랑스럽게 가슴을 펴는 룩스리아를 보며 히라미의 혼란은 더욱 깊어졌다.

상대가 악마인데도 이쪽을 기만하거나 함정에 빠뜨리려는 의도가 전혀 느껴지지 않았기 때문이다.

"뒤에 있는 오라버니. 그런 장비를 갖추고 온 걸 보면 오라버니도 내 정체를 알고 있는 거겠지?"

룩스리아는 혼란에 빠진 히라미를 내버려 두고 신에게 말을 건넸다. 신은 부정해봐야 의미가 없다고 생각하며 짧게 대답했다.

"……그래."

"나는 싸울 마음이 없지만 먼저 공격하면 당연히 저항할 거야. 학교에도 피해가 생길 텐데, 그래도 덤빌 거야?"

"그건 너에게 달렸어. 우리는 죄원의 악마가 왜 이런 곳에서 보건 교사를 하고 있는지 알고 싶어. 만약 그 이유가 누군가를 해치는 것이라면 나는 당신과 싸워야만 해."

룩스리아의 질문을 받은 신은 히라미와 눈빛을 교환하며 대답했다.

"그런 거구나. 뭐, 평범한 사람들에겐 내가 위험해 보일 거야. 그러면 바로 설명할게."

"네에……?"

조금도 숨기려는 기색이 없는 룩스리아를 보며 히라미는 얼빠진 대답을 했다. 신도 눈앞에 있는 존재가 정말로 죄원의 악마인지 의심스러울 지경이었다.

하지만 【애널라이즈】에는 분명히 『죄원의 악마 · 음욕』이라고 표시되었다. 레벨도 700으로 일반인이라면 아무리 발버둥쳐도 대항할 수 없는 수치였다.

"내 죄원은 음욕이야. 사람의 성적인 활동으로 발생하는 감정을 에너지로 얻지. 그래서 사람들과는 적대하는 것보다 공존하는 게 이득이거든. 사람들이 줄어들면 내가 얻는 에너지도 그만큼 줄어들잖아."

"하지만 예전에는 인간들을 멸망시키려고 다른 죄원들과 협력해서 공격해왔잖아요."

룩스리아의 이야기가 사실이라면 그녀가 인간을 적대시할 이유는 없었다. 하지만 게임 때는 그렇지 않았던 것이다.

히라미는 그 점을 날카롭게 지적했다.

"아아, 몇 세대 전의 죄원을 말하는 거구나. 사람으로 따지면 400~500년 전쯤이겠네. 그때까지는 그러는 게 올바르다는 설명하기 힘든 사명감? 아니, 강박관념이 맞으려나? 아무튼 그런 게 있었거든. 하지만 어느 날부터 그게 갑자기 사라진 뒤로는 다들 자유롭게 살아가고 있어. 그때였어. 죄원의 악마들에게 성격이 생기기 시작한 게."

"성격……이라고요?"

"그래. 우리는 몸에 깃든 죄원에 따라 에너지 획득 방법이 다르거든. 사람의 감정 같은 정신적인 부분에 의존하는 건 똑같지만 말이지. 난 방금 전에 말한 대로고, 나태와 폭식도 같은 종류야. 인간들이 줄어드는 것보다는 늘어나야 이득을 보는 유형이지."

나태는 직접 만나봤는데 느긋한 성격이었다고 한다.

"사람들에게 적극적으로 간섭하는 건 탐욕, 시기, 교만, 분노고. 지금의 죄원들과는 만난 적이 없지만 옛날 기억을 떠올려보면 절대 좋아할 수 없는 녀석들이야."

"같은 죄원의 악마라도 호불호가 갈리는 건가."

"당신들이 생각하는 것보다 몬스터는 훨씬 자유롭거든. 사람들과 적대하는 녀석이 있는가 하면 함께 싸우거나 함께 생활하는 녀석도 있는걸. 무슨 일이든 수수방관하는 녀석도 있고. 나도 모처럼 자유로워졌으니까 지금의 생활을 만끽하고 싶어."

이야기를 하면 할수록 상대가 악마라는 인식이 희미해지고 있었다.

그러고 보니 유즈하는 게임 때부터 협력적이었지만 차오바트는 플레이어를 무차별 공격하는 몬스터였다.

히노모토의 카구츠치와 무네치카를 비롯한 천하오검 역시 원래는 협력 관계가 될 수 없는 존재들이다.

지금까지 만났던 몬스터들을 생각해보면 룩스리아의 말에 반론할 근거가 거의 없는 것이 사실이었다.

"그러면 이곳을 다른 국가나 조직이 공격해오면 방어에 협력해줄 수 있는 거야?"

"신 씨?!"

신의 물음에 룩스리아보다도 히라미가 먼저 반응했다.

"의외네. 내 말을 의심하기는커녕 아군으로 끌어들이려는 거야?"

"지금까지 나름대로 많은 몬스터들을 상대해왔거든. 데몬을 제외하면 당신 말대로 다들 자유롭게 살아가고 있었어. 차오바트는 우리를 등에 태워주기도 했고."

"어……? 차오바트라면, 그 차오바트 말이에요?"

"은월(銀月)의 사신 등에 타다니, 농담이라도 엄청난 말을 하네."

신이 별생각 없이 꺼낸 말에 히라미는 더욱 놀랐고 룩스리아의 표정도 어두워졌다. 차오바트의 이름과 강력함은 아직도 유명한 듯했다.

"우리를 전송시켰던 던전이 붕괴되었다고 했잖아. 실은 차오바트가 날려버린 거거든. 메시지 카드로 연락하다 알게 됐어. 지금까지 숨겨서 미안해."

"아니요, 그건…… 괜찮지만요. 설마 사실인가요?"

"그래. 딱히 증거는 없지만 우리가 부탁하면 이쪽으로 와줄 것 같은데?"

사신 토벌을 함께한 친분을 내세워 한 번 정도는 그런 부탁을 할 수도 있을 것이다. 그때 룩스리아가 곤혹스러운 표정으로 말을 꺼냈다.

"저기, 학장님. 방금 한 이야기가 사실이라면 나보다는 오히려 저 사람이 위험하지 않을까?"

"뭐, 뭐…… 신 씨니까요. 몬스터와 다르게 사람들과 적대할 일은 없을 거예요. —없는 거 맞죠?"

"이봐, 뭘 그런 걸 확인하고 그래."

"아니 뭐, 신 씨가 그때 어땠는지 알고 있어서 그런가…… 조금 걱정이 되네요. 솔직히 말해 죄원의 악마보다도 신 씨가 위험한 게 사실이잖아요."

"나도 부정할 수는 없지만 좀 더 완곡한 표현을 써주면 안 될까?"

히라미는 사신으로 불리던 신의 모습을 알았기에 불안함을 느낀 모양이었다. '아무나 베어버렸던 건 아니라고!'라고 변명하고 싶었지만 룩스리아 앞에서 할 만한 이야기도 아니었기에, 잘못된 인식을 바로잡는 일은 다음으로 미루기로 했다.

"휴우, 엄청나게 강렬한 기척이 느껴져서 잔뜩 긴장했던 내가 왠지 바보 같아지네. 학장님, 지금 업무를 충실히 수행할 것을 약속할 테니까 앞으로도 이곳에서 일하게 해줄 수 없을까?"

신과 히라미의 이야기를 듣던 룩스리아가 완전히 백기를 들었다. 레벨 700의 악마답게 신을 처음 봤을 때부터 그의 강력함을 알아차린 모양이었다.

"악마도 긴장을 하는군요. ……알았어요. 저희도 언제까지고 이런 상태로 있다간 숨이 막힐 테죠. 조금은 시간이 걸리겠지만 사이좋게 지내봐요."

"그래, 나야말로 잘 부탁해."

히라미와 룩스리아는 쓴웃음을 지으며 악수를 나누었다. 예상과는 꽤나 다르게 끝났지만 평화적으로 해결됐으니 좋은 것 아니냐고 신은 생각했다.

"아, 그러고 보니. 저기, 신…… 씨? 당신 동료는 오늘 같이 안 온 거야? 그 여자한테 물어보고 싶은 게 생각났거든."

"……내 동료가 여자라는 건 아직 말하지 않았을 텐데?"

룩스리아는 처음부터 알고 있었다는 듯이 '그 여자'라고 지칭했다. 신이 질문에 대답하기 전에 그것을 지적하자 룩스리아의 입꼬리가 쑥 올라갔다.

보는 사람을 매료시키면서도 장난기가 느껴지는 미소였다.

"당연히 알지. 어젯밤에 꽤나 뜨겁게 사랑하는 것 같던데?"

"……."

룩스리아의 한마디에 신의 몸이 딱딱하게 굳었다.

"내가 악마이긴 해도 부정적인 감정을 통해서만 에너지를 얻는 건 아냐. 사랑을 확인하는 행위에서든 상대의 의사를 무시한 행위에서든 거기서 흘러넘치는 감정을 에너지로 얻을 수 있지."

그런 행위에서 선악은 관계가 없다고 룩스리아는 말했다.

"그 탓인지 몰라도 난 내가 얻은 에너지가 어디서 왔는지 알 수 있어. 상대가 누군지는 모르겠지만 너희가 서로를 얼마나 깊이 생각하는지는 절실히 느껴졌어. 나는 다름 아닌 음욕의 악마잖아. 그렇게나 강한 감정이 흘러 들어오면 어떤 식으로 서로를 갈구하는지 궁금해지거든. 내가 정확히 맞힐 정도면 넌 엄청나게 사랑받고 있는 것 같은데?"

놀리는 걸까, 아니면 진지하게 이야기하는 걸까?

룩스리아는 쉽게 구분할 수 없는 태도로 묻고 있었다.

"그리고 밤에 널 상대한 걸 보면 네 파트너도 상당히 강한 거잖아. 내가 이길 수 있을 리도 없는데 이야기 정도는 시켜 줘도 되지 않을까?"

"강하다는 걸 어떻게 알았어?"

"감정을 느낄 때의 부산물 같은 거야. 너처럼 레벨 1000의 몬스터와 맞먹는 인간에게서는 끓어오르는 마그마 같은 감정

에너지가 흘러나오거든. 보통 사람은 기껏해야 뜨듯한 수프 정도니까 절대 착각할 리가 없어. 네 감정 에너지 앞에서는 보통 여자의 감정 에너지 따윈 보이지도 않을 거야. 하지만 어제는 달랐어. 다른 사람의 감정이 확실히 존재했거든. 그건 너 정도는 아니더라도 거의 근접한 힘을 갖고 있지 않다면 불가능한 일이야. 그래서 네 파트너도 강하다는 걸 안 거지."

룩스리아가 자신만만하게 설명했지만 감정 에너지가 어쩌니 해도 신은 도무지 알아들을 수 없었다. 그런 것을 방출했다는 자각 자체가 없기 때문이었다.

"네가 대신 이야기해줘도 상관은 없어. 분명 무척 농밀하고 열정적인 하룻밤이었겠지."

룩스리아는 뺨에 손을 대며 황홀한 표정을 지었다.

왜 그렇게 집요하냐고 신이 묻자, 에너지의 양과는 별개로 사람과 사람이 서로를 사랑한 끝에 생겨나는 감정이 더 '맛있다'고 한다. 단순한 '맛'의 차이에 불과하지만 룩스리아는 어젯밤의 감정 에너지야말로 최고의 맛이었다며 열변을 토했다.

어서 자백하라며 다그치는 모습에서는 죄원의 악마라는 거창한 이미지 따위는 온데간데없었다.

"악마마저 매료시키다니……. 신 씨, 대체 어떤 밤을 보내신 거예요?!"

"히라미는 그게 궁금한 거야?"

묵묵히 이야기를 듣던 히라미도 못 견디겠다는 듯이 신을 압박했다.

신은 예기치 않게 두 미녀에게 둘러싸였지만 이미 슈니와 맺어진 이상 그 정도로 동요할 리는 없었다.

"개인적인 질문은 사양하겠어. 아니, 그런 걸 누가 이야기하겠냐고."

신은 재빨리 거리를 벌리며 정보 제공은 불가능하다고 못박았다.

"부끄러워할 필요 없는데."

"맞아요, 맞아~."

"너희들, 사실은 원래 친했던 거지? 그렇지?"

방에 들어오기 전의 긴장감은 어디 갔느냐고 신이 항의하자 "어쩔 수 없는 거 아냐?", "그러네요~"라는 알 수 없는 대화가 두 사람 사이에 오갔다.

신의 눈에는 사이좋은 친구로밖에 보이지 않았다.

"난 이제 그만 가봐도 될 것 같다는 생각이 드네."

"후후, 나중에 개인적으로 또 와도 돼. 너라면 기꺼이 상대해줄 테니까."

"농담할 기분 아니니까 그만하라고."

요염하게 웃으며 다가오는 룩스리아를 신은 떨떠름한 얼굴로 밀어냈다. 그의 뒤에는 모습을 감춘 채 대기하는 슈니가 있었다. 괜한 오해를 사고 싶지 않았던 것이다.

"이걸로 내가 할 일은 끝난 거 맞지?"

"네. 감사했어요. 어쨌든 걱정을 하나 덜었네요. 아직 석연치 않은 부분도 조금 있지만 아마 괜찮을 것 같아요."

보건실을 나온 신과 히라미는 주변에 사람들의 기척이 없는 것을 확인하고 입을 열었다.

히라미는 룩스리아와 어울려 장난을 치긴 했어도 하루 만에 의심을 거두진 않은 것 같았다. 다만 그녀의 말이 거짓말은 아니라고 판단한 듯하다.

히라미는 아직 할 일이 남았기에 학교에 남겠다고 했다. 학교 밖까지 바래다주겠다는 히라미와 잡담을 나누며 걸어가다 보니 교문 앞에 신이 아는 얼굴이 서 있었다.

"아, 나왔다. 여기예요~ 신 씨~!"

"바보! 이런 데서 큰 소리 내지 말라고!"

그들은 신과 슈니가 던전에서 구해주었던 3인조였다.

신과 처음 만났을 때와 달리 흰색 바탕에 붉은색과 푸른색 선이 들어간 군복 같은 옷을 입고 있었다. 기안과 렉스도 같은 복장인 것을 보면 학교의 교복 같았다.

빙긋 웃으며 손을 흔든 소녀는 뮤였다. 치마 밑으로 뻗어 나온 꼬리가 좌우로 흔들리고 있었다.

기안이 그런 뮤에게 다급히 주의를 주었다. 뮤의 목소리가 너무 컸고 교문 앞이다 보니 지나가던 사람들의 시선이 그들에게 집중되었기 때문이다.

물론 그녀가 손을 흔든 대상인 신과 히라미에게도 시선이 집중되었다.

"우리 학생들이네요. 그러고 보니 던전에서 신 씨가 학생들을 구해주셨다죠? 혹시……?"

"맞아, 그 3인조야. 하지만 오늘 여기 온다는 말은 못 들었는데 말이지."

그 세 사람과는 던전에서 헤어진 뒤로 전혀 보지 못했고 따로 연락을 취하지도 않았다. 히라미가 물었지만 신도 세 사람이 여기 온 이유를 전혀 몰랐다.

"갑자기 학교 밖으로 나가라고 하길래 어쩌면 신 씨가 던전에 전송된 것하고 관계가 있을지도 모른다고 생각했거든요!"

왜 여기 있느냐고 신이 묻자 뮤가 기운차게 대답했다.

기안과 렉스도 같은 의견이었다고 한다.

신과 슈니에 대해 잘 모르는 다른 학생들은 학교 측의 통보를 의심하지 않았다고 한다.

"그래서 너희는 그걸 확인하려고 여기서 기다리고 있었다는 거야?"

"아닌데? 난 신 씨에게 부탁할 일이 있어서 기다렸어요."

"부탁할 일? 너희 두 사람도 포함해서 말이야?"

신과 슈니가 이곳에 오게 된 이유에 대해서는 별로 관심이 없는 듯했다. 기안은 마지못해 동행한 눈치였고 렉스는 미안하다는 듯이 고개를 가로저었다.

"그게 말이죠. 혹시 가능하시다면 신 씨와 유키 씨에게 가르침을 청하고 싶습니다."

모험가라고 소개한 것을 기억하고 있었는지, 렉스는 뮤를 대신해서 그것을 의뢰로 받아주지 않겠냐고 물었다. 던전에서 보여준 신과 슈니의 강력함에 압도당했기 때문이라고 한다.

"과연, 그건 좋은 생각이네요."

"그걸 왜 네가 판단하는데?"

"지금은 장기 방학 중이라 자체 훈련 위주로 돌아가거든요. 원래는 선배들에게 가르침을 청하거나 트레이닝 던전에 들어가야 해요. 하지만 지금은 조사를 위해 던전은 폐쇄됐고 이 세 사람은 일반인보다 능력이 높아서 당장 상대해줄 만한 사람이 없거든요."

능력치 자체는 아직 낮지만 세 사람 모두 선정자라고 히라미가 알려주었다. 신과 슈니라면 몰라도 일반인 입장에서 보면 충분히 강자라고 할 수 있었다.

레벨을 높여 기량을 갈고닦은 일반인이라면 지금의 세 사람을 상대할 수 있었기에 평소에는 숙련된 교사들이 지도해준다고 한다.

그렇다면 교사들에게 부탁하면 되지 않나 싶었지만 휴가를 활용해 가족들과 시간을 보내는 중이라고 렉스가 말했다.

"그건 방해할 수 없겠군."

교사에게도 가정이 있고 사생활이 있다. 그래서 어제는 던전에 들어갔던 거라고 한다. 그러다 하마터면 비참한 결말을 맞을 뻔했지만 말이다.

"목숨 걱정을 할 필요가 없다며 돌격해버린 바보가 있었으니까 말이지."

"윽, 그건 이미 사과했잖아~?"

기안이 지그시 노려보자 뮤는 얼굴을 찡그렸다. 두 사람의 대화를 들어보면 던전 내의 몬스터들이 게임 때처럼 치명상을 입히진 않는 모양이었다.

"외부 인간을 고용하다니, 그래도 되는 거야?"

"지금은 장기 방학 중이라 그사이에 실력이 무뎌지지 않도록 모험가로 활동하는 아이도 있어요. 그러니까 문제는 없는 거죠. 저희 심사를 통과한 분이라면 트레이닝 던전을 사용할 수도 있고요."

"괜찮겠어? 그렇게 다른 나라 사람을 들이면……."

"상응하는 실적과 배경이 있는 분들에게만 허가를 내주고 있거든요. 신 씨라면 심사할 필요도 없겠지만요."

신은 그런 식으로 일을 처리해도 되는지 의문이었다. 오랜만에 재회한 상대가 예전과 똑같다는 보장은 없기 때문이다.

"유키 씨를 바라보는 신 씨의 눈빛만 봐도 변함없다는 걸 알 수 있는걸요. 안 그래요, 유키 씨?"

"그 정도로 티가 나나? 유키도 웃지만 말고 뭐라고 좀 해봐.”

룩스리아와의 회담이 끝나자 은폐를 풀고 함께 걷고 있던 슈니에게 신이 도움을 요청했다. 하지만 그녀의 대답은 신의 바람과는 달랐다.

“후훗, 신의 눈빛에 그늘이 없다는 건 제가 보장할게요.”

“아니, 그런 게 아니라…….”

신은 히라미와 마주 보며 웃는 슈니에게 뭐라고 대꾸해야 좋을지 알 수 없었다.

“이렇게 쉽게 허가가 나올 줄은 몰랐네요. 신 씨, 다시 한번 승낙 여부를 물어봐도 되겠습니까?”

“부탁드립니다!”

세 사람의 대화를 듣고 있던 렉스와 뮤가 정중히 부탁했다. 기안도 특별히 반대하진 않는지 말없이 고개를 숙이고 있었다.

‘지도라니, 난 선정자들을 어떻게 훈련시켜야 하는지 전혀 모르는데?’

‘저 세 사람은 전력을 다해 싸울 기회 자체가 얼마 없어요. 그러니 마음껏 싸울 수 있게 해주는 것만으로도 좋은 경험이 될 거예요. 게다가 아직 어린 아이들이잖아요. 자신들의 힘을 지나치게 믿는 부분도 있을 거예요. 위에는 더 높은 위가 있다는 사실을 가르쳐주셨으면 해요.’

히라미와 작은 소리로 상담한 끝에 그런 대답을 들을 수 있었다.

이 세계에서는 선정자와 일반인의 능력치 차이를 기량으로 메울 수 없는 경우가 많았다. 그래서 자신의 한계가 어느 정도인지 파악하지 못하는 사람들도 적지 않았다.

게다가 자신이 특별하다는 자만심에 빠지는 경우도 있었다.

던전에서 뮤 일행이 위기에 빠진 것은 바로 그 때문이기도 했다.

"그렇군……. 난 동료들이 도착하거나 장기 방학이 끝나는 정도의 기간이라면 훈련을 도와줄 수 있을 것 같아. 자기 힘을 정확히 파악하는 건 중요한 일이니까 말이지. 유키는 어때?"

신은 잠시 고민한 뒤에 슈니에게 의견을 물었다.

단둘이 있을 수 있도록 동료들이 배려해주었지만, 그 시간을 빈둥거리면서 보낼 수만은 없었다. 모처럼의 기회니만큼 조금 정도는 의뢰 달성률을 올려두는 것도 나쁘지 않다고 생각한 것이다.

신은 방학 동안이라면 학생들도 적을 테니 사람들 눈에 많이 띄진 않을 거라고 덧붙였다. 물론 슈니가 반대한다면 이 이야기는 그걸로 끝이었다.

"그러면 오전 중에는 전투 훈련, 오후에는 각자 반성할 점을 생각하면서 자기 단련을 하는 건 어떨까요?"

“그게 좋겠네. 그러면 휴식을 고려해서 사흘 훈련한 뒤에 하루씩 쉬는 건 어때?”

개인적인 계획이 있을 수 있다며 신이 제안하자 아무도 이의를 제기하지 않았기에 그런 방침으로 결정되었다.

추가 항목으로는 다른 희망자가 나오면 가능한 범위 내에서 지도해준다는 내용이 있었다.

렉스 일행의 개인적인 의뢰가 아니라 학교 차원의 의뢰였기에 보수도 학교에서 받기로 했다. 히라미로서는 세 사람에게만 혜택을 주기 아까웠으리라.

“그거면 되겠어?”

“훈련에서 던전을 사용하는 경우도 있을 테니까 가는 김에 이상이 없는지 확인해주시면 감사하겠네요.”

“엄청 꼼꼼하군…….”

학교 측에서도 점검은 계속한다고 한다. 지금도 경비를 담당하던 인원을 몇 명씩 빼와서 던전 내부를 점검하는 모양이었다.

히라미는 사신의 전송이 무작위라는 것은 자신도 알고 있으니 어디까지나 만약을 위해서라고 신에게만 들리도록 덧붙였다.

“그러면 바로 내일부터 하자.”

“잘 부탁드립니다!”

뮤의 기운 넘치는 인사를 들으며 신과 슈니는 학교를 떠났다.

"뭔가 미안하네. 멋대로 의뢰를 받아들여 버려서."

"아니요, 괜찮아요. 저 아이들이 걱정됐던 거잖아요?"

"다 알고 있었구나."

두 사람만의 시간이 줄어든 것을 사과하는 신에게 슈니는 웃어 보이며 대답했다.

뮤 일행이 트레이닝 던전이라는 환경에 너무 익숙해져서 실전에서 긴장감을 잃을 가능성을 고려한 듯했다.

HP가 0으로 떨어져도 죽지 않는 것은 게임 시절의 부활 시스템이나 다름없었다. 대신 장비가 망가져버린다지만 죽는 것에 비하면 너무나도 가벼운 대가였다.

하지만 그런 환경에서 싸우다 보면 긴장감이 희미해질 가능성도 부정할 수 없었다. 나중에 목숨을 걸고 싸워야 하는 상황이 온다면 그것이 치명적으로 작용할 것이다.

"그 아이들을 잘 모르는 내가 이런 걱정을 하는 것도 이상한 것 같지만, 실제로 위기에 빠진 모습을 봤으니까 말이지."

물론 뮤 일행이 이미 실전을 경험했을 가능성도 있었다. 하지만 '목숨을 걱정하지 않아도 돼서 돌격했다'라는 기안의 말이 신은 끝내 불안하게 느껴졌다. 돌격한 사람이 뮤라는 점도 그런 불안감을 더욱 부추겼다.

"저도 어떻게든 도와야겠다고 생각하던 참이었으니까 의뢰를 받아들인 걸로 뭐라고 할 생각은 없어요. 하지만 그만큼 쉬는 날에는 마음껏 어리광을 부릴 테니까 지금부터 각오해 두세요."

슈니는 그렇게 말하며 신의 팔을 끌어안았다. 슈니의 품에 감싸인 팔에서는 무척이나 행복한 감촉이 전해져왔다.

"나야 오히려 대환영이지."

신은 자신이 모르는 슈니를 더욱 많이 알고 싶었다. 일단은 어리광 부릴 때의 표정부터 기대해보기로 했다.

훈련의 시작 | Chapter 2

THE NEW GATE

“좋은 아침입니다!”

“좋은 아침.”

슈니의 어리광을 마음껏 받아낸 다음 날이었다. 신은 슈니와 함께 학교에 와 있었다.

현재 위치는 학교 내의 훈련장이었다. 신 일행은 훈련 내용에 따라 다르게 만들어진 여러 훈련장 중에서 주로 파티 전투 훈련에 쓰이는 곳에 와 있었다.

“그러면 바로 훈련을 시작하자. 먼저 가볍게 일대일부터. 다음은 파티 멤버 전원이 싸울 거야.”

“신 씨와 유키 씨의 장비가 어제와 다른데, 그 상태로 괜찮으시겠습니까?”

“그래. 그 장비로 싸우면 여러모로 위험하거든.”

렉스의 질문에 신이 고개를 끄덕이며 대답했다.

뮤와 렉스는 던전에서 처음 만났을 때와 동일한 장비였고 기안 혼자 낮은 품질의 장비를 착용하고 있었다. 예비 장비거나 학교에서 빌린 물건이리라. 장비의 종류 자체는 그대로였다.

실전용 장비인 뮤와 렉스에 비해 신이 입고 있는 것은 세련된 디자인의 청록색 재킷과 카고 바지였다. 슈니도 비슷했다.

신과 슈니가 들고 있는 것은 길이만 조금 다를 뿐, 신이 직접 만든『스펀지 블레이드』였다.

쉽게 말하면 목도 모양의 스펀지였다. 신이 온 힘을 다해 휘둘러도 상대에게 대미지를 거의 입히지 않는, 어떻게 보면 대단한 무기라고 할 수 있었다.

스펀지 시리즈는 무기의 종류별로 존재했고 형태와 종류에 맞춰 장검이면 소드, 동양식 검이면 블레이드라는 명칭이 붙는다.

"일단은 얼마나 싸울 수 있는지부터 볼게. 다치더라도 회복시켜줄 테니까 전력으로 덤벼도 돼. 스킬도 마음껏 써. 처음엔 나, 다음은 유키가 상대할 거야."

은연중에 봐준다는 뉘앙스가 담겨 있었기에 기안의 눈빛이 사나워졌다. 트레이닝 던전에서도 그랬지만 뮤, 렉스와 달리 기안은 신에 대한 적개심을 숨기려 하지 않았다.

신의 말도 기안에게는 도발로밖에 들리지 않았으리라.

"그러면 내가—."

"내가 먼저야."

바로 신에게 도전하려고 손을 든 뮤를 밀어내고 기안이 신 앞에 섰다.

새치기 당한 뮤가 불만스럽게 쳐다봤지만 기안의 몸에서 뿜어져 나오는 투기(鬪氣)를 느끼고 눈을 동그랗게 떴다.

"별일이네. 네가 그렇게까지 적의를 드러내다니."

"시끄러워."

기안은 말을 건넨 렉스를 쏘아붙이며 창을 들었다. 중심을 낮추며 온몸에서 뿜어져 나오는 투기를 신에게 부딪치고 있었다.

파티의 탱커답게 진중하면서도 모든 방향에 대처할 수 있는 여유가 엿보였다.

신을 향하던 적개심도 어느덧 사라졌고 표정은 진지하기 그지없었다.

'실력을 숨기진 않으려나 보군.'

슈니가 거리를 벌리는 것과 동시에 신도 블레이드를 겨누었다. 겉모양은 조금 우스꽝스럽지만 기안의 원래 장비로도 흠집 하나 안 날 만큼 단단했다.

"언제든 들어와도 돼."

"……흡!!"

신이 말하는 것과 거의 동시에 기안이 움직였다. 창끝이 잔상을 남기며 신과의 거리를 순식간에 좁혔다. 속도만 보면 레벨이 200 이하라는 것이 믿기지 않았다.

신은 창의 궤도를 냉정히 읽어내며 블레이드로 튕겨냈다. 챙 하는 가벼운 소리가 난 것과 대조적으로 창은 기안의 손을 벗어나 땅에 곤두박질쳤다.

"이런……."

땅을 뒹구는 창을 보며 신은 자신의 실수를 깨달았다. 땅에 부딪친 충격으로 창날과 창대의 결합부가 휘어져버린 것이다.

"어쩔 수 없군. 부러진 창 대신 이걸 사용해."

휘어진 창은 나중에 수리해서 돌려주기로 하고, 신은 품—에서 꺼내는 척하며 아이템 박스 안의 카드 한 장을 기안에게 건넸다.

신이 튕겨낸 창과 자신의 손을 번갈아 보며 심각한 표정을 짓던 기안은 건네받은 카드가 실체화된 것을 보고 당황하는 표정을 지었다.

"이건……?"

"『스펀지 랜스』라는 훈련용 무기야. 겉모습은 부드러워 보여도 아다만틴 이상으로 튼튼하지. 이거라면 무기 걱정 없이 싸울 수 있을 거야."

물론 무기가 더욱 신경 쓰이는 쪽은 신이었다.

기안도 몇 번 랜스를 휘둘러보고는 납득했다는 듯이 끄덕거렸다.

"그러면 다시 시작한다. 스킬이든 마법이든 마음껏 써도 좋아."

신은 블레이드의 칼끝을 기안에게 겨누었다. 그러자 기안도 마찬가지로 랜스를 신 쪽으로 향했다.

무기를 놓치긴 했지만 방금 보여준 기안의 공격은 신체 능력에 의존한 것이 아니었다. 발놀림, 중심의 이동, 힘 쓰는 법까지, 전부 하루아침에 만들어진 실력이 아니라는 것을 신이 느낄 만한 기량이었다.

"사양하진 않겠어요."

방금 전과 마찬가지로 창을 내뻗는 기안의 표정에서는 신의 말을 어떻게 받아들였는지를 짐작하기 어려웠다.

신이 다시 한번 튕겨내려고 창끝을 노리자 칼날이 노랗게 빛나는 것이 보였다.

"기안이 진짜로 진지하게 나오는군."

"정말이네."

신의 귀에 뮤와 렉스의 중얼거림이 들렸다. 아무래도 두 사람은 기안의 다음 수를 알고 있는 듯했다.

방금 전 상황을 재현하듯이 블레이드가 랜스의 창끝을 튕겨냈다. 하지만 그 뒤부터는 다른 전개가 펼쳐졌다.

튕겨지기 전의 랜스 궤적을 따라 노란 칼날이 신을 향해 날아들었다.

신의 동체시력은 그 표면에서 파직 하고 전기가 튀는 것을 놓치지 않았다.

날아드는 칼날의 정체는 번개였다. 속도도 당연히 빠를 수밖에 없었다.

신이 그것을 피하는 것과 기안이 튕긴 창을 바로 잡는 것이 거의 동시에 이루어졌다.

처음부터 튕겨 나갈 것을 예상했는지 방금 전처럼 창을 떨어뜨리지 않고 바로 내찌를 준비를 하고 있었다.

"괴물인가……!"

하지만 겉보기엔 냉정하게 대처하는 것 같아도 짧게 흘러나온 말에서 본심이 튀어나왔다.

기안은 그러면서도 포기하지 않고 {창끝이 닿을 수 없는 거리}에서 랜스를 내찔렀다. 그러자 두 번째 격돌 때처럼 창끝에서 노란 칼날이 날아왔다.

"오랜만이군."

이번에는 발사된 칼날을 튕겨내며 신이 중얼거렸다.

기안이 사용한 것은 창술/번개 마법 복합 스킬인 【트라이 엣지】였다.

창술과 번개 마법의 복합 스킬이긴 하지만 속성이나 무기 종류가 다른 【트라이 엣지】도 존재했다. 날붙이 무기끼리 공유되는 스킬인 것이다.

상대에 따라 속성을 바꿀 수도 있었기에 초심자부터 베테랑까지 다양하게 애용되었다.

스킬 효과는 무기 공격에 각 속성의 추가 공격이 더해지는 것이었다.

"아직 안 끝났어!"

번개 칼날이 튕겨 나가는 것을 본 기안은 그 자리에서 랜스를 휘둘렀다. X 자를 그리듯 두 번, 그리고 수평으로 한 번 더

그었다.

신을 6등분하려는 듯이 펼쳐진 공격이 붉게 타올랐다.

기안의 움직임은 멈추지 않았고 랜스를 재빨리 되돌리며 두 번 앞으로 내질렀다. 창끝에서 날아든 것은 눈에 잘 보이지 않는 바람 칼날이었다.

"콤보까지 쓸 수 있는 건가."

자신을 노리는 화염과 바람의 2단 공격을 블레이드로 날려 버린 신은 감탄하는 얼굴로 기안을 공격해 들어갔다.

스킬 중에는 조합에 따라 연속기처럼 쓸 수 있는 것이 있었다. 기안이 사용한 것이 바로 그랬고 플레이어들 사이에서 콤보로 불리는 기술이었다.

"망할 자식!!"

자신이 스킬을 사용한 것에 반해 신은 단순히 블레이드만 휘둘러서 모든 공격을 튕겨냈다. 기안은 그런 사실에 짜증을 냈다.

하지만 그것도 신이 휘두르는 블레이드를 막아내기 전의 이야기였다. 스펀지 계통의 무기는 겉으로는 부드러워 보였지만, 기안이 블레이드를 랜스 창대로 막아내자 그 일격만으로 몸이 좌우로 격렬하게 흔들릴 정도였다.

공격을 흘리는 것은 세 번이 한계였다. 네 번째 공격을 그대로 받아내며 팔이 저려왔고 다섯 번째 공격에 기안의 몸이 창을 든 채로 공중에 떴다.

“스킬을 사용했는데도 결국 이겨냈어……. 지면 위로 수평을 이루면서 날아가는 것 같았는데, 괜찮으려나……?”

“신 씨가 저 장비라면 괜찮다고 했으니까 분명 별일 없을 거야. 봐봐. 기안이 일어났잖아.”

걱정스럽게 바라보는 렉스의 눈앞에서 기안이 몸을 일으켰다. 이상하다는 듯이 블레이드에 맞은 부위를 쓰다듬고 있었다.

“지면을 미끄러진 것 외에는 대미지가 없지?”

“……그렇군.”

몸을 일으킨 기안은 고통이 없자 당황한 것 같았다. 신은 혹시 몰라서 기안의 HP 바를 살폈지만 역시 전혀 줄어들지 않은 상태였다.

“그러면 다음은 드디어 나야!!”

그런 기안을 내버려 둔 채 뮤가 설레는 표정으로 신에게 다가왔다.

뮤의 장갑과 각반으로는 신의 공격에 견딜 수 없다는 것을 알았기에 스펀지 너클과 각반으로 변경해둔 상태였다.

“전력을 다해서 간다!!”

뮤는 기안과 달리 처음부터 모든 스킬을 전개했다.

몸을 뒤덮은 아우라는 【조기(操氣) · 활섬(活閃)】일 것이다. 아우라가 안정적인 것은 아츠가 아니라 스킬이라는 증거였다. 상승된 신체 능력을 활용해 단숨에 거리를 좁히려 하고 있었다.

물론 신이 그것을 허용할 리는 없었다. 정면에서 달려드는 뮤에게 재빨리 블레이드를 내리쳤다. 하지만 날아드는 블레이드 앞에서도 뮤는 회피도 방어도 하지 않았다.

뮤는 그대로 블레이드에 맞아 쓰러질 것처럼 보였지만, 블레이드는 뮤의 몸을 통과해버리고 말았다.

그리고 바람에 날린 연기처럼 희미해지며 사라졌다.

"어, 【기 맞대기】인가."

사라진 뮤의 뒤에 숨어 있던 진짜 뮤가 신을 공격해왔다.

너클과 각반은 화염에 뒤덮였고 주먹을 내뻗자 불꽃 주먹이 30세메르 정도 뻗어 나오고 발차기를 하면 발 모양의 불꽃이 주먹만큼 뻗어 나왔다.

뮤의 환영은 맨손 무예 스킬【기 맞대기】, 화염에 의한 공격 범위 확장은 맨손/화염 마법 복합 스킬인【불꽃의 형태 · 홍련(紅蓮)】이었다.

양 주먹을 번갈아 내뻗은 뒤 몸을 숙여 다리를 걸었다. 신이 피하자 다리를 건 동작 그대로 몸을 회전해 원심력을 이용한 돌려차기로 연결했다.

【불꽃의 형태 · 홍련】의 지속 시간은 60초였다. 뮤의 몸이 불타오르는 것처럼 보이는 맹공을 신은 냉정히 막아내고 있었다.

화염 공격은 실체가 존재하기 때문에 블레이드로 쳐낼 수 있었던 것이다.

"으음~!!"

뮤는 공격이 맞지 않아 초조했지만 스킬의 종료 시간만큼은 염두에 두고 있었는지 신에게서 거리를 벌렸다. 그리고 즉시 각반에 불꽃이 집중되었다.

"이건 어때!!"

뮤가 그 자리에서 다리를 높이 들며 발차기를 했다. 차올린 기세 그대로 공중에서 한 바퀴 돈 뒤, 착지와 동시에 신을 향해 날아차기를 시전했다.

뮤가 공중제비를 돈 곳에서 지면을 따라 화염 덩어리 두 개가 신을 향해 밀려 들어왔다.

양옆에서 협공하는 화염과 함께 뮤가 일직선으로 돌진했다. 화염이 먼저 발사되었지만 뮤의 날아차기 속도가 더 빨랐기에 지면과 공중에서의 동시 공격이 이루어진 것이다.

"어, 이건 제법이군."

게임 시절에 잠깐 유행했던 1인 다각도 공격이었다.

대부분은 마법사나 궁술사 같은 원거리 공격 타입이 주로 사용했지만, 스킬을 어떻게 활용하느냐에 따라 뮤 같은 근접전 타입도 쓸 수 있는 기술이었다.

신은 잠시 추억에 젖으며 화염 덩어리를 무시한 채 뮤만 노리고 반격했다.

뮤가 사용한 맨손/화염 마법 복합 스킬 【기는 이빨】은 발에서 임의의 타이밍으로 화염을 발생시키는 기술이다.

하지만 상대를 향해 뻗어가는 불꽃은 물리력이 20퍼센트, 마법이 80퍼센트로 마법에 더 치중된 공격이다. 따라서 신의 강력한 마법 저항력 앞에서는 거의 효과를 발휘하지 못하는 것이다.

"위험해요!!"

그 사실을 모르는 렉스가 날아차기를 한 손으로 막아내며 화염을 전혀 신경 쓰지 않는 신에게 소리쳤다.

전력으로 싸우겠다는 뮤의 말이 거짓은 아니었는지 지면을 기어온 화염에는 상당한 열량이 담겨 있었다. 이대로 맞으면 신은 몰라도 옆에 있는 뮤가 무사하지 못할 것이다.

하지만 발을 잡힌 채 거꾸로 매달린 뮤가 몸을 움츠리기도 전에 신이 지면을 향해 발을 찧었다. 그러자 아랫배가 울리는 듯한 묵직한 소리와 함께 발밑의 지면이 뒤집혔다.

화염은 진동으로 흔들리다 뒤집어진 땅에 부딪치자 신 일행에게 닿지 못한 채 흩어졌다. 희미하게 남은 열기가 신과 뮤의 피부를 간지럽혔다.

"여기까지야. 놓는다."

"역시 신 씨는 굉장해……."

뮤는 위태위태하게 땅에 내려섰다.

신의 강력함을 직접 실감했기 때문인지 신에 대한 존경심이 더욱 강해진 모양이었다. 싸움의 흥분이 아직 가시지 않았는지 영웅을 우러르는 눈빛으로 신을 바라보고 있었다.

"저기, 쟤는 항상 저런 거야?"

"글쎄요…… 저도 뮤가 저러는 건 처음 봐서 말이죠."

신은 마지막 상대로 자신 앞에 선 렉스에게 물었다. 하지만 대답과 함께 돌아온 것은 당혹스러운 표정이었다.

"전에 강한 사람이 좋다고 말한 적이 있었는데, 아마 그것과 비슷한 맥락 아닐까요?"

"그런 건가. 아, 미안. 대련 전에 이상한 소릴 했군."

"아니요, 나름대로 오래 알고 지낸 저도 조금 신경이 쓰였던 참이니까 신 씨가 궁금해하시는 것도 당연합니다."

원래부터 강한 상대에게 경의를 표하는 성격이었지만 이번 같은 태도 변화는 처음이라고 한다.

"그러면 시작하자. 미리 말해두지만 봐줄 필요는 없어. 전력으로 덤벼도 괜찮으니까 사양하지 마."

"네. 잘 부탁드립니다."

렉스의 표정에는 상대를 다치게 할지도 모른다는 두려움이 사라져 있었다.

뮤의 【기는 이빨】을 손도 안 대고 소멸시키는 것을 보고 신의 말이 허언이 아님을 알았기 때문이었다.

렉스는 마법사였기에 기안과 뮤보다 거리를 벌린 상태에서 시작하기로 했다.

"대기에 가득한 마력이여. 내 손에 모여라—."

『내 몸에 깃든 마력이여. 내 적을 향해 달려라—.』

렉스의 주문 영창이 시작되었다. 신은 기안과 뮤에게 그랬던 것처럼 첫 공격은 양보해주기로 했다.

"저게 다중 영창인가."

렉스의 입에서 흘러나온 목소리와 별개로 또 하나의 주문 영창이 신의 귀에 들려왔다.

복수의 마법을 동시에 사용하는【다중 영창】스킬임은 분명했지만 어떤 원리인지는 알 수 없었다.

신은 영창을 생략해서 마법을 사용하는【무영창】스킬을 갖고 있었다.【다중 영창】스킬과【무영창】을 연동하면 여러 개의 마법을 영창 없이 사용하는 것도 가능했다.

굳이 시간을 들여서 주문을 외울 필요가 없었던 신은 일반적인【다중 영창】이 어떤 식으로 이루어지는지 몰랐던 것이다.

"……마침 좋은 기회군. 시험해볼까."

신은 렉스와 동시에 주문을 외기 시작했다.【무영창】이 너무 당연시되어 사용해본 적이 없는【다중 영창】을 사용해보기로 한 것이다.

"언 땅을 이곳에. 내가 바라옵건대—."

『대기를 건너는 물방울이여. 내 손에 모여라—.』

꽤나 기묘한 감각이었다. 입에서는 얼음 장벽을 만드는 마법의 주문이 흘러나왔다. 하지만 그와 동시에 머릿속에서 물의 탄환을 만드는 마법 주문이 재생되어 입에서 흘러나오는 주문과 겹쳐지고 있었다.

특별한 일을 한다는 느낌은 없었고 머릿속에서 자연스럽게 두 개의 주문을 외우며 그것을 입 밖에 낼 뿐이었다.

'일단 성공은 한 것 같은데…….'

신은 주문을 외며 그런 생각을 했다. 평소라면 절대 하지 않았을 사고 형태였지만 주문 영창만큼은 어렵지 않게 해낼 수 있었다.

그리고 곧 영창이 완료되었다.

렉스가 선택한 마법은 바람 탄환을 날려 보내는【에어 불릿】과, 사용자의 손에서 임의의 궤도로 번개를 발생시키는【선더 라인】이었다.

신이 선택한 것은 얼음 장벽을 만들어내는【아이스 월】과, 물의 탄환을 날려 보내는【워터 불릿】이었다.

먼저 격돌한 것은 바람과 물의 탄환들이었다. 신은 보이지 않는 바람 탄환을 마치 눈으로 확인한 것처럼 물의 탄환으로 요격했다.

이것은 마력을 볼 수 있는【마력시(魔力視)】스킬 덕분이었다. 게임 시절에는 모든 플레이어의 필수 스킬로 불릴 만큼 널리 애용되던 기술이었다.

"한 발의 위력이 너무 차이가 나는군요. 하지만 이런 상황이라면……."

물의 탄환 한 발에 바람 탄환 다섯 발이 사라지는 것을 보고 렉스는 화력으로 이길 수 없다고 판단한 것 같았다. 하지만 신을 바라보는 눈빛에서는 아직 포기하는 기색이 보이지 않았다.

물과 바람 탄환이 격돌하는 공간을【선더 라인】으로 저격하려는 의도일 것이다.

【선더 라인】은 개인의 능력에 따라 만들어낼 수 있는 궤도가 달랐다. 초보자라면 단순한 곡선을 그리거나 두세 번 방향을 꺾는 정도가 고작이었다.

반면 익숙해질수록 복잡한 궤도를 그릴 수 있게 되고, 극히 일부의 플레이어는 번개가 장애물을 스스로 피하는 것 같은 궤도를 만들어냈다.

신은 렉스의 실력을 확인하기 위해 얼음 장벽을 여러 개의 덩어리로 나누어 마법 탄환이 맞부딪치는 주변에 배치했다. 그러자 얼음 기둥에도 탄환이 부딪치면서 신을 저격하기가 더욱 어려워졌다.

이렇게 되면 실력에 조금 자신이 있더라도 바깥쪽에서 크게 꺾는 선택을 해올 것이다.

"……흡!!"

렉스의 손에서 번개가 솟구쳤다. 양손에서 한 줄기씩 뻗어 나온 번개는 얼음 기둥과 탄환이 교차하는 공간을 향해 날아갔다.

"굉장하군."

얼음 기둥과 탄환에 부딪치지 않고 날아드는 번개를 신체 능력만으로 피하면서 신은 감탄한 듯이 중얼거렸다.

공간에 남은 번개 궤도의 잔해를 보면 얼마나 복잡한 궤도로 뻗어 왔는지가 일목요연했다. 번개가 날아오는 건 한순간이지만 마법이 맞부딪치는 공간 안에서 그것을 순식간에 그려내는 것은 결코 쉽지 않았다. 플레이어 중에서도 이 정도로 복잡한 궤도를 전투 중에 그려낼 수 있는 사람은 많지 않을 것이다.

"하하…… 막지도 않고 피해버리다니……."

신이 감탄한 것에 비해 렉스는 어이없음과 당황이 뒤섞인 목소리로 중얼거렸다.

원래 번개와 빛의 마법은 사용자가 잘못 조준하지 않는 이상 절대 피할 수 없었다. 빛의 속도로 날아오기 때문이다. 인간이 반응할 수 있는 속도 정도는 가볍게 뛰어넘는 수준이니 피할 수 있을 리가 없다.

하지만 실제로 피해버리는 사람들도 있었다.

상대의 움직임을 읽고 공격 방향과 타이밍을 한정하거나 마력을 감지하기도 한다. 각자 자신만의 방법으로 회피 불가능한 공격을 피해버리는 것이다.

참고로 신은 상대의 공격을 감으로 알아내는 편이었다. 위기 감지의 연장선상에 있다고 말할 수도 있었다. 그래서 어떻게 예측했느냐고 물어도 이론적인 설명은 불가능했다.

이미 기안과의 싸움에서 신이 번개를 피하는 것을 목격했지만 마법이 격돌하고 얼음 기둥이 시야를 가로막는 상태에서까지 피할 줄은 몰랐던 모양이었다.

"여기서 끝내자. 그래도 되겠지?"

"아, 네. 그걸 피해버리면 저는 더 이상 방법이 없으니까요."

계속 싸워봐야【워터 불릿】의 물량에 압도당할 뿐이므로 렉스는 신의 제안을 주저 없이 받아들였다.

"그러면 마지막은 다 함께 덤벼. 그러고 보니 다른 파티 멤버는 없는 거야?"

"고정 멤버는 여기 있는 세 명뿐입니다. 상황에 따라 소수 파티와 합세하거나 혼자 활동하던 사람을 받아들이기도 하지만 잘된 경우는 별로 없었죠."

다른 학생들이 세 사람의 움직임을 따라가지 못했던 탓이었다. 기본적인 능력치 차이가 너무 컸던 것이다.

마법사인 렉스조차도 일반인 전사 못지않은 완력을 발휘할 정도였다.

학교 안에 다른 선정자가 없는 것은 아니지만 좀처럼 호흡을 맞추기 힘들었던 모양이다.

"그렇군. 파티 멤버 문제는 나도 딱히 도와줄 방법이 없겠어. 어쨌든 지금 멤버들을 강화하는 데 중점을 두자."

일단 개인 단련과 연계 훈련부터 해야 했다. 트레이닝 던전에서 그들이 싸우는 모습을 봤던 신은 아직 개선의 여지가 많다고 생각하고 있었다.

"다시 한번 말하지만 봐줄 필요는 전혀 없어."

신은 블레이드를 겨누며 말했다.

기안과 뮤는 나란히 섰고 렉스는 뒤에서 대기하고 있었다. 세 사람 모두 진지한 표정이었다.

일대일로는 신의 여유로운 태도조차 흐트러뜨리지 못했지만 이번에야말로 본때를 보여주려는 의도가 잘 느껴졌다. 파티 전투이기 때문인지 기안 혼자 스펀지 실드를 추가 장비한 상태였다.

"간다!!"

기안의 구호와 함께 뮤와 렉스도 움직였다.

기안은 실드를 앞으로 내밀고 돌격하면서 랜스가 신에게 보이지 않도록 방패 뒤로 감춰두고 있었다. 공격하기 직전까지 예측하지 못하게 하려는 작전인 듯했다.

그런 기안의 머리 위에서 뮤의 발차기가 뻗어 나왔다.

두 사람의 동시 공격, 아니 두 사람의 뒤에서는 렉스가 이미 주문 영창을 시작하고 있었다.

신은 먼저 날아든 뮤의 발을 잡고 몸을 회전하며 기안을 향해 던졌다.

"으앗?!"

"아니?!"

기안은 황급히 실드와 랜스를 움직여 뮤의 몸을 받아냈다. 신이 공격을 이어나가려던 찰나에 주변이 안개에 휩싸였다.

"빨리 물러나!"

신의 주변만 안개가 사라졌지만 기안과 뮤는 렉스의 지시를 따라 뒤로 물러났는지 모습이 보이지 않았다. 신이 공격에 대처할 것을 예상하고 시야를 가로막기 위한 마법을 준비한 모양이었다.

"자, 어떻게 나오려나?"

신은 기척을 통해 세 사람의 위치는 파악하고 있었다. 아무래도 그들은 각자 다른 방향에서 공격해올 작정인 듯했다.

신의 움직임을 경계해서인지 30초 정도 시간을 들이면서 천천히 돌아 들어오고 있었다. 한 명은 정면, 나머지 두 사람은 후방 대각선이었다.

미리 시간을 정해두었는지 별다른 신호가 없었음에도 일제히 거리를 좁히는 것이 느껴졌다.

신의 정면에서 안개를 뚫고 나타난 것은 놀랍게도 렉스였다.

"【트리플 불릿】!!"

그의 손에서 화염과 물, 그리고 투명해서 보이지 않는 바람 탄환이 발사되었다.

뒤에서는 뮤가 【기는 이빨】과 함께, 기안이 【트라이 엣지】와 함께 돌격해왔다.

어중간한 공격으로는 대미지를 줄 수 없다는 생각에 모든 방향에서 공격하기로 마음먹은 듯했다.

"좋은 아이디어로군."

신은 세 사람 중에서 먼저 렉스를 향해 움직였다. 마법은 신에게 별다른 효과를 발휘할 수 없다. 렉스의 마법이라면 더더욱 그랬다.

지금의 싸움은 전투 훈련이기도 했기에 일부러 탄환을 쳐내며 나아간 뒤에 후퇴하려는 렉스의 목을 쳤다. 그것이 훈련에서의 사망 조건이었다.

뒤에서 공격해오던 뮤와 기안도 몇 분 사이에 사망 처리되고 말았다.

"으으, 한 대도 못 때렸어……."

"제길."

"이야, 전혀 상대가 안 되는군. 훈련을 부탁하길 잘했어."

뮤와 기안은 분한 기색을 숨기지 않았다. 렉스는 처음 대련할 때부터 이길 수 없다는 것을 알고 어떻게든 한 방 먹여주려고 한 것 같았다.

"그러면 방금 전투의 반성회를 시작할게. 이제부턴 유키가 담당할 거야."

실력 차이에 좌절하지만 않는다면 앞으로도 얼마든지 성장할 수 있었다. 신은 세 사람에게 이야기하면서 그렇게 예감하고 있었다.

†

“좋은 아침이에요. 일어나 주세요.”

“응? 아…… 응, 좋은 아침.”

듣기 좋은 목소리와 함께 몸을 흔들어 깨우자 신의 의식이 70퍼센트 정도 각성했다.

침대에서 몸을 일으키자 슈니는 이미 옷을 갈아입은 상태였다.

“여기 온 뒤로 슈니가 매일 날 깨워주는 것 같은데.”

“그랬던가요?”

신은 왠지 아침잠이 많아진 것 같아서 고개를 갸웃거렸다.

렉스 일행의 부탁으로 훈련을 도운 지 며칠이 지나 있었다. 평소였다면 바로 아침 식사를 하러 가야 했지만 오늘은 쉬는 날이라 잠시 빈둥거려도 괜찮았다.

“아침에 일어나서 슈니가 자는 모습을 본 적이 없는 것 같아.”

“왜 그렇게 심각한 표정을 짓는 거죠? 뭐 어때요. 제가 신이 자는 모습을 볼 수 있는걸요.”

“나도 슈니가 자는 모습을 보고 싶다고 항의할 거야!”

“누구에게 항의하려고요? 정말이지…….”

신이 어리광을 부리듯 말하자 슈니가 어이없다는 듯이 대답했다. 하지만 그녀의 표정은 무척이나 따스했다.

“밤에 자는 모습은 주로 내가 보지만 말이지.”

“그, 그건 신이 그렇게나— 무, 무슨 말을 하게 만드는 거예요?!”

“글쎄. 난 슈니가 일찍 자고 일찍 일어난다는 이야기를 하려던 것뿐이야. 대체 무슨 상상을 했길래 그래?”

슈니는 아직도 이런 화제가 쑥스러웠는지 신의 장난에 얼굴이 새빨개져 있었다. 그런 모습마저도 귀여웠던 신의 입가에 미소가 번졌다.

“크……으으~ 자꾸 그러면 아침밥은 안 만들어줄 거예요!!”

“잘못했습니다!!”

신이 우위에 선 것은 몇 초에 불과했다.

두 사람이 묵는 객실에는 부엌이 있어서 간단한 요리를 만들어 먹을 수 있었다.

두 사람도 처음에는 호텔 레스토랑에서 아침을 먹었다. 하지만 신이 점점 슈니의 요리를 그리워했기에 지금은 슈니가 아침마다 음식을 만들어주고 있었다.

아침밥이라는 인질을 잡힌 신은 슈니의 말에 조금도 저항하지 못한 채 굴복하고 말았다. 침대 위에서 넙죽 엎드리는 신을 본다면 그가 하이 휴먼이라는 것을 아무도 믿지 못할 것이다.

"반성했나요?"

"현재 온 힘을 다해 반성 중입니다."

"……휴우, 정말이지. 놀리더라도 좀 더 생각해서 해주세요."

"아니, 그게 뭐랄까, 부끄러워하는 슈니를 보는 게 질리지가 않아서 말이야."

"신?"

"네, 죄송합니다! 제가 건방졌습니다!!"

신은 농담으로 넘어갈 수 없는 분위기를 느끼고 즉시 고개를 숙였다.

두 사람이 처음 맺어진 지 며칠밖에 되지 않았지만 슈니의 태도에서 점점 마음의 벽 혹은 배려심 같은 것이 사라지고 있었다.

원래부터 존재했던 감정에 더해 단둘이 있는 환경까지 갖추어지자 두 사람의 관계—주종 관계가 아닌 남녀 관계—는 급속히 가까워졌다.

"휴우, 그 이야기는 이제 됐어요. 그런데 오늘은 어떻게 보낼 건가요? 훈련도 없으니까 오랜만에 느긋하게 지낼 수 있을 텐데요."

"글쎄……."

슈니의 목소리에서 둘이 오붓하게 지내고 싶다는 의지가

전해졌다. 그것도 물론 좋을 테지만 신은 모처럼의 기회인 만큼 주변을 관광하고 싶었다.

엘쿤트 마법 학교에서는 다양한 연구—사람들의 생활에 유용하게 쓰이는 아이템이나 생산력을 향상시키는 기술 등이 개발되고 있었다.

다만 현실 세계의 과학 기술 같은 것은 연구 대상이 아니었다.

마법이 존재하는 세계에서 섣불리 과학 기술을 발전시키는 것은 좋지 않다고 생각한 것 같다.

현실적인 이유를 따져보자면 히라미와 마사카도는 원래 중학생이었기에 그 정도로 자세한 과학 원리를 몰랐던 탓도 있었다.

지금 생각해보면 신이 이 세계를 여행할 때마다 현실 세계와는 다른 기술력이 사용되고 있었다. 그런 것들을 다시금 둘러보는 것도 재밌을 것 같았다.

"신?"

"아아, 미안. 잠깐 생각을 좀 하느라."

신은 슈니에게 사과하며 자신의 생각을 전했다.

"그러네요. 방에서 느긋하게 보내는 건 언제든 할 수 있을 테니 오늘은 밖에 나갈까요?"

"그래도 되겠어? 내 의견은 나중으로 미뤄도 상관없는데."

"괜찮아요. 지금은 신과 함께 있다는 게 더 중요한걸요."

슈니의 말에 신의 가슴이 뜨거워졌다. 순간적으로 슈니와 마리노의 모습이 겹쳐졌지만 그것도 잠시였다.

슈니는 마리노의 대용품이 아니다. 아직 마리노를 잊은 것은 아니지만 그녀와 슈니를 겹쳐 보는 것은 잘못된 일이라고 신은 생각했다.

“그러면 그렇게 하자. 고마워.”

슈니와 도시를 관광하는 것은 히노모토 이후로 처음이었다.

외출하기 위해 옷을 갈아입은 슈니는 핑크색 스웨터와 흰색 롱스커트에 작은 물건을 넣을 수 있는 핸드백을 메고 있었다. 묶은 머리에는 히노모토에서 구입한 비녀가 꽂혀 있었다.

모험가들이 많은 거리에서는 조금 시선을 끌 테지만 일반적인 주택가나 상점가 같은 곳에는 비슷한 차림을 한 사람도 많았다. 게임 시절부터 다양한 복장이 판매되던 영향이라고 할 수 있었다.

장식품이라는 명목으로 바니걸 의상이나 간호사복 등 ‘판타지 세계관에 저런 게 있어도 돼?’라고 생각할 만한 옷들도 많았다.

슈니가 고른 옷은 시스템상으로는 상인의 옷으로 분류되던 것이었다.

원래라면 방어력이 아예 없어야 하지만 제작자가 『육천』의 캐시미어였기에 방검, 방화, 방뢰에 철갑옷 수준의 방어력까지 갖춘 기묘한 옷이 되고 말았다. 『육천』 멤버들의 제작품은 겉모양과 성능이 일치하지 않는 경우가 제법 흔했다.

참고로 방수 기능이 없는 것은 '젖은 옷이 피부에 달라붙는 것이 섹시하다'라는 캐시미어의 의견에 신과 헤카테가 동의한 결과였다.

물론 게임 시절에는 그런 불필요한—옷이 몸에 달라붙는 기능이 존재하지 않았기 때문에 그들의 논의는 사실상 무의미했다.

"난 이런 느낌이면 괜찮으려나?"

"네. 잘 어울려요."

슈니 혼자 튀지 않도록 신도 남색 바지에 흰 셔츠, 재킷이라는, 판타지와 어울리지 않는 현대풍 의상을 골랐다. 패션 잡지에서 보는 흔한 조합을 그대로 흉내 낸 차림이었다.

"생각보다 그렇게까지 튀어 보이진 않는군."

"의복 문화는 플레이어분들 덕분에 선택의 폭이 상당히 넓어진 것 같거든요."

엘쿤트 거리는 신이 예전에 TV에서 본 유럽 거리와 비슷했다.

과학 기술 없이도 의복과 생활용품 등은 재현하기 쉬웠기 때문에 신처럼 디자인을 중시한 옷을 입은 사람들도 많았다.

기술 개발을 총괄하는 학장이 플레이어인 히라미였기 때문인지, 거리에는 현실과 흡사한 복장을 한 사람들이 종종 보였다.

"베일리히트와 파르닛드는 이렇지 않았던 것 같은데."

"이런 복장이 어디서나 환영받는 건 아니니까요. 받아들여지는 곳이 있는가 하면 아닌 곳도 있어요. 이 도시의 사람들은 적극적으로 받아들인 것 같지만요."

"하긴 그렇겠지. 그런데 이곳의 봉제 기술은 생각보다 훨씬 뛰어난 것 같아. 학교 교복도 현실 세계에서 입어도 될 정도고. 뭐, 만화나 라이트노벨 같은 곳에서나 볼 수 있는 디자인이긴 하지만 말이야."

현실에서는 코스프레용 의상이라고 해도 납득할 것이다.

"그래서 어디로 가는 건가요?"

"데이트 장소로는 정말 안 어울리지만 말이지. 무기를 취급하는 가게를 둘러보고 싶어. 히라미 외에도 근접전 위주인 마사카도가 있으니까 그런 쪽으로도 발전하지 않았을까 해서. 관련 기술이 얼마나 발전했는지 알아두고 싶어."

진짜 목적은 따로 있었지만 신은 쑥스러움 탓에 그럴듯한 구실을 갖다 댔다. 그러면서도 슈니의 기분이 상할까 봐 노심초사하는 게 사실이었다.

"그렇군요. 그러면 방어구와 액세서리를 취급하는 곳에도 가봐요. 신이라면 상품을 통해서도 정보를 얻을 수 있을 테니까요."

"그래, 고마워."

슈니가 밝게 제안해주자 신은 내심 가슴을 쓸어내렸다. 추가로 진귀한 요리를 파는 음식점에도 가보자는 제안에는 당연히 바로 동의했다.

두 사람은 호텔을 나와 일단 학교 구획 내에서 최고라는 가게로 향했다.

호텔 종업원이 그려준 약도를 보며 나아가자 길 양쪽에 쇼윈도가 늘어선 거리가 나왔다.

자동으로 채워진 미니맵을 보자 그 가게에 가려면 조금 멀리 돌아가야 할 것 같았다.

하지만 지금은 굳이 서두를 필요가 없었다. 둘이서 거리를 구경하며 돌아다닐 거라는 말에 종업원이 센스를 발휘한 것 같았다.

쇼윈도 안쪽에는 다양한 상품이 진열되어 있었다.

그중에서도 가장 많은 것이 옷이었다. 현실 세계와 마찬가지로 마네킹들이 다양한 디자인의 옷을 걸치고 포즈를 취하고 있었다. 발밑에는 구두나 가방 같은 소품이 놓여 있어서 지나가는 사람들의 구매 욕구를 자극했다.

신도 원래 세계로 돌아간 듯한 착각을 느낄 정도였다.

"이 거리를 설계한 사람은 히라미 씨라고 해요."

"아…… 그렇군. 분명 잊을 수 없었던 걸 거야."

신은 조금 놀라면서도 납득했다는 듯이 고개를 끄덕였다.

신이 히라미, 마사카도와 처음 만났을 때 두 사람은 현실에서 아직 중학생이었다.

그들은 데스 게임에서 자기들보다 어린 아이들을 지키다 죽었다. 이쪽 세계에 넘어온 뒤로 대체 어떤 심정으로 살아왔을지는 어렴풋이 짐작하는 것이 고작일 것이다.

어쩌면 학교의 수장으로 있는 것 역시 학교라는 장소에 애착이 남아 있기 때문인지도 몰랐다. 신은 조금 안타까운 심정이었다.

“신. 심각한 일이라도 있나요?”

“미안. 아무리 생각해봐야 어쩔 수 없다는 걸 잘 알면서 이러네.”

전 플레이어와 만나면 어쩔 수 없이 그런 생각이 들었다. 만약【THE NEW GATE】가 데스 게임으로 변하지 않고 평범한 일상이 계속되었다면 과연 지금쯤 어떤 모습이었을까?

“아이쿠! 슈니?”

자연스럽게 뺨을 긁적이던 신의 오른손을 슈니가 갑자기 붙잡았다. 그리고 팔을 쭉 내리게 한 뒤에 힘껏 끌어안았다.

슈니의 거침없는 동작에 신은 균형을 살짝 잃고 말았다. 슈니가 오른팔을 힘껏 끌어안았기에 그쪽으로 무게가 쏠린 것이다.

“데스 게임이 발생하지 않았다면 어땠을지 생각하는 거죠?”

“어?”

신은 자신의 생각을 들킨 것에 조금 동요했다.

"내 말이 틀렸나요?"

"그야…… 조금은 맞아."

신은 슈니의 태도를 보고 끝까지 얼버무리기는 힘들겠다고 생각했다. 솔직히 말해 팔을 끌어안는 힘이 점점 강해지고 있었다. 신이 아니었다면 팔이 관절 범위 밖으로 꺾였을 정도의 힘이었다.

"그게 아니었다면 저는 이렇게 신을 만지지도 못했을 거예요. 그러니까 저에게는—앗?!"

처음엔 당황하던 신도 슈니가 무슨 말을 하려는지 깨닫고 그녀의 입술을 자신의 입으로 틀어막았다.

신도 슈니의 감정을 전혀 이해하지 못하는 것은 아니었다.

"이미 지나간 일을 이제 와서 이러쿵저러쿵하려는 건 아냐. 데스 게임 덕분에 얻게 된 인연…… 같은 것도 있는 거니까."

단순한 게임이었다면 깊어지지 못한 채로 사라졌을 관계도 있었다. 모든 것을 비관적으로 생각하고 싶지는 않았다.

신의 말에 슈니도 진정됐는지 팔을 잡은 힘이 느슨해졌다. 하지만 진정되고 나서야 깨닫게 된 사실도 있었다.

"우와, 대담하네……."

"저건 과시하는 거지?"

"제길! 남자 녀석이 너무 부럽잖아!"

"어머, 어머. 엄청 뜨거운 사이인가 봐."

두 사람은 지금 사람들의 왕래가 많은 큰길 위에 서 있었다.

사정을 모르는 사람들에게는 슈니가 신의 팔을 끌어당기며 키스를 조르는 것처럼 보였으리라.

"좀 서둘러서 갈까?"

"……네."

신은 사람들을 향해 붙임성 좋게 웃어 보이며 목덜미까지 새빨갛게 달아오른 슈니를 이끌고 걸어가기 시작했다.

속삭이듯 대답하는 작은 목소리만으로도 슈니가 얼마나 부끄러워하는지 알 수 있었다.

슈니의 성격이라면 웬만해선 사람들에게 과시하듯 애정 행위를 하진 않을 테니 말이다.

"어쨌든 일단 진정해."

"죄송해요……."

슈니는 변장한 모습으로도 뛰어난 미모로 주위의 시선을 한 몸에 받고 있었다. 그래서 사람들 눈을 피해 좁은 골목길로 들어왔지만 얼굴은 아직도 붉게 상기된 채였다. 신의 옷자락을 붙잡은 채로 고개를 푹 숙이고 있었다.

"저기, 미안. 역시 그런 곳에서 키스하는 게 아니었는데."

"아, 아니에요! 저 때문에 벌어진 일이고, 싫었던 건…… 그러니까…… 아니었으니까요."

표정은 보이지 않았지만 머리카락 사이로 드러난 귀가 점

점 붉게 달아오르고 있었다.

요 며칠 동안 신은 슈니의 이런 표정만 보게 되는 것 같았다.

걱정거리가 사라지며 긴장이 풀린 탓일까? 아니면 신에게 마음을 허락해서 나오는 방심일까? 어느 쪽이든 간에 슈니의 귀여운 면모를 볼 수 있어서 신은 만족스러웠다.

"슈니, 잠깐 얼굴을 보여주겠어?"

신은 슈니가 화를 낼 것을 알면서도 그런 말을 꺼냈다. 슈니가 부끄러워하는 표정이 점점 더 좋아졌기 때문이다.

"으으…… 신은 제가 생각했던 것보다 훨씬 짓궂어요. 제가 부끄러워하는 게 그렇게나 재밌는 건가요?!"

신의 품에 얼굴을 묻고 표정을 숨기던 슈니가 살짝 얼굴을 들며 항의했다. 부끄러움에 상기된 뺨과 촉촉한 눈동자가 신을 원망스럽게 올려다보고 있었다.

본인은 추궁하려는 의도였을 테지만 신에게는 더욱 사랑스럽게 느껴질 뿐이었다. 자신도 모르게 손이 갈 수밖에 없다는 그럴듯한 변명을 생각해내며 신은 슈니의 머리를 쓰다듬었다.

최근에 슈니가 가장 좋아하는 것은 단둘이 있는 방에서 신이 머리를 쓰다듬어주는 일이었다.

"흥, 그런다고 그냥 넘어가진 않을 거예요."

"그렇군…… 그러면 방에서 쓰다듬는 것도 하지 말아

야—.”

“싫다고는 한 적 없어요.”

슈니는 더 쓰다듬으라는 듯이 말없이 머리를 갖다 댔다. 이것 역시 신이 여태껏 몰랐던 슈니의 일면이었다.

신도 슈니를 쓰다듬는 감촉이 제법 좋았기에 사양할 이유는 없었다.

아무리 사람들 눈에 띄지 않는 좁은 골목이라지만 지나가는 사람의 눈에는 닭살 돋는 커플로만 보일 것이다.

“……아쉽지만 이제 슬슬 가자.”

“그래야겠네요. 나머지는 방에 돌아간 뒤에 해요.”

신은 자신들이 다른 사람의 눈에 어떻게 비칠지 생각하며 먼저 정신을 차렸다.

아차 싶어 슈니의 머리에서 손을 떼고 큰길 쪽을 가리켰다. 슈니도 고개를 끄덕이고는 둘이 함께 다시 가게로 향하기로 했다.

다시 걷기 시작한 지 조금 지났을 때 신은 방으로 돌아간 뒤에 해야 할 일이 이미 있었다는 것을 깨달았다. 어리광 부리기로 마음먹었을 때의 슈니는 평소의 똑 부러지는 구석이 어딘가로 사라져버리는 것 같았다.

†

"도착한 것 같은데. 여기가 맞겠지?"

신은 찾아온 가게를 올려다보며 지도를 확인했다.

주변 건물이나 외관적인 특징은 일치했다. 그럼에도 신이 머리 위에 물음표를 띄운 것은 가게를 나타내는 간판이 어디에도 없었기 때문이다.

"문은 열려 있는 것 같으니까 일단 들어가 보죠."

"그럴까. 여기가 아니더라도 다시 찾아보면 되겠지."

신은 문손잡이를 잡아당기고 안쪽을 들여다보았다. 지도가 틀리지 않았는지 문 앞에는 다양한 무기가 진열된 선반이 놓여 있었다.

반쯤 열린 문을 통해 가게 안으로 들어가자 벽에 걸려 있는 무기들도 눈에 들어왔다.

장검, 쌍검, 장창, 단창, 활과 도끼까지. 검과 창은 전부 전설급이었고 활과 도끼는 고유급이었다.

가게 안을 대충 둘러보자 벽에 걸린 무기 외에는 대부분이 일반급이었고 이따금 희귀급이 섞여 있는 정도였다.

"맞는 것 같네. 점원이 없긴 하지만."

무기 옆에는 가격표가 걸려 있었기에 상품임은 틀림없었다.

점원이 자리를 비운 것을 보면 가게 안에 도난 방지 스킬이 걸려 있는 것 같았다. 상품을 훔쳐내려 해도 밖으로 빠져나갈 수 없는 것이다.

"실례합니다! 아무도 안 계십니까?"

"네~ 잠시만요~!"

신이 카운터 안쪽을 향해 소리치자 즉시 대답이 돌아왔다. 안쪽에서 나온 것은 작업복을 입고 머리에 수건을 두른 30대 남성이었다.

"기다리게 해서 죄송합니다. 예약은 하셨습니까?"

"아니요. 여기가 이 도시에서 가장 좋은 공방이라는 말을 듣고 무기 수선을 부탁드리러 왔습니다."

갑자기 찾아와서 작업하는 모습을 보여달라고 할 수도 없는 노릇이었다. 그래서 신은 일단 예전에 쓰던 무기를 꺼내 수리를 맡기고 어느 정도의 완성도로 복구시키는지를 살펴볼 생각이었다.

"그 이야기를 어디서 들으셨습니까? 소개장이라도 있으면 한번 보고 싶은데요."

청년은 정중한 말투로 대응했다. 장인들 중에는 예의를 무시하는 사람이 대부분일 거라 생각했던 신은 조금 의외였다.

몸집이나 외모를 보면 이 청년이 대장장이거나 그 제자인 것 같았다.

"호텔 모르가나의 종업원에게 듣고 왔습니다. 이름은 묻지 못했지만요."

소개장은 없었기에 종업원에게 들었다고 밝혔다. 때마침 카운터를 지키고 있던 사람에게 물어본 거라 이름까진 알지 못했다.

"모르가나라고요. 알겠습니다. 일이 조금 밀려 있어서 시간이 걸릴 텐데 괜찮으시겠습니까?"

"얼마나 걸릴까요?"

"작업을 시작하는 건 내일 오후쯤에나 가능할 겁니다. 요즘 들어 도시 근처에 서식하는 몬스터의 영역에 변화가 일어나서 전보다 강력한 개체들이 출현한다고 합니다."

그 탓에 장비 수선이나 새로운 주문이 늘어나 일손이 부족한 상태라고 청년은 설명했다.

자주 있는 일이냐고 신이 묻자 그렇진 않다는 대답이 돌아왔다.

이 세계에는 강력한 몬스터들이 들끓는 지역도 있었지만 엘쿤트 주변은 그렇지 않은 듯했다. 다른 곳의 몬스터가 이동해오는 사례는 가끔 있었기에 그에 관한 조사도 행해지고 있다고 한다.

"사장님은 국왕님께 보검을 헌상한 적이 있을 정도의 실력자지만 작업량에는 한계가 있으니까 말이죠. 시간이 걸려도 괜찮다는 분들의 주문만 받고 있는 실정입니다."

"그러셨군요. 그런 이야기는 처음 들었습니다. 제가 맡길 장비는 시간이 걸려도 괜찮으니 부탁드리겠습니다."

"알겠습니다. 그러면 상태를 확인할 테니 카운터 위에 올려 놓아 주십시오."

무기에 따라 수선 정도는 제각각이었다. 그중에는 수복 자체가 불가능한 물건을 가져오는 손님도 있었기에 일단 확인을 거친 뒤에 주문을 받아들인다고 한다.

신과 슈니의 복장을 보면 무기류를 가져오지 않은 것처럼 보였을 테지만 청년은 무기를 꺼내는 것이 당연하다는 태도였다.

아무래도 아이템 카드 상태의 무기를 갖고 있다는 것을 꿰뚫어 본 듯했다.

신은 뜸을 들일 생각이 없었기에 아이템 카드를 꺼내 실체화했다. 청년은 카드를 보면서도 조금의 표정 변화도 보이지 않았다.

하지만 청년이 냉정함을 유지하는 것도 무기를 확인하기 전까지였다.

"이건……?!"

청년의 입에서 경악에 찬 목소리가 흘러나왔다. 역시 장인답게 신이 실체화한 무기가 어떤 물건인지 알아본 모양이었다.

카운터 위에 놓인 것은 장창과 단검이었다.

고유급 하등품 창 『할로우 스피어』와 희귀급 하등품 단검 『아조트』였다.

『할로우 스피어』는 자신보다 STR이 낮은 상대를 일정 확률로 마비시켰다. 『아조트』는 마법 스킬의 위력을 약간 높여주는 효과가 있었다.

양쪽 모두 렉스 일행과의 훈련에서 거칠게 사용되었고 정비를 맡겨도 이상하지 않은 상태였다.

"마력 배분이 전혀 일그러지지 않았으면서도 침체된 부분이 전혀 없다니? 이건 대체……."

"받아주시는 겁니까?"

"죄송합니다. 사장님을 불러올 테니 잠시만 기다려주시겠습니까?"

청년은 자신이 감당할 수 없다고 판단한 것 같았다. 카운터 안쪽에 있는 통로에 들어가려고 뒤로 돌더니 무언가를 깨달은 것처럼 걸음을 멈추었다.

"어라? 무슨 일이세요, 사장님?"

"조금 묘한 기척이 느껴져서 말이다. 어차피 날 부르러 오려던 거겠지? 이유는—형씨로군."

통로 안쪽에서 나온 것은 50대 중반 정도의 남성이었다. 청년보다 키가 작았지만 팔 굵기는 두 배가 넘었다.

신은 지금까지의 경험을 토대로 남자가 드워프일 거라고 판단했다. 심기가 불편한지 제법 흉악한 표정을 짓고 있었다.

"처음 보는 얼굴이로군. 난 이 공방의 대표인 바르간이라는 사람이다. 그래, 무슨 일로 왔지?"

"이것 말인데요, 저로선 도저히 판단하기 힘들어서요."

"호오? 네가 말이냐."

바르간은 흥미롭다는 표정으로 청년을 바라보았다.

옷을 잘못 고르면 산적 두목처럼 보일 만한 흉악한 얼굴에 떠오른 것은 새 장난감을 받은 어린아이의 표정이었다. 그러면서도 눈빛은 상대를 꿰뚫어 보려는 듯이 날카로웠다.

"……그래, 네가 당황할 만하구나."

청년이 내민 『할로우 스피어』를 받아 들고 전체를 살핀 바르간이 그런 말을 꺼냈다. 그리고 다시 입을 다물며 곧바로 『아조트』로 넘어갔다.

이쪽도 몇 분에 걸쳐 꼼꼼히 칼날과 장식 등을 확인하더니 슬며시 카운터 위에 내려놓았다.

"이것들을 정비해달라는 거로군?"

"네, 그렇습니다만 무슨 문제라도 있습니까?"

진지한 표정으로 묻는 바르간에게 신은 이상한 부분이라도 있나 싶어서 내심 고개를 갸웃거리며 되물었다.

바르간은 신의 질문에 바로 대답하지 않고 잠시 그를 가만히 바라보았다.

"저기……."

"이 녀석을 정비하는 건 형씨가 적임자 같은데?"

"네?"

신은 예상치 못한 말에 눈썹을 찡그렸다. 굳이 대장간에 찾아와서 무기 수리를 부탁한다면 손님에게는 그것이 불가능한 일이라고 생각하는 것이 보통이었다. 그럼에도 바르간은 확신에 찬 얼굴로 신에게 묻고 있었다.

"무슨 의도인지는 모르겠지만 형씨, 대장장이 맞지?"

"……?!"

어떻게 대답할지 몰라 망설이던 신에게 바르간이 단호히 말했다. 지금의 신을 대장장이로 볼 만한 구석은 전혀 없었는데도 말이다.

"영문을 모르겠다는 얼굴이로군. 뭐, 조사해보면 금방 알 수 있을 테지만 난 눈앞에 있는 상대가 대장장이인지를 알 수 있다. 자랑은 아니지만 나도 이 근방에선 제법 유명하거든. 일반인이나 모험가인 척하고 찾아와서 기술을 훔쳐내려는 녀석들이 한둘이 아니지. 덕분에 묘하게 눈이 단련되었는지, 형씨처럼 직업을 숨기고 접근하는 녀석을 알아볼 수 있게 되었단 말씀이야."

"대단하시군요."

"칭찬해준다고 기쁘진 않군. 그래서? 형씨는 무슨 목적으로 이곳에 정비를 맡기러 온 거지?"

"……이 도시의 대장장이가 어느 정도의 실력인지 확인해보고 싶었습니다. 혹시 제가 모르는 기술이 있는지 알아보려던 건 사실이지만 훔쳐보려고 한 건 아니었습니다."

신은 바르간의 진지한 눈빛에서 섣불리 얼버무리는 것이

통하지 않으리란 것을 알고 솔직히 설명했다.

기술은 많은 사람들이 시행착오를 통해 얻어낸 결과물이었다. 신은 그것을 훔쳐내는 짓은 절대 하지 않기로 결심한 사람이다.

작품을 보면 어느 정도는 알 수 있지만 기술을 완전히 훔쳐낼 수 있는 것은 아니었다. 그 부분은 교섭을 통해 해결할 생각을 갖고 있었다.

"형씨, 대체 정체가 뭐야?"

"당신이 말한 것처럼 대장장이입니다. 다만 최근의 대장장이 업계가 어떻게 돌아가는지 잘 몰라서 여러모로 물어보고 싶긴 합니다."

신은 바르간이 조금 당황하는 것을 의아하게 여기며 대답했다. 상대의 실력을 시험하는 것은 역시 위험한 발상이었던 것 같아 내심 마음을 졸이고 있었다.

"최근의 대장장이 업계라. 꼭 장수 종족처럼 말하는군."

"그렇게 들립니까?"

"옆에 있는 아가씨는 엘프지만 형씨는 휴먼 아닌가? 나이는 기껏해야 스무 살 남짓일 텐데. 꼬마 때부터 대장간에 틀어박혀 살았다 해도 내가 느껴본 적 없는 엄청난 불의 기척과 맡아본 적 없는 쇠 냄새가 날 리 없어. 형씨…… 혹시 전설급, 아니 신화급 무기까지도 만들 수 있지 않나?"

"할아버지?! 대체 무슨 소릴 하는 거야?"

바르간이 신에게 던진 질문에 청년이 무심결에 소리쳤다. 아무래도 바르간의 손자인 듯했다.

"그것도 단련된 눈이 알려준 건가요?"

"아니, 이건 내 특기 같은 거다. 어디까지나 내 느낌일 뿐이지만, 대장장이라는 족속은 사용하는 화로와 다루는 재료에 따라 독특한 기척과 냄새를 풍기거든. 화로가 강력하면 불의 기척이 강해진다. 등급이 높거나 희귀한 재료를 다룰수록 일반적인 강철과는 다른 냄새가 나지. 물론 그것을 다룰 재주가 없는 사람에게선 기척도 냄새도 느껴지지 않아. 형씨의 그건 예전에 내가 섬기던 암굴왕(岩窟王)보다 훨씬 강대하고 강력해. 내 감각을 의심하게 될 정도로 말이지."

바르간의 뺨에서 땀줄기가 흘러내렸다. 대장간에서 전해지는 열기 때문이 아니었다.

"놀랐습니다. 거기까지 꿰뚫어 보실 줄이야. 그런 능력은 어떻게 하면 얻는 거죠?"

"내가 멋대로 느끼는 것뿐이다. 틀린 적이 없다는 건 자랑할 만하지만. 그래서 내 질문에 대한 답은 뭔가? 대답하고 싶지 않다면 억지로 들을 생각은 없다."

"아니요, 먼저 시험해보려 한 것은 저니까요. 확실히 저는 공공연히 밝힐 수 없는 수준의 실력을 갖고 있는 것 같습니다. 하지만 그건 어디까지나 스승님이 말씀해주신 거라 지금의 기술이 어떤 건지 잘 모릅니다. 스승님은 구세대에…… 뭐랄까, 속세를 반쯤 초월한 사람 같았거든요."

하이 휴먼이라고 밝힐 수는 없었기에 신은 대단한 스승 밑에서 기술을 익혔다고 둘러대기로 했다. 동료인 슈니가 엘프였기에 조금은 설득력이 있을 거란 계산이었다.

"그런 거로군. 장수 종족인 엘프에 구세대라면 우리가 모르는 소실된 비기도 잔뜩 알고 있을 테지. 그 제자라면 어느 정도는 납득이 가는군."

아직 완전히 납득하지는 않은 것 같았지만 어차피 지어낸 이야기였기에 어쩔 수 없었다. 신은 모든 것을 밝힐 수는 없다는 듯이 애매하게 웃어 보였다.

"……좋다. 내가 작업하는 모습을 보여주지. 대신 형씨의 실력도 보여줄 수 있겠지?"

"할아버—가 아니라 사장님?! 그래도 괜찮겠어요? 아무리 사장님의 감이 날카롭다지만 오늘 처음 만난 사람이잖아요?"

묵묵히 두 사람의 대화를 듣고 있던 청년이 그건 너무 위험하지 않겠느냐고 끼어들었다. 신도 이야기가 너무 빨리 전개되지 않나 싶었지만 혼자만의 생각은 아닌 듯했다.

"괜찮다, 바르. 분하지만 내 기술 따윈 이자가 익힌 것에 비하면 애들 장난에 불과해. 너도 이 무기를 보면 알 수 있지 않느냐."

"그야…… 그렇지만요."

바르간은 작품을 보면 제작자의 실력을 알 수 있다고 단언했다. 바르라 불린 청년도 그 점에 관해서는 이론이 없는 것 같았지만 뭐가 옳은지 몰라 고민하고 있었다.

"저기, 저희는 한동안 이 도시에 머물 테니 군이 지금 결론을 낼 필요는 없습니다."

"그럴 순 없다. 지금 조합에는 이걸 보고도 내 말을 이해 못 할 녀석들이 있으니까 말이지. 조합에선 늘 드워프의 기술력 향상을 주장하지만, 결국 파벌이니 권력에 눈먼 녀석들이 나오기 마련이다. 그 녀석들에게 방해받고 싶진 않아."

드워프에게도 여러 가지 사정이 있는 듯했다.

조합이란 국가를 이루지 않은 드워프들이 그것을 대신해서 만들어낸 기술 공유 조직이라는 것을 신도 기억하고 있었다. 흔히 드워프들은 생산 계열 스킬의 향상에만 관심을 가진다고 알려졌지만 조직을 이루다 보면 입장 차이나 권력 다툼이 존재하기 마련이었다.

"하지만 사장님. 멋대로 기술을 공개하면 그건 그것대로 문제잖아요."

"네가 얌전히 있으면 무슨 문제가 생기겠느냐."

"문제가 없긴?! 날 공범으로 만들려고요?!"

바르간은 기술을 배우기 위해서라면 조직의 규칙 따윈 신경 쓰지 않는 성격이었다. 신이라면 괜찮을 거라는 막연한 신뢰 때문이기도 할 테지만, 조직의 구성원으로서는 분명 문제가 될 것이다.

"너도 그렇게 말하면서 사실은 보고 싶은 것 아니냐? 이 정도의 무기를 만들어내는 녀석이 실제로 쇠를 두드리는 장면을 말이다."

"윽…… 그, 그건……."

바르간의 질문에 바르의 눈빛이 요란하게 흔들렸다. 누가 봐도 알 수 있을 만큼 동요하고 있었다. 폭주하려는 바르간을 진정시키고는 있었지만 본심은 다르지 않음을 알 수 있었다.

"괜찮겠느냐? 지금을 놓치면 다음 기회는 없을지도 모른다."

"으, 으으윽……!"

바르는 무언가를 견뎌내듯이 표정을 일그러뜨렸다.

바르간은 바르를 다그치면서 히죽히죽 웃고 있었다.

신은 일단 두 사람에게서 거리를 벌렸다.

"……알았어. 오늘 그쪽…… 그러니까……."

"신입니다."

"감사합니다. 오늘 신 씨는 여기 오지 않은 것으로 해두겠습니다."

바르가 결국 무너졌다.

미지의 기술과 조직의 입장을 견준 끝에 미지의 기술에 대한 호기심이 승리한 모양이었다.

"괜찮으시겠어요?"

"괜찮습니다. 방금 전 이야기에서도 나왔지만, 저희 사장님은 암굴왕, 즉 드워프들의 우두머리를 맡고 계신 분을 보좌할 정도의 실력을 갖고 있습니다. 그런 사장님이 스킬 향상을 위한 기술 교환이었다고 둘러대면 어떻게든 빠져나갈 수 있을 겁니다. 다행히 신 씨도 우리와 같은 대장장이니까 교류가 있어도 이상할 건 없겠죠."

바르의 눈빛이 살짝 힘을 잃은 것 같기도 했지만, 바르간의 실력이 그 정도라면 신도 꼭 봐두고 싶었기에 모른 척하기로 했다.

바르가 승낙하자 더 이상 시간을 끌 이유는 없었다. 먼저 바르간이, 다음으로 신이 솜씨를 발휘하기로 했다.

"저기, 이제 와서 말이지만 괜찮을까요? 다들 분위기에 휩쓸린 것 같아서 말인데요."

신 뒤에서 빙긋 웃으며 따라가던 슈니에게 바르가 말을 건넸다. 자신도 이제 공범이나 다름없었기에 꺼림칙한 듯했다.

슈니를 처음 봤을 때 잠깐 넋을 놓긴 했지만 신과 깊은 관계라고 짐작해서인지 흑심은 없는 것 같았다.

"신이 기술을 원한다면 결국 저희를 위한 일일 테니 저로선 할 말이 없네요."

"휴우, 그런가요."

슈니에게서는 신뢰감이 묻어나는 대답이 돌아왔다. 바르는 그게 부럽기도 했다.

"미안, 슈니. 잠시만 기다려줘."

“이건 신의 불치병 같은 거잖아요. 얌전히 기다릴게요.”

슈니는 상체를 넙죽 숙이는 신에게 웃어 보이며 대답했다. 못 말린다는 듯한 흐뭇한 미소였다.

바르가 준비해준 의자에 앉은 슈니는 푸른 등표지의 책과 붉은 역반무테 안경을 꺼냈다. 책은 사용자가 원하는 이야기를 검색해 표시해주는 『북 메이커』, 안경은 그 보조 아이템인 『디 아이즈』였다.

‘안경을 쓴 슈니라…… 괜찮은데.’

시간 때울 아이템을 꺼낸 슈니는 보고 신은 문득 그런 생각을 하고 말았다.

안경 하나 썼을 뿐인데 더욱 지적으로 보인다는 것이 신기했다. 슈니가 평소에 안경을 쓰지 않기 때문이기도 할 것이다.

“바보 같은 소리 말고 빨리 끝내주세요!”

슈니는 쑥스러움을 감추기 위해 신의 등을 밀었다.

대장장이들의 모습이 통로 안쪽으로 사라진 뒤에, 슈니는 얼굴의 화끈거림을 식히며 “가끔씩은 분위기를 바꿔보는 것도 괜찮겠네요”라고 중얼거렸다. 하지만 그 말이 신에게 선명히 들렸다는 것은 알지 못했다.

†

"자, 그럼 시작하지."

대장간에 도착하자 남자들의 분위기가 싹 바뀌었다.

신과 바르간, 바르 모두 쓸데없는 말은 하지 않았다. 방금 전까지 슈니가 끼어서 대화를 나눌 때와는 다른 사람이 된 듯했다.

"쇠와 화로는 준비됐습니다."

화로의 불을 살피던 바르가 바르간에게 말했다.

게임을 기반으로 만들어진 세계였지만 스킬이 없다면 대장일은 현실과 크게 다르지 않았다. 재료와 대장장이의 작업 방식, 목적 등의 차이는 있을지언정 도구와 설비는 전부 비슷했다.

단, 화로의 기능은 상당히 달랐다. 『달의 사당』에 있는 화로는 쇠를 정제하기만 해도 마력을 띠게 되므로, 달구고 두드리는 것만으로는 제대로 된 무기를 만들 수 없다.

바르간과 바르가 사용하는 화로도 『달의 사당』에 있는 것과 비슷한 특별한 종류였다. 추출된 쇠는 순도가 상당히 높았고 마력도 담겨 있었다.

"시작한다."

바르간은 그렇게 중얼거리며 철 주괴를 집게로 집어 열을 가하기 시작했다. 망치도 특별 제작품이었는지 쇠를 두드릴 때마다 불꽃에 섞인 마력이 주위에 퍼져나갔다.

바르간은 대장 스킬 소유자였기에 신과 마찬가지로 작업 속도가 꽤 빨랐다.

주문과 수리 의뢰가 늘어났는데도 새로운 의뢰를 받아들일 수 있었던 것은 바로 이런 속도 덕분이리라. 물론 작업은 하나하나 정성껏 이루어졌다.

여기까지는 신이 아는 대장일과 동일했다.

"맞춰라."

"네."

검신을 만드는 과정에서 바르가 쇠를 두드리는 작업에 참여했다. 바르간과 바르가 번갈아 쇠를 두드리자 쇠에 깃든 마력이 조금씩 변화했다.

두 사람 모두 자신의 마력을 망치에 담아 내리치고 있었다.

그것 자체는 신도 늘 하는 일이었지만 바르간이 혼자 두드릴 때보다는 둘이서 할 때 검신의 강도와 마력이 강해지고 있었다.

두 사람의 마력이 공명해서 상승 효과를 일으킨 것 같았다.

'마력을 겹치는 것인가? 혼자서만 작업했다면 절대 몰랐을 기술이네.'

자세한 이론은 몰라도 두 사람의 마력이 어떤 식으로 작용하는지는 알 수 있었다.

망치를 내리칠 때의 마력이 너무나 깔끔한 것을 보면 망치

에 특별한 처리가 되어 있는 것 같았다.

'마력을 겹쳐 층을 만들어내는 느낌인데. 그게 대체 어떤 효과를 내는 거지?'

신은 두 사람의 작업을 지켜보면서 그 효과를 예상해보았다. 일단 떠오르는 것은 강도와 날카로움의 상승이었다. 그리고 마검 종류는 특정한 스킬 부여 없이도 마법 스킬에 간섭할 수 있었기에 그 간섭 정도도 올라갈 것이다.

신은 효과를 예측하는 것과 동시에 그것을 자기 것으로 만들 방법을 고민했다.

처음 보는 기술을 알게 되었으니 어떻게든 활용하고 싶었다. 이미 머릿속에서는 이 기술을 활용한 무기 강화 구상이 시작되고 있었다.

"후우…… 이 정도겠군."

작업을 시작한 지 한 시간이 지났을 때였다. 화로에 쇠를 집어넣는 것부터 날을 가는 작업까지가 모두 끝났다.

거의 불가능한 수준의 단금 속도였다. 하지만 스킬이나 아츠를 익힌 대장장이에게는 이 정도야 보통이었다.

"어떤가? 형씨가 모르는 기술이 있었나?"

"네, 정말 많은 것을 배웠습니다."

완성된 무기는 전설급 중등품『롱소드』였다. 게임에서는 검을 사용하는 사람이라면 한 번쯤 신세를 지는 기본 무기라고 할 수 있었다.

바르간이 의도한 것이리라. 같은 형태의 무기여야 차이를 알아보기 쉽기 때문이다.

자세히 살펴보자 예상한 대로 단순히 마력을 불어넣은 상태보다 강도와 날카로움이 올라간 것을 알 수 있었다.

"그러면 다음은 제 차례군요."

이번에는 특별히 공방의 도구를 빌리기로 했다. 단, 망치만큼은 자기 것을 들었다. 특별한 효과는 없어도 이것 역시 신이 직접 만든 특별 제작품이었다.

집게로 쇠를 집어 달구고 두드렸다. 반대쪽으로 꺾어 다시 두드렸다.

작업 자체는 바르간과 거의 동일했다. 하지만 명확히 다른 부분이 존재했다.

신은 단지 철 주괴를 향해 망치를 내리칠 뿐이었다. 내리치는 부분은 조금씩 달랐지만 그것만으로는 설명이 불가능한 현상이 일어나고 있었다.

"뭐냐, 이건…… 쇠가 스스로 형태를 바꾸다니."

"할아버지. 내 눈이 잘못된 건 아니지?"

신이 망치를 내리칠 때마다 쇠가 검의 형태로 바뀌어갔다. 두 사람이 놀라는 것은 내리친 곳과는 명백히 다른 부분까지 변화하고 있기 때문이었다.

쇠가 자기 의지로 형태를 바꾸는 것 같은 신비한 광경이었다. 예전에 히노모토에서 카네즈카 아라키에게 기술을 보여줄 때도 이랬다. 대장장이라면 매료될 수밖에 없는 것이다.

"완성됐습니다."

신은 숫돌조차 쓰지 않고 완성되었음을 선언했다. 원래대로라면 날을 갈기 전까진 완성된 것이 아니지만 신이 든 검의 날은 명인이 연마한 것처럼 날카로웠다.

이쪽은 전설급 상등품『롱소드』였다.

"……."

신의 목소리를 듣고서도 바르간과 바르는 반응하지 않았다. 그들에게는 그 정도로 충격적인 광경이었던 모양이다.

"저기, 보실 거죠?"

"물론이다!"

"물론입니다!"

신의 질문에 바르간과 바르가 동시에 외쳤다. 굉장히 흥분한 모습이었지만 검을 받아 들 때는 깨지기 쉬운 보석이라도 다루듯이 신중했다.

"날끝을 두드리는 것처럼 보이진 않았는데 형태는 제대로 만들어졌군. 마력이 작용해서 쇠가 멋대로 변화한 건가? 그렇다면 이런 균등함도 납득이 간다만."

"하지만 그것만으로는 이 예리함은 설명할 수 없어. 날을 갈지 않아도 어느 정도는 날카로워지지만 이것은 아무리 봐도 숙련된 연마사의 솜씨잖아."

두 사람은 신이 만든『롱소드』를 보며 격렬한 토론을 벌였다. 바르도 작업을 도울 수 있을 만큼의 가르침을 받았기에 함께 기술적인 고찰을 전개하고 있었다.

"으으음, 신 공. 혹시나 해서 묻는 것이지만 이것을 내게 줄 수 없겠나?"

"음~ 역시 등급이 등급인지라……."

신에게는 별것 아닌『롱소드』였지만 이 세계의 인간들에게는 국보급 무기였다. 신도 이 세계에서 나름대로 오래 지내다 보니 그런 사정을 어느 정도는 살필 수 있었다.

바르간에게는 나쁜 의도가 없을 테지만 조금만 더 하면 신화급이 되었을 무기를 생각 없이 넘겨줄 수는 없었다.

"그럴…… 테지……. 이 검 한 자루라면 엄청난 기술을 훔쳐낼 수 있을 테니."

"저기요……?"

"이건 미지 기술의 집합체다. 던전이나 유적에서 발견된, 누가 어떻게 만들었는지 모를 물건이 아냐. 틀림없이 사람이 만든…… 그것도 우리가 다루는 재료와 화로를 써서 만들어진 물건이지. 단순히 강력하기만 한 국보보다도 훨씬 큰 가치가 있다. 그걸 넘겨줄 수는 없을 테지……. 크윽, 나도 안다. 머리로는 안단 말이다."

신은 너무 강력한 무기라 거절한 것이지만 바르간이 중얼거리는 말을 들어보면 이것이 얼마나 중대한 일인지 알 수 있었다.

재료와 제조법이 불분명한 발굴품보다는 익숙한 소재로 만들어진 무기를 분석하는 편이 결과를 얻기 쉬웠다.

하물며 바르간과 바르는 그것이 만들어지는 과정을 직접 목격했다. 완전히 이해하진 못하더라도 아무것도 모르는 상태보다는 추측이 용이할 것이다.

"신 공은 모험가 아닌가? 여기 있는 동안만이라도 가르침을 줄 순 없겠나?"

"죄송합니다. 학생들의 지도를 맡고 있어서 시간이……."

이쪽까지 돕다 보면 휴일이 사라질 것이다. 너무 한가한 것도 문제지만 너무 바쁜 것은 더 큰 문제였다.

너무 해이해지면 안 된다는 생각에 렉스 일행의 의뢰를 받아들였지만 슈니와 함께 보내는 시간을 더 희생시킨다면 본말이 전도되고 만다.

"지도? 학교에 고용된 건가?"

"형식적으로는 그런 셈이죠. 따로 행동 중인 동료들과 합류할 때까지 맡는다는 조건으로 전투 훈련의 상대가 되어주고 있습니다."

"저 정도의 무기를 다룰 정도라면 신 공 본인도 상당한 실력자겠군. 제길, 그 쬐끄만 아가씨가 빨리도 손을 썼구먼."

"히라미와 아는 사이신가요?"

"그래, 그 아가씨의 짝인 마사카도 애송이의 무기를 내가 봐주고 있으니까 말이지."

신은 신기한 인연에 놀라는 동시에 납득했다.

암굴왕, 나라로 치면 국왕에 해당하는 인물의 보좌 역을 맡을 정도라면 바르간의 실력은 확실할 것이다.

사망 당시의 것을 그대로 쓰고 있다면 마사카도의 무기는 전설급 중등품의 대검이었다. 평범한 화로와 쇠를 다루는 대장장이라면 감당하기 힘든 무기였다.

"흐음, 아쉬워, 아깝구먼."

"사장님. 심정은 이해하지만 너무 떼를 쓰면 안 되잖아요."

"으으음!"

장인들은 다들 닮은 것일까? 신은 신음하는 바르간을 보며 바르바토스에서 만났던 조선공 지그마를 떠올렸다.

만드는 물건은 달랐지만 성격과 열의, 마음가짐 같은 것이 상당히 비슷했다. 특히 미지의 기술에 대한 욕심은 유별나다고 할 수 있었다.

"뭐, 그런 이유로 기술 지도는 힘들 것 같습니다. 하지만 시간이 나면 또 올게요."

"꼭 부탁한다. 이렇게 즐거운 날은 오랜만이야."

"무리하진 말라고, 사장님."

흉악하게 웃는 바르간을 보고 바르가 못 말린다는 듯이 어깨를 으쓱거렸다. 지금까지 본 바르간의 태도와 성격을 생각하면 먹고 자는 것도 잊고 대장일에 몰두할 것 같았다.

"그러면 안녕히 가십시오."

"오늘은 감사했습니다. 저도 나름대로 시행착오를 해볼 생각입니다."

신은 재료비를 지불하고 제작한 검을 회수한 뒤 바르에게 인사하며 공방을 나왔다. 가게에서 나올 때 알게 된 사실이지만 공방의 이름은 '강철 모루'였다.

이제 정오가 조금 지난 시간이었기에 슈니가 가고 싶다고 말한 가게에서 점심을 먹고 거리를 돌아다니기로 했다.

학교 자체가 연구 기관을 겸하고 있어서인지 몬스터에게서 얻는 제작 재료와 광석, 다양한 촉매 등을 취급하는 가게가 많이 보였다. 길드는 학교 구획과 국왕이 사는 구획에 따로 설치되었다고 한다.

"거리마다 분위기가 꽤 다르네."

"그러네요. 분야에 따라 나눠져 있는 거겠죠. 비슷한 가게끼리 모여 있으면 여러모로 도움을 주고받을 수 있잖아요."

필요한 물건이 있으면 그와 관련된 거리로 가면 된다. 신은 그런 의도일 거라고 생각했다. 생각해보면 바르간의 공방도 무기 상점가 같은 곳에 있었다.

"아직 못 가본 곳도 있지만 슬슬 돌아가자. 무리해서 돌아다닐 필요는 없잖아."

"그러네요. 다음 기회를 위해 남겨두기로 하죠."

다른 일행들과 합류할 때까지는 여유가 있었다. 전속력으로 이동한다면 그렇게 오래 걸리진 않을 테지만 각자 여행을 즐기느라 일반적인 이동 수단을 이용하고 있었다.

단둘이 있을 시간은 아직 충분했기에 굳이 서두를 필요가 없었던 것이다.

느긋한 발걸음으로 숙소로 돌아와 식사를 즐기고 두 사람만의 시간을 보낸 후 침대에 누웠다.

"가볼까."

슈니가 잠든 것을 확인한 신은 조용히 밖으로 나왔다. 목적지는 엘쿤트의 방벽 바깥이었다.

누구의 눈에도 띄지 않도록 【은폐】 스킬을 사용하며 『달의 사당』을 실체화했다.

"자, 시작해보자."

그가 꺼낸 것은 마력을 띤 금속인 마강철(魔鋼鐵)이었다.

집게로 고정하며 망치를 내리쳤다. 진지한 작업이었기에 시간이 지날수록 마강철의 형태가 바뀌며 한 자루의 『롱소드』가 되었다.

천 위에 『롱소드』를 올려놓고 표면을 분석했다. 지금까지의 제작품과 달리 검신을 뒤덮은 마력이 균등하지 않았다.

"뭐, 처음엔 이 정도겠지."

신은 바르간의 기술을 모방하려 하고 있었다.

두 사람의 작업을 혼자서 재현하려면 똑같이 따라 하는 것만으로는 부족했다. 하지만 응용 정도는 가능할 거라고 나름대로 생각했던 것이다.

물론 처음부터 잘될 리는 없었고 신이 손에 든 『롱소드』는 평소보다 질이 조금 떨어졌다.

"마력의 층을 만든다는 건 역시 다른 사람, 두 종류의 마력이 필요한 건가?"

신은 쇠를 두드리며 시행착오를 반복했다.

대장간 안에서는 신의 혼잣말과 쇠 두드리는 소리만이 울려 퍼졌다.

†

"아침이에요. 일어나세요."

부드럽고 맑은 목소리가 신의 귓가를 간지럽혔다.

평소 같았으면 이것만으로도 금방 눈을 떴을 테지만 지금 신을 짓누르는 졸음은 쉽게 가시지 않았다. 요 며칠은 일단 일어났다가도 다시 잠들 뻔할 때가 많았다.

"5분만 더…… 괜찮으면 10분만……."

"그러면 식사 준비를 하고 15분 뒤에 깨울게요. 일어나지 않으면 아침밥은 없어요."

상냥한 것 같으면서도 어리광을 용납하지 않는 슈니의 선고가 신의 의식을 가까스로 붙잡았다. 전에 5분 정도 늦잠을 잤을 때는 정말로 아침을 못 먹었던 것이다.

잠이 필요한 이유는 단 하나였다. 매일 밤 몰래 호텔을 빠져나가 대장일에 몰두했기 때문이다.

슈니에게 비밀로 하는 것은 새로운 기술로 만든 아이템을 깜짝 선물로 주고 싶었기 때문이다.

"좋은 아침……."

신은 하품을 참으며 자리에 앉았다. 능력치가 높으면 수면 시간이 극도로 적어도 약간 졸린 정도로 끝나서 다행이었다.

"신. 저에게 할 말이 있지 않나요?"

식사를 마친 신이 소파에 앉아 찻잔을 손에 들고 렉스 일행을 위한 훈련 메뉴를 고민하고 있을 때 슈니가 신의 등 뒤에서 어깨에 손을 얹으며 물었다.

"응? 아니, 아무것도—."

"시—인?"

슈니의 어조가 강해졌다.

신은 위험을 감지하고 반사적으로 몸을 일으키려 했지만 슈니의 움직임이 더 빨랐다. 양손으로 신의 어깨를 억누르더니 양팔로 신의 목덜미를 끌어안은 것이다.

"어…… 그게 말이죠……."

소파에 등을 기댄 상태에서 슈니에게 뒤를 잡힌 이상 도망은 불가능했다. 소파 등받이는 신의 앉은키보다 조금 낮은 정도라서, 슈니가 마음먹고 힘을 주면 신의 뒤통수가 슈니의 가슴에 파묻힐 수밖에 없었다.

사정을 모르는 사람이 보면 슈니가 신의 머리를 끌어안으려는 것처럼 보였으리라.

슈니가 얇은 옷을 입고 있었던 탓에 신의 뒤통수가 부드러우면서도 탄력 있는 감촉에 감싸였다. 자기도 모르게 이대로 조금만 더 있고 싶다는 생각이 들 정도였다.

"숨기는 일은 없기로 하지 않았나요?"

"……휴우, 알았어. 항복할게."

그렇게까지 말한다면 반박할 여지가 없었다.

슈니는 스킬 구성과 메인 직업 때문에 사람들의 기척에 민감했다. 신이 매일 밤 사라진다는 것을 이미 알아채고 있었던 것이리라.

"이미 알고 있을지도 모르지만 밤에 빠져나가서 대장 기술을 여러모로 시험해보고 있어. 지난번 바르간 씨의 기술을 보고 더 발전시킬 여지가 있는 것 같았거든."

그때 이후로 많은 시행착오를 거듭한 끝에 눈동냥으로 익힌 기술이 어느 정도 궤도에 올라서고 있었다.

대장장이 스킬이 아이디어를 뒷받침해준 덕분이었다. 그게 아니었다면 다른 이의 기술을 그 정도로 쉽게 모방해낼 수는 없었을 것이다.

"신. 무리하지 말라고 하진 않을게요. 신이라면 분명 다른 사람을 위해 무리하는 것일 테니까요. 이번에는 저를, 아니 저희를 위해서겠죠?"

신의 대장 기술이 향상될수록 장비를 더욱 강력하게 강화할 수 있다. 이 세계에는 슈니조차 이길 수 없는 몬스터가 존재하기 때문에 신은 장비 강화를 게을리하지 않을 생각이었다.

좋은 장비로 조금이나마 위험을 줄여주고 싶었던 것이다. 실제로 신이 이쪽 세계에 오고 나서 서포트 캐릭터들의 장비가 더욱 강화된 것이 사실이었다.

"저희를 생각해주시는 건 기뻐요. 하지만 그렇다면 저도 도울 수 있게 해주세요. 별 도움이 안 될지도 모르지만, 저는 모든 부담을 신 혼자서 짊어지게 하고 싶지 않은걸요."

신을 감싼 슈니의 팔에 힘이 들어갔다. 자세가 자세인지라 신은 슈니의 표정을 볼 수 없었지만, 목소리만 들어도 충분히 상상할 수 있었다.

"……걱정 끼쳐서 미안해. 솔직히 말하면 도움을 받는 게 더 좋을 거란 생각은 했어. 하지만…… 말이지."

신 역시 필사적으로 감추려는 생각은 없었다. 하지만 되도록 숨기려 했던 이유도 분명 있었다.

"꼭 숨겨야만 하는 이유라도 있었던 건가요?"

"뭐, 맞아. 될 수 있으면 깜짝 선물로 주고 싶었거든."

"선물이…… 꺄앗?!"

갑자기 전혀 다른 주제가 나오자 슈니는 의아하다는 듯이 중얼거렸다. 그때 팔의 힘이 느슨해진 것을 느낀 신은 슈니의 말이 끝나기도 전에 그녀의 몸을 잡아당겼다.

신은 굳이 스킬을 발동해서 슈니를 공중에서 빙글 돌리며 자신의 무릎 위에 앉혔다. 슈니가 스스로 소파에 뛰어들어 신의 위로 착지한 것 같은 모습이었다.

"저기, 이건……?"

슈니라면 충분히 저항할 수도 있었지만 상대가 신이었기에 순순히 몸을 맡기고 있었다.

슈니는 당황한 표정을 지으면서도 자연스럽게 신의 팔에 뺨을 기댔다.

"사실 내가 몰래 빠져나가서 작업했던 건 장비가 아니라 다른 걸 만들기 위해서였어."

"다른 거요?"

"그래. 사신을 쓰러뜨린 뒤에 그 뭐냐, 내가 고백해서 슈니가 받아줬잖아. 즉 우리는 지금 부부로 맺어져 있는 거지."

"네, 물론이죠."

부부라는 말이 아직 쑥스러운 신과는 대조적으로 슈니는 무척 행복한 미소로 화답했다. 신은 작게 헛기침을 한 뒤에 다시금 슈니를 바라보며 말했다.

"어…… 그러니까 말이지. 꼭 그걸 증명하기 위해서는 아니지만 결혼반지를 만들려고 한 거야. 그래서 모처럼 새로 얻은 기술로 강화한 다음 부여 효과를 최대한 담으려고 했던 거지."

"결혼…… 반지……? ……앗?! 만들어요! 꼭 만들어요!!"

처음엔 멍하니 중얼거리던 슈니는 그 말의 의미를 이해한 순간 신의 옷자락을 붙잡으며 눈을 반짝였다.

"그, 그래. 물론이지. 그러니까 꼭 도와줬으면 해."

"네! 맡겨만 주세요!!"

슈니는 지금껏 본 적이 없을 정도로 의욕 넘치는 모습이었다. 그녀의 협조 덕분에 바르간의 기술에 대한 이해도도 빠르게 향상되었다.

슈니가 작업에 빠르게 적응하는 것을 본 신은 그녀에게 대장장이의 재능이 있을지도 모른다고 생각했다.

조용히 다가오는 악의 | Chapter 3

THE NEW GATE

“자, 훈련의 성과도 나오기 시작했고 연계도 훨씬 좋아졌어. 그러니까 이제 슬슬 던전에 들어가 보려고 해.”

렉스 일행의 훈련을 도운 지 2주 정도가 지났을 때였다. 신이 훈련 상대가 되어주고 렉스 일행이 힘을 마음껏 사용하며 훈련한 결과 2주 전보다 숙련도가 훨씬 향상되어 있었다.

던전 조사도 이미 끝난 상태였기에 신은 이제 괜찮을 거라고 판단했다.

“그러고 보니 너희는 어디까지 내려가 본 거야?”

“가장 깊이 내려갔던 건 200층입니다. 어느샌가 출현한 레어 몬스터가 아직도 그곳에서 버티고 있거든요. 저희들도 도전해봤지만 수가 너무 많아서 이겨내지 못하고 물러났습니다. 덕분에 지금도 200층을 돌파한 사람은 없죠.”

던전에 출현하는 몬스터 중에는 희귀한 무기나 제작 재료를 떨어뜨리는 레어 몬스터도 있었다. 출현 빈도가 적다 보니 마주칠 일은 거의 없지만 한번 만나면 반드시 사냥해야 한다는 것이 플레이어들 사이의 상식이었다.

하지만 레어 몬스터는 일반 몬스터보다 레벨과 능력치가 높았고 상위 종이 출현하는 경우도 있었다. 당연히 던전의 적정 레벨 따윈 완전히 무시되므로 때로는 사냥하러 간 플레이어가 도리어 사냥당하기도 했다.

하지만 신의 기억이 맞다면 트레이닝 던전에서는 좀처럼 출현하지 않았다. 물론 가능성이 전혀 없는 것은 아니었기에 그럴 수도 있다는 정도로 넘어가기로 했다.

"물량전 타입인가. 몬스터 이름은 알고 있어?"

"제가 본 건 몹 앤트 · 솔저, 나이트, 서처와 아처까지였습니다. 안쪽에 무언가가 더 있는 것 같았지만 결국 확인하진 못했네요."

곤충 계열 몬스터 중에서도 개미와 벌 같은 종류는 수가 많은 것으로 유명했다. 다만 신은 이 시점에서 조금 불길한 예감이 들었다.

"그래, 물량전 타입 중에서도 대표적인 몬스터야. 하지만 그 녀석들은 레어 몬스터가 아니니까 아마 안쪽에 다른 레어 몬스터가 있겠지. 몹 앤트 자체는 어땠어?"

"그게 저희가 아는 몹 앤트보다도 상당히 강했습니다. 공격력과 방어력 모두 제가 아는 것과는 차원이 달랐죠. 그리 강하지 않은 서처까지도 뮤와 기안의 공격을 견뎌내고 반격할 정도였으니까요."

"그 정도였다고? 퀸이나 커맨더가 있었다 해도 너희 공격력이면 대부분은 일격에 쓰러뜨릴 수 있었을 텐데."

신이 언급한 퀸과 커맨더는 앤트 계열 몬스터의 능력치를 향상시키는 개체였다. 능력치를 올려주는 힘은 커맨더 쪽이 강했지만 퀸은 부하 개체수를 늘리는 능력까지 있었다.

그러나 몹 앤트는 앤트 계열 중에서도 최하급에 해당했다. 어지간히 압도적인 숫자가 아닌 이상 렉스 일행이 이기지 못할 리 없었다.

"다른 특징은 없었어?"

"아니요, 제가 본 건 그게 다였습니다. 기안과 뮤는 어때?"

"……아니, 나도 별다른 건 보지 못했어."

"나도 그래. 하지만 싸우면서 이상하게 생각했던 건 있었어."

뮤는 떠오른 것이 있는지 자신이 느낀 위화감을 이야기했다.

"공격할 때의 느낌이 다른 녀석들이 몇 마리 있었어. 이빨이나 겉모습도 묘하게 날카로웠던 것 같아."

몹 앤트 · 솔저를 공격할 때 감각이 크게 깨지는 개체와 금이 가는 정도로 끝나는 개체가 있었다고 뮤는 이야기했다.

뮤의 【애널라이즈】는 레벨이 낮았기에 개체의 상세한 데이터는 볼 수 없었지만 레벨 차이가 그렇게 크진 않았다고 단언했다.

"레벨 차이가 거의 없는데도 그렇게나 강하게 느꼈다는 건가. 전혀 불가능한 일은 아니지만 뮤가 공격했을 때 그 정도로 차이가 났다는 게 조금 걸리는군."

뮤의 공격력이라면 레벨 200 정도의 몬스터는 일격에 해치울 수 있었다. 갑각이나 갑옷으로 보호받지 못하는 몬스터라면 한방에 튕겨 나가는 수준이었다.

트레이닝 던전의 몬스터 레벨은 층의 숫자에 따라 달라진다. 개체마다 약간의 차이는 있겠지만 지하 200층이라면 레벨 200 전후였다.

신의 경험을 토대로 생각해보면 갑각이 깨진 개체와 금이 간 개체 사이에는 최소 100레벨 정도는 차이가 날 것이다. 뮤 일행에게는 무시할 수 없는 차이였다.

"아군을 강화하는 타입 같은데. 그렇다면 커맨더겠군."

아군을 강화하는 능력을 가진 몹 앤트 · 커맨더의 레어 개체가 있는 건지도 몰랐다.

레어 몬스터 중에는 토대가 된 몬스터보다 능력치가 약해진 대신 고유 능력이 강화되는 경우도 있었다.

"그런데 학교에서는 왜 그 녀석들을 방치해두는 거야? 관리 능력에 문제가 있는 거 아닌가?"

"아무리 해도 감당할 수 없게 되면 전투과 선생님들이 토벌하러 가십니다. 이번 같은 경우는 일단 반년은 방치해둘 거예요."

몬스터를 방치할 수 있는 것도 트레이닝 던전이기 때문이었다.

특별한 몬스터와 싸우는 것은 학생들에게도 좋은 경험이

다. 학교에서는 레어 몬스터도 좋은 교재인 것이다.

"그렇구나. 뭐, 어쨌든 그곳보다 조금 높은 층에서 싸워보자고. 그리고 충분히 싸워볼 만하다 싶을 때 레어 몬스터에게 도전해보자."

일단 싸워보고 도저히 안 되겠다 싶으면 도망칠 수도 있었다. 신과 슈니가 그 정도는 도와줘도 될 것이다.

"훗훗훗. 이미 그때의 우리가 아냐. 이번에 꼭 갚아주겠어!"

"또 도망이나 치지 않으면 다행이지."

"윽, 기안은 꼭 그런 식으로 말한다니까!"

훈련을 통해 성장한 것을 실감한 뮤가 의욕에 넘쳐 공중에 펀치와 킥을 날렸다. 그것을 본 기안이 냉정하게 말하자 뮤는 입을 비죽 내밀었다.

"자, 두 사람 모두 빨리 안 오면 버려두고 간다."

렉스의 재촉에 뮤와 기안도 신 일행을 따라 걸어가기 시작했다.

"응? 너희들은 분명……."

"그때는 신세를 졌습니다. 이번에는 제대로 허가를 받아 왔어요."

"이런 식으로 재회하게 될 줄은 몰랐군. 이야기는 들었다. 여기 이름을 써주게."

트레이닝 던전 입구에서 신은 낯익은 얼굴과 재회했다.

이곳에 처음 전송되었을 때 만난 경비병 베르만이었다.

지금은 신과 슈니의 신분이 확인되었기에 특별히 경계하진 않는 눈치였다. 렉스 일행과는 잘 아는 사이인지 서로 편하게 대하는 것 같았다.

학교 내에서 신과 슈니의 행동 범위는 한정되어 있었기에 베르만과 만나는 것은 두 번째였다.

원래 트레이닝 던전은 학교 부지 끄트머리에 위치했기에 신 일행이 학교 안을 여기저기 돌아다녔다 해도 만날 기회는 거의 없었을 것이다.

"던전 내에서 죽을 일은 없을 테지만 그래도 말해두지. 조심해서 다녀오도록!"

"네!"

처음 듣는 말은 아닐 것이다. 베르만의 당부에 뮤, 기안, 렉스가 동시에 대답했다.

신과 슈니도 베르만을 향해 목례를 해 보인 뒤 던전으로 들어갔다.

트레이닝 던전은 한번 도달한 곳까지는 5층 단위로 순간 이동할 수 있었다.

처음부터 200층까지 이동하는 것은 너무 빠를 것 같았기에 신은 195층에서 시작하기로 했다.

이동된 곳은 신과 슈니가 처음 왔던 곳과 거의 비슷한 동굴이었다.

"그러고 보니 그때의 레드 캡도 꽤나 수가 많았지. 그건 왜 그랬던 거야?"

"으, 그, 그건……."

"저기 있는 바보가 부주의하게 보물 상자를 열어서 몬스터 하우스를 발동시켰어요."

"우왓?! 그걸 말하면 어떡해?!"

던전에서 발견한 상자에 함정이 설치된 경우는 흔했다. 해제에 성공하면 아이템을 얻지만 실패한다면 내용물이 좋을수록 강력한 장치가 발동된다.

트레이닝 던전이라면 함정 해제 능력이 없더라도 보물 상자의 함정 유무 정도는 알아볼 수 있었을 것이다.

기안의 이야기가 사실이라면 뮤는 함정이 있다는 것을 알면서도 괜찮다며 열어버린 것이리라.

"트레이닝 던전이 아니었다면 전원이 죽어도 이상하지 않아."

"으으, 반성합니다……."

뮤도 자신의 잘못을 아는지 신의 쓴소리에 힘없이 대답했다.

반성하는 기색이 보였기에 다른 이들도 더는 추궁하지 않았다. 토라지거나 고집을 부리지 않고 타인의 지적을 순순히 받아들이는 것이 뮤의 장점이었다.

처음에 요란하게 반응했던 것은 주변에 몬스터가 없었기 때문일 것이다. 세 사람 중에서는 뮤의 탐지 능력이 가장 뛰어났다.

"여기는 항상 이런 느낌인가? 처음 우리가 이동해온 층에는 몬스터가 조금은 있었던 것 같은데."

신이 그렇게 말한 것은 던전 안에 몬스터의 반응이 전혀 없었기 때문이다. 그것도 195, 196층이 모두 그렇다는 건 이상했다.

"이런 건 처음이야."

"그렇군. 기안이 말한 것처럼 이 정도로 몬스터와 마주치지 않았던 적은 없었습니다."

트레이닝 던전을 일상적으로 드나들었던 렉스 일행도 이상하다고 느끼는 것 같았다.

"으음! 몬스터 반응이 있어!"

197층까지 내려오고 나서야 적의 반응을 확인할 수 있었다.

세 사람 중에서 감지 능력이 가장 뛰어난 뮤가 동굴 한 곳을 가리켰다.

상대가 어떤 몬스터인지 몰랐기에 최대한 목소리를 낮추고 있었다.

전투 멤버는 뮤, 기안, 렉스까지 세 명.

신과 슈니는 만일의 사태에 대비하면서 전투의 개선점을 찾아주는 역할이었다.

"온다!"

뮤가 경고하고 나서 몇 초 뒤에 통로 너머에서 1메르 정도 크기의 개미 몬스터 몹 앤트 · 서처가 나타났다.

몹 앤트는 개미 타입 중에서도 하급에 속하는 몬스터였다.

겉모습은 개미를 그대로 확대한 모습이었다. 갑각의 방어력과 내구력이 높았고 전투가 길어지면 동료를 부르는 특징이 있었다.

"전에 봤을 때와 뭔가 달라."

"그렇군. 갑각에 저런 문양이 없었어."

"아래층에 있던 몬스터가 올라온 걸까? 신 씨, 유키 씨. 저건 레어 몬스터와 관련이 있는 것 같은데, 어떻게 할까요?"

렉스 일행의 대화를 듣고 있던 신은 몹 앤트 · 서처의 레벨을 확인했다. 하지만 【애널라이즈】로 표시된 이름은 신이 알던 것과 조금 달랐다.

—【몹 앤트 · 아발리스 레벨 206】

"아발리스?"

겉모습은 분명 서처였다. 하지만 갑각에 그려진 문양과 표시된 이름이 다른 몬스터라는 사실을 알려주고 있었다.

샤먼이나 인디언을 연상시키는 붉은 선의 문양이 몹 앤트의 전신에 그려져 있었다.

"몬스터가 변화한 건가? 위층이 조용하던 것도 그렇고, 불길한 예감이 드는군."

자신들이 모르는 곳에서 뭔가 좋지 않은 사태가 벌어지고 있다. 몹 앤트 · 아발리스를 본 신은 그런 예감이 들었다.

렉스 일행은 이대로 싸우려 했지만 이름까지 달라진 것은 조금 이상하다는 이유로 신이 대신 싸우기로 했다.

신은 렉스 일행에게 잘 지켜보라고 말한 뒤 몹 앤트의 바로 앞까지 뛰어들었다. 『카쿠라』가 번쩍이며 마치 검으로 베어낸 것처럼 몹 앤트가 둘로 갈라졌다.

안쪽에 남아 있던 다른 몹 앤트들도 계속된 공격에 순식간에 쓰러졌다.

신에겐 아발리스도 일반 몹 앤트와 크게 다르지 않았다. 하지만 뮤의 이야기를 듣고 나서인지 갑각이 조금 딱딱한 것 같다는 느낌도 들었다.

"뭐지?"

신 일행이 놀란 것은 몹 앤트의 능력이 아니라 쓰러진 뒤 벌어진 현상 때문이었다.

던전 내의 몬스터는 보통 사체를 남기지 않는다. 하지만 눈앞에 널브러진 몹 앤트의 사체는 한동안 기다려도 사라질 기미가 보이지 않았다.

가만히 관찰하던 신은 몇 초 뒤에 몹 앤트의 사체가 희미하게 진동하는 것을 알아챘다.

"사체 파편에 HP라니……?"

【애널라이즈】에는 진동하는 모든 사체에 HP가 표시되었다.

HP가 표시된다는 것은 살아 있다는 의미였다. 하지만 해체된 사체 하나하나까지 표시되는 것은 아무래도 이상했다.

몸체가 둘로 갈라지고도 죽지 않는 곤충 타입의 몬스터는 있을 수 있어도 다리 한쪽까지 HP가 설정될 수는 없기 때문이다.

"신 씨. 저걸 보세요!"

눈앞의 상황을 파악하기 위해 노력하던 신의 귀에 경악에 찬 렉스의 목소리가 들렸다.

"……그래, 다리 한쪽까지 HP가 표시된 건 이 때문이었군."

렉스가 가리킨 곳에서 진동하던 사체가 얼음처럼 녹아내리더니 이내 몹 앤트의 형태를 이루었다. 갑각에는 쓰러지기 전의 몹 앤트와 동일한 문양이 떠올라 있었다.

유일하게 다른 점이라면 크기였다. 다리 한쪽에서 부활했기 때문인지 몸길이가 30세메르도 되지 않았다.

하지만 해체했던 몹 앤트 한 마리가 열 마리 가깝게 늘어난 상태였다. 크기만 다르고 능력치는 동일하다면 제법 상당한 위협이 될 수 있었다.

"쓰러뜨려도 사체에서 부활하다니? 영문을 모르겠군."

"혹시 쓰러뜨릴수록 숫자가 늘어나는 건가?"

"그럴지도 모르지."

몹 앤트가 늘어난 것을 지켜보던 렉스 일행은 전의를 잃은 것은 아니지만 상당히 당황하고 있었다. 신이 얼마나 강한지 직접 체험한 만큼 그의 공격으로 쓰러뜨리지 못했다는 것이 충격으로 다가온 것 같았다.

"아직 초조해할 때가 아냐. 다행히 아직 숫자가 적으니 유효한 공격 수단이 있는지 시험해보자고."

당황하는 세 사람에게 신이 부드러운 목소리로 말했다.

"하지만 쓰러뜨릴수록 더 많아지는 거 아니에요?"

"그것까지도 시험하는 거야. 어느 정도의 크기까지 부활하는지, 횟수에 제한이 있는지, 마법으로 불태우거나 얼리면 어떻게 되는지. 아직 시도해보지 않은 방법이 잔뜩 있거든. 지금이라면 숫자에 압도당할 일도 없으니까 말이지. 대처 방법을 찾기에 절호의 기회야."

신은 빙긋 웃으며 여유로움을 표현했다.

그것을 본 렉스 일행도 조금이나마 침착한 얼굴로 몹 앤트를 살피기 시작했다. 개개인의 능력은 이쪽이 분명 위였기에, 숫자만 늘어나지 않게 조심한다면 아직 괜찮았다.

"일단은 크기부터야. 엄지손톱 정도로 작게 토막 나도 부활할 수 있는지 시험해보자. 그다음에는 마법으로 태워보고 얼려보고 파묻어보고 깨뜨려서 어떤 변화가 나타나는지 보는 거야. 미지의 몬스터를 상대할 때는 무모한 돌격은 피하는 게 좋아."

처음 보는 상대와 싸울 때는 제일 먼저 정보를 수집해야 했다.

신 정도로 강해지면 꼭 그렇지도 않지만, 기본적으로는 무리하게 싸우지 않고 어떤 공격이나 속성이 유효한지부터 확인하는 것이 철칙이었다.

무턱대고 밀어붙이다 아픈 꼴을 당하는 플레이어도 잔뜩 있었다.

“간다—!”

“너무 날뛰지 마.”

“신 씨와 유키 씨를 방해하지 않도록 해.”

신의 지시에 렉스 일행이 작은 몹 앤트에게 공격을 가했다. 뮤의 타격, 기안의 참격, 렉스의 번개 마법이 몹 앤트를 꿰뚫었다.

그중에서 가장 효과를 발휘한 것은 렉스의 마법이었다. 두 번째는 뮤의 타격 공격이다.

갑각을 가진 몬스터에게는 기안의 창 같은 베기, 찌르기 공격이 잘 통하지 않는다. 무기의 랭크와 사용자에 따라 달라지긴 하겠지만 딱딱한 적은 부수는 것이 기본이었다.

“마법으로 움직임이 둔해졌지만 다른 개체는 그대로야.”

“난 개미를 하나씩 부수면서 재생에 한계가 있는지 살펴볼게.”

“어쩔 수 없군. 난 도망치는 녀석이 없도록 경계하겠어.”

자신이 할 수 있는 일을 착실히 수행하는 세 사람을 보고 신은 고개를 끄덕거리며 몹 앤트를 불태웠다.

곤충 계열 몬스터는 불이 약점인 경우가 많았다. 게임에서도 몹 앤트의 약점은 불이었다.

시험 삼아 【파이어 볼】을 발사해봤지만 신과 몹 앤트는 능력치 차이가 너무 커서 약점을 공략한 것인지, 아니면 엄청난 위력에 쓰러진 것인지 구분하기 힘들었다.

"화력을 낮춰볼까."

이번에는 【리미트】와 마력 제어를 사용해서 화력을 낮추며 몹 앤트를 불태우기 시작했다. 상당히 낮은 화력으로도 충분한 효과를 발휘했고 완전히 태워버리자 더 이상은 재생하지 않았다.

"화염은 효과가 있군."

"얼려도 되는 것 같아요."

신의 혼잣말에 슈니가 추가 정보를 덧붙였다. 슈니는 신의 옆에서 몹 앤트를 얼리고 있었다.

갑각의 표면뿐만 아니라 내부까지 얼리면 깨부순 뒤에도 재생되지 않는 것 같았다.

"번개 마법도 위력에 따라서는 통하는군. 바람과 흙은 힘든 것 같고."

자르거나 찌르는 공격이 많은 바람, 흙 마법으로는 좀처럼 효과가 없었다. 다만 상태 이상을 유발하거나 석화시키는 마법은 잘 통했다.

"빛과 어둠 마법은 예상대로인가."

고출력 빔 공격이나 상대를 소멸시키는 공격이 많은 빛, 어둠 마법은 육체 자체가 남지 않으므로 부활할 도리가 없었다.

"재생되려면 어느 정도 원형이 보전되면서 내부 조직이 파괴되지 않아야 하는 것 같아요."

물리와 마법 공격을 반복하면서 몹 앤트가 어떤 반응을 보이는지 관찰하던 슈니가 말했다.

신과 슈니가 아니더라도 렉스 일행이 공격에 속성을 부여한다면 충분히 대처할 수 있었다.

신과 훈련할 때 사용한 【트라이 엣지】나 【불꽃의 형태 · 홍련】으로 약점을 공략해 쓰러뜨렸다.

조우한 숫자가 적었기에 끝까지 신 일행이 압도하고 있었다.

"뭐지? 몸이 잘 움직이는데!"

몹 앤트와의 싸움으로 훈련의 성과를 실감했는지 뮤가 환호했다.

"그러네. 너희 둘의 움직임이 전보다 잘 보이는 것 같아."

"그렇게 많이 지다 보면 연계가 좋아질 수밖에 없다고."

렉스도 확실히 실감하는 모양이었다. 기안도 입으로는 투덜거렸지만 은연중에 기뻐하는 표정이었다.

몬스터를 상대하면서 훈련 때와 똑같이 움직이지 못하는 사람도 있지만 이 셋은 괜찮은 것 같았다.

"이 정도라면 어떻게든 될 것 같군. 하지만 문제는 이 앞인데."

아발리스라는 명칭이 붙는 몬스터에 관해 신도 지식으로는 알고 있었다. 하지만 잔해를 통해 재생해서 증식한다는 이야기는 들어본 적이 없었다.

신은 그런 몬스터가 트레이닝 던전 내를 배회하는 것은 매우 위험하다고 생각했다.

"좀 더 들어가서 어떤지 살펴보자. 상황에 따라서는 돌아가서 학교에 보고하는 게 좋겠어."

일반적인 트레이닝 던전과는 뭔가가 달랐다. 그런 예감을 느낀 신은 위험하다는 증거를 얻기 위해 조금 더 안으로 들어가 본 뒤에 직접 대처하거나 학교 측에 처리를 맡기기로 했다.

학교 측에 설명하고 싶어도 아직은 정보가 부족했다. 신은 스크린샷을 찍어두지 않은 것을 후회했다.

게임에서도 거의 사용하지 않은 기능이었기에 잊어버린 채 전투에 돌입한 탓이었다. 신은 자신이 렉스 일행을 지도하는 입장이라는 점을 되새겼다.

"뭔가 안 좋은 일이 벌어지고 있는 걸까요? 아발리스라는 명칭은 처음 들어보는데요."

"슈니는 죄원 계열의 몬스터와 싸워본 적이 없으니까 말이지. 내 기억이 맞다면 탐욕의 부하가 된 몬스터들에게 이런 명칭이 붙어. 아무래도 단순히 레어 몬스터가 출현한 건 아닌 것 같아."

만약의 사태에 대비해서 신과 슈니가 선두와 후미를 맡고 렉스 일행은 방어에 전념하기로 했다. 세 사람도 나름 선정자인 만큼 그리 쉽게 당하지는 않을 것이다.

"멈춰."

선두에 서서 걷던 신이 작게 속삭였다.

"뭔가가 있습니까?"

"이 앞에 상당한 숫자의 몬스터 반응이 있어. 100~200마리 수준이 아냐."

신은 어떻게 대처할지 생각하며 렉스의 물음에 대답했다.

신 일행의 전방 200메르 부근에 있는 넓은 공동(空洞). 그곳에 미니맵을 붉게 메울 정도의 몬스터 반응이 있었다.

공동 너머의 통로 하나만 붉게 물들어 있는 것을 보면 그곳이 지하로 이어지는 계단일 것이다.

렉스 일행의 증언과 방금 조우한 몬스터를 생각해보면 개미 계열 몬스터가 우글댈 거라고 신은 예상했다.

"저것들이 밖으로 나오면 위험해져. 트레이닝 던전에서 몬스터가 빠져나온 적은 있었어?"

"아니요. 그런 이야기는 못 들었습니다. 그런 위험이 존재한다면 아무리 끄트머리에 있다지만 학교 안에 두진 않았을 겁니다."

"그렇겠군. 하지만 이 녀석들은 이미 시간문제야. 언제 몰려나와도 이상할 게 없어."

신은 렉스의 대답에 납득하면서도 몬스터 대군을 그냥 방치할 수는 없다는 입장이었다.

신의 감지 능력이 잘못되지 않았다면 이것은 대량의 몬스터가 발생할 전조였다.

신은 게임 시절에 이런 상황을 몇 번 맞닥뜨린 적이 있었다.

대량의 몬스터가 한 곳에 모여 있으면서도 절대 서로를 공격하지 않는다. 터지기 직전까지 부풀어 오른 풍선처럼 폭발할 순간만 기다리고 있는 것이다.

"돌아가서 보고할까요?"

"돌아가는 사이에 터져 나오겠어. 어쩔 수 없군. 렉스, 뮤, 기안은 지상으로 돌아가서 지금 상황을 베르만 씨에게 전해줘. 경비병의 대기소라면 파발이나 아이템으로 바로 연락할 수 있을 테니까."

"우리들도 싸울 수…… 있어요!"

"아니, 지금부터 하는 일은 싸움이 아니라 구제(驅除) 같은 거야. 마법으로 단순히 해치울 거라서 한 명 한 명의 전투력은 의미가 없어."

신은 전의를 불태우는 뮤를 진정시키며 말했다. 지금부터 해야 할 일은 마법에 의한 대량 학살이나 다름없었다. 상대가 몬스터라 해도 별로 보여주고 싶은 광경은 아니었다.

"……돌아간다. 뮤."

"기안?"

기안이 끝까지 고집을 부리는 뮤의 어깨를 붙잡으며 말렸다.

"우리가 가봐야 방해가 될 뿐이야."

"맞아. 열 마리나 스무 마리면 몰라도 이번엔 말도 안 되는 숫자잖아."

앞쪽의 상황을 실제로 본 것은 아니지만 세 사람 모두 신의 말을 의심하지 않았다. 함께 보낸 시간은 짧았지만 신이 이런 곳에서 농담이나 거짓말을 할 사람이 아니라는 것을 잘 알았던 것이다.

"으으윽…… 알았어. 미안."

두 사람이 말리자 뮤도 침착함을 되찾은 것 같았다.

무모한 면이 눈에 띄지만 몬스터 대군을 앞에 두고서도 전의를 잃지 않는 것은 결코 나쁜 일이 아니었다. 냉정한 판단력만 길러진다면 좋은 장점이 될 수 있었다.

"몬스터를 전부 섬멸하면 위로 올라갈게. 우리가 떠난 뒤에 이곳에 몬스터가 출몰하지 않는다는 보장이 없으니까, 전송 장치로 내려올 때는 여기보다 높은 곳으로 가라고 전해줘."

"알겠습니다. 조심하시길."

렉스에게 고개를 끄덕여 보인 뒤에 신은 슈니와 함께 트레이닝 던전을 계속 나아갔다. 방금 전에 조우한 것은 성격이 급한 개체였으리라. 신 일행이 나아가는 통로에는 몬스터가 한 마리도 보이지 않았다.

"이건 굉장하군."

"저런 상태로 왜 가만있는 건지 신기할 정도예요."

신과 슈니는 통로 모퉁이에 몸을 숨긴 채 공동 입구를 살폈다.

공동 안은 다양한 종류의 몹 앤트들이 바닥, 벽, 천장에 이르기까지 우글대고 있었다. 바닥에서는 수많은 몹 앤트들이 밟고 밟히며 꿈틀거렸고 천장에서는 서로의 다리를 잡고 무수한 그물처럼 이어져 있었다. 벽의 상황도 크게 다르지 않았다.

종류는 많았지만 대부분 서처, 아처, 솔저 같은 하위 종이었다. 이따금 한데 겹쳐진 하급 종들 위를 나이트나 제너럴 같은 상위 종이 걸어가고 있었다.

신이 몹 앤트의 외형을 알고 있기 때문에 구분할 수 있었지만 표시되는 이름은 전부 아발리스였다.

"탐욕의 악마가 무언가를 꾸미고 있는 걸까? 룩스리아는 아무 말도 없었잖아."

"모르는 건지, 아니면 알면서 숨긴 건지 모르겠네요."

스크린샷을 찍으며 중얼거리는 신에게 슈니가 대답했다. 신도 알 수 없긴 마찬가지였고 룩스리아의 태도에서는 무언가를 감추는 낌새가 전혀 보이지 않았다.

애초에 사람과의 공생이 가능한 음욕의 악마가 탐욕의 악마와 협력할 만한 이유는 없었다.

"일단 쓰러뜨리고 나서 생각하자. 사실이 어떻든 간에 이 녀석들을 이대로 방치해둘 수는 없잖아."

"맞아요. 가만 놔둘 이유는 없죠."

숫자는 많았다. 하지만 너무나 밀집된 탓에 일망타진하기도 쉬운 상태였다. 슈니가 공동에서 통로로 이어지는 출입구를 막으면 신이 내부를 불태울 것이다.

다른 통로에 모인 개체까지는 처리할 수 없을 테지만 맵을 확인하면서 공동 주변을 개별적으로 토벌해나간다면 한 마리도 놓칠 일이 없었다.

반칙이라고도 할 수 있는 미니맵과 감지 계열 스킬을 병용해서 신은 같은 층에 있는 몹 앤트의 숫자를 정확히 파악하고 있었다.

"시작한다."

"예."

신이 손바닥에 소프트볼 크기의 희푸른 화염 구슬을 출현시켰다. 그와 동시에 슈니가 물 마법으로 얼음을 발생시켜 공동 출입구를 차단했다. 이변을 느낀 몹 앤트들이 얼음에 몸을 던지거나 이빨로 깨물었지만 투명하고 아름다운 얼음 벽은 꿈쩍도 하지 않았다.

짧은 시간 동안 거의 모든 통로가 차단되었고 이제 남은 것은 신 일행의 앞에 있는 출입구뿐이었다.

슈니가 눈짓으로 신호해주었기에 신은 고개를 끄덕여 보이며 화염탄이 떠오른 손바닥을 공동 쪽으로 뻗었다.

공동 입구를 차단하기 위해 지면과 천장에서 얼음 장벽이 뻗어 나왔다. 그것이 입구를 틀어막기 직전에 신의 손에서 화염탄이 발사되어 공동 중앙을 향해 날아갔다.

화염탄이 폭발하는 것과 입구가 완전히 봉쇄된 것은 거의 동시였다.

공동 안을 희푸른 화염이 휩쓸었고 몹 앤트를 순식간에 잿더미로 만들었다. 레벨이나 등급은 아무 의미도 없었다. 서처도, 솔저도, 나이트도, 제너럴도 공평하게 재가 되었다.

신이 발사한 마법이 너무 강력해서 출입구를 틀어막던 얼음에도 금이 가고 있었다. 하지만 슈니가 만들어낸 만큼 화염이 꺼질 때까지는 어떻게든 버텨주었다.

열기가 가라앉는 것을 기다렸다가 신과 슈니는 공동 안으로 들어갔다. 공동에는 재와 타버린 몹 앤트의 사체가 가득해서 걷기도 곤란한 상태였다. 굳이 아이템을 주울 필요가 없었기에 흙 마법으로 땅을 메워 길을 만들었다.

“통로에 있던 녀석들이 몇 마리 남았군. 어쩔 수 없지. 저건 개별적으로 해치우자.”

“일단 따로 움직일까요?”

“아니. 숫자가 그렇게 많진 않고 죄원의 부하들이 있다는 게 꺼림칙하니까 같이 행동하는 편이 낫겠어.”

신은 탐욕과 직접 싸워본 적은 없었다. 다만 죄원의 악마들 중에서 HP가 가장 낮으면서도 드레인 계열 스킬을 난사해대는 탓에 실제로는 그 몇 배나 되는 것처럼 느껴졌다는 말을 지인에게서 들은 적이 있었다.

게임 시절의 능력치 그대로라면 슈니도 충분히 쓰러뜨릴 수 있었다. 하지만 만약 다른 죄원을 흡수한 상태라면 이야기가 달라진다. 능력치가 강화되고 다른 죄원의 고유 능력까지 사용하게 되면 어떤 결과가 벌어질지 아무도 모른다.

그런 상대가 어딘가에 숨어 빈틈을 노릴지도 모르는 상황에서 따로 떨어지는 것은 위험하다는 판단이었다.

몹 앤트를 괴멸하는 데는 그리 오랜 시간이 걸리지 않았다. 문제는 몹 앤트들이 올라왔을 아래층이었다. 렉스 일행이 레어 몬스터를 봤다는 지하 200층까지는 아직 3층이 남아 있었다.

"여기서 돌아가도 결국 나중에 협력해달라는 요청이 오겠지?"

"네. 평범한 레어 몬스터라면 다행이지만 룩스리아 같은 죄원의 악마와 관련되어 있을지도 모르니까 히라미 씨도 학교의 전력으로만 싸우려고 하진 않겠죠."

전 플레이어인 히라미라도 성장한 죄원의 악마는 벅찬 상대였다. 하물며 부하들도 거느리고 있다면 더 이상 체면을 차릴 상황은 아닐 것이다.

"어쨌든 지금 같은 몬스터가 모여 있지 않은지만 확인하면서 나아가자. 200층에 있는 게 단순한 레어 몬스터라면 이번 현상의 원인은 다른 데 있을 테니 일단 방치해야겠지. 하지만 그렇지 않다면 쓰러뜨려야 해. 뭐, 정황을 보면 그 레어 몬스터가 분명 원인일 테지만."

"네. 던전에 무슨 짓을 한 거라면 최대한 빨리 처리하는 게 좋을 거예요."

트레이닝 던전은 학교, 그리고 도시 안에 위치했다. 만에 하나라도 몬스터가 대량으로 출몰하는 일만은 막아야 했다.

두 사람이 와 있을 때 이런 일이 벌어진 것은 우연일 테지만, 그래도 그냥 방치할 수는 없었다.

신이 알기로 탐욕의 악마는 인간에 대해 무척 호전적이었다.

신과 슈니는 경계를 계속하면서 던전 안을 나아갔다. 감지 능력을 이용해 미니맵을 최대한 빠르게 채워나가면서 다음 층으로 향했다.

각 층의 통로에도 몬스터의 모습은 없었다. 비슷한 몬스터 밀집 지대가 있을 뿐이었다.

"게임에선 이 정도로 수상한 상황은 함정인 경우가 많았는데 말이지."

"함정인 걸 알아도 갈 거잖아요?"

"물론이지."

신과 슈니는 가벼운 농담으로 긴장을 풀면서 레어 몬스터가 있다는 장소에 도착했다. 그곳에는 지금까지와 다른 광경이 펼쳐지고 있었다.

"이건…… 엄청난데."

"공동에 모여 있던 개체들은 퀸을 맞이할 준비를 했던 건지도 모르겠네요."

200층은 입구 주변까지 몹 앤트로 가득 차 있었다. 바닥뿐만 아니라 벽, 천장까지 달라붙어 있었다.

공동에서처럼 여러 개체가 겹쳐 있진 않았지만 통로를 가득 메운 개미 몬스터의 모습은 아무리 봐도 징그러웠다.

감지 능력으로 확인한 공동에는 위층과 마찬가지로 몹 앤트들이 밀집해 있었다.

"전부 태워버리긴 힘들겠어."

"지금은 얼려버리는 편이 낫겠죠."

한꺼번에 날려버릴 방법이 없는 것은 아니었다. 하지만 원흉까지 한 번에 날려버린다면 이번 소동의 원인을 규명할 수 없게 되고 만다.

그래서 움직임을 봉인하는 물 마법이 특기인 슈니가 앞으로 나섰다.

슈니가 손을 앞으로 내밀자 두 사람의 한 걸음 앞이 하얗게 물들기 시작했다.

바닥과 벽, 천장과 함께 그곳에 달라붙은 몹 앤트까지 순식간에 얼어붙었고 파직파직 하는 소리만이 통로에 울려 퍼졌다.

던전을 침식하듯이 하얀 물결이 통로를 휩쓸어나갔다.

잠시 후 통로에서 소리가 사라졌다. 몹 앤트의 끼긱 하는 울음소리도, 발톱이 벽과 천장을 긁어대는 소리도, 몹 앤트끼리 부딪치는 날카로운 소리까지도 말이다.

"결국 전부 쓰러뜨렸네."

"위층에 있을 때는 200층이 이 정도로 심한 상태일 줄은 몰랐으니까요."

단순한 레어 몬스터라면 학교 측에 맡겨도 될 테지만 그것을 일일이 판별할 만한 시간적 여유는 없었다. 숫자가 지나칠 정도로 많았던 것이다.

"일단 우두머리가 있었을 공동 안쪽으로 가보자."

"그래야겠죠."

두 사람은 몹 앤트의 얼음 조각상이 늘어선 통로를 나아갔다. 물론 길은 전부 몹 앤트로 메워져 있어서 진행 방향에 있는 얼음만 부수며 나아갔다.

방해받을 것이 아무것도 없는 상황이었기에 아래층으로 내려가는 통로 앞에 있는 가장 큰 공동까지는 그리 오랜 시간이 걸리지 않고 도착했다.

"굉장하네. 상위 종밖에 없어."

공동 안에서 얼어붙은 것은 나이트와 제너럴, 커맨더 등 몹 앤트 중에서도 상위에 위치하는 몬스터들이었다.

그중에서도 특히 눈길을 끈 것은 제너럴들의 보호를 받고 있던 거대한 몬스터였다.

몹 앤트 중에서도 대형인 제너럴보다 열 배 가까이 큰 덩치의 그것은 몹 앤트 · 퀸이었다. 몹 앤트를 생산하는 모체(母體)였다.

신이 예상한 대로 퀸의 몸체에는 다른 몹 앤트 · 아발리스보다 복잡한 문양이 떠올라 있었다.

"이 녀석이 원흉이었군. 일단 스크린샷을 찍어두자."

옆에 있는 몹 앤트와 비교하니 퀸의 크기가 극명하게 드러났다. 증거 사진을 촬영한 신은 드롭 아이템에 변화가 있는지 살펴보기로 했다.

"여왕개미의 이빨과 발톱, 마석과 갑각. 이미 아는 것들은 생략하기로 하고…… 이거로군."

드롭 아이템 중에 명백히 개미 계열 몬스터와 관계없는 물건이 있었다.

손바닥 크기의 노란 수정으로 이름은 '탐욕의 조각(피스 오브 아발리스)'이었다. 죄원의 악마에게서 직접 힘을 부여받은 개체에게서 얻을 수 있으며 장인들 사이에서 귀중하게 취급되는 레어 아이템이었다.

"분명해. 탐욕이 움직이고 있어."

"도시 안에 있는 걸까요?"

"글쎄. 이 조각은 플레이어도 사용할 수 있으니까 말이지."

신은 손에 든 『탐욕의 조각』을 만지작거리며 말했다.

『탐욕의 조각』을 몬스터에게 사용하면 몇 단계 위의 개체로 변화한다. 능력치뿐만 아니라 습득 아이템과 경험치도 증가하기 때문에 그것을 쓰러뜨려 돈을 버는 플레이어도 있었다.

『탐욕의 조각』은 탐욕의 악마를 쓰러뜨려 얻는 특별한 아이템이었기에 시장에 나오는 사례가 거의 없었다. 간혹 나오더라도 큰손들이 바로 사들이기 때문이다.

"악마에게 가담하는 자들이 꾸민 일일 수도 있다는 건가요?"

"게임 때는 굳이 악마 편에 붙는 녀석들도 있었으니까 말이지. 게다가 욕망에 굴복한 사람이 그렇게 드문 것도 아니잖아."

룩스리아가 학교에서 일하고 있을 정도이니 탐욕의 악마가 사람들을 타락시키거나 조종한다 해도 이상하게 생각할 것은 없었다. 오히려 납득이 갈 정도였다.

"그렇겠네요. 슬픈 일이지만요."

"어쨌든 여기에 둥지를 틀었던 녀석들은 전부 해치웠으니 당분간은 괜찮겠지. 그리고 이 도시 사람들에겐 미안하지만, 나한테는 그렇게 나쁜 일이 아니거든."

"나쁜 일이 아니……라고요?"

"그래, 탐욕의 본체에게서 『탐욕의 결정(드롭 오브 아발리스)』을 얻을 수 있어. 그걸 사용하면 장비에 부여하는 스킬의 용량이 줄어들어. 즉 반지에 부여할 스킬을 더 늘릴 수 있는 거야."

신은 표정이 어두워진 슈니에게 최대한 밝게 말을 꺼냈다.

자의식 과잉일지도 모르지만, 현재 상황만 보면 마치 자신들이 오는 것을 예상하고 탐욕의 악마가 움직인 것처럼 느껴졌다. 그렇다면 그것을 좋은 쪽으로 생각하자며 신은 드롭 아이템에 관해 이야기하기 시작했다.

새로 익힌 기술 덕분에 신이 만드는 장비는 더욱 강해지고 있었다.

거기에 아이템을 이용해 스킬을 추가한다면 단순한 결혼반지의 차원을 뛰어넘는 물건이 탄생할 것이다.

탐욕의 악마 따윈 자신들을 위한 보너스다. 신은 그런 생각을 담아 슈니에게 웃어 보였다.

"……그런 식으로 생각할 수 있는 건 신밖에 없을 거예요."

이 사람은 정말 못 말린다니까—그런 말이 들려올 것 같은 표정으로 슈니는 마주 웃어 보였다.

"싹싹 붙잡아서 아이템으로 팍팍 만들어버리자고. 룩스리아 같은 경우도 있으니까 갑자기 전투가 벌어지진 않을지도 몰라. 하지만 던전에 이런 걸 설치한 것이 탐욕의 의지라면 틀림없이 싸움이 벌어지겠지. 만만한 상대가 나타난다면 그 아이들의 단련 성과를 볼 실험 무대가 될지도 몰라."

적을 이용하자는 식의 이야기를 들으며 슈니는 방금 전보다 밝게 웃었다.

강력한 몬스터는 레어 아이템을 간직한 보물 상자나 다름 없다. 그런 사고방식을 내세우는 신을 보며 게임 시절을 떠올린 것인지도 모른다.

"이 층에 몬스터 반응은 없어. 혹시 모르니까 아래층을 보고 나서 일단 지상으로 돌아가자."

"알겠어요. 이 몹 앤트들의 드롭 아이템은 어떻게 할 건가요?"

자신들을 둘러싼 수많은 몹 앤트들을 바라보며 슈니가 물었다.

몸의 내부까지 완전히 얼어붙었기 때문에 카드화하지 않고 얻을 수 있는 아이템은 마석 정도였다.

"전부 카드화할 수밖에 없겠네. 히라미의 도움을 받아도 될 테지만 숫자가 어마어마할 거야. 그리고 연구자 중에 이상한 생각을 하는 녀석이 있을지도 모르고."

일반적인 몹 앤트라면 방치해둘 수도 있었지만 슈니가 얼린 몹 앤트에는『탐욕의 조각』이 박혀 있었다. 따라서 방치해두면 안 될 것 같았다.

200층 외에는 전부 불태웠기에 그런 것을 걱정할 필요는 없었지만 말이다.

"제작 재료가 부족하진 않으니 일제히 회수하면서 돌아다니자."

몬스터의 숫자가 너무 많아서 회수에 시간이 걸릴 때는 플레이어를 중심으로 일정 범위 내의 몬스터를 일제히 카드화할 수 있었다.

단, 습득할 수 있는 재료는 마석과 특별한 아이템을 제외한 무작위였다. 플레이어도 거의 사용하지 않았기에 잊힌 기능 중 하나였다.

이번에는 『탐욕의 조각』 외에는 필요가 없었기에 이 방법으로 회수하기로 한 것이다.

"빨리 끝내자. 학교 녀석들이 언제 올지 모르잖아."

히라미가 수장이긴 해도 학교 측에선 원인과 관련된 『탐욕의 조각』을 신이 전부 회수하는 것을 내키지 않아 할 것이다. 그래서 쓸데없는 이야기가 나오기 전에 회수해서 히라미에게만 알려주기로 했다.

학교에서 조사 및 구원대가 온 것은 마침 회수가 끝나고 아래층을 모두 살폈을 때였다. 선두는 렉스를 포함한 세 사람이었고 그 뒤에 경비병 여섯 명이 따르고 있었다. 베르만의 모습도 보였다.

"상황을 보니 이미 사태는 종결됐다고 봐도 될 것 같은데?"

"어쨌든 눈에 띄는 곳은 전부 확인했습니다. 놓친 개체가 있나 확인하느라 아래층까지는 아직 조사하지 못했고요."

200층을 돌아다닌 것은 아이템 회수를 위해서였지만 그것을 솔직히 말할 수는 없었기에 몬스터를 쓰러뜨리며 돌아다녔다고 둘러댔다.

"그래서 여기까지 오는 동안 몬스터와 조우하지 않았던 거군요. 처음 보는 몬스터…… 아니, 변이한 몬스터가 있다는 말을 이 아이들에게 들었습니다만."

"그건 이미 증거 사진을 찍어뒀습니다. 이걸 학장님에게 전해주세요."

신은 스크린샷을 꺼내 베르만에게 건넸다. 베르만은 스크린샷의 존재를 알고 있었는지 특별히 놀라지도 않고 받아 들었다.

"몹 앤트치고는 묘한 문양이 그려져 있군요. 모험가로 세계를 돌아다닌 적도 있지만 처음 보는 문양입니다. 이 퀸도 주변 몹 앤트를 통해 추측해보면 엄청난 크기로 보입니다."

"조금 걸리는 부분도 있으니 시간을 낼 수 있으면 이야기하고 싶다고 학장님에게 전해주세요."

"알겠습니다. 확인이 끝나는 대로 호텔에 연락드리죠."

200층 밑으로는 학교 측에서 조사하겠다고 했기에 신과 슈니는 던전에서 빠져나왔다.

학교 안은 그들의 관할이었다. 두 사람이 확인한 범위 내에서는 더 이상의 위험이 없었기에 주제넘는 짓은 하지 않기로 했다.

"조사가 끝난 지 얼마 안 됐는데 또 출입 금지 구역이 되겠네요."

"지난번 조사에서도 아무것도 없었잖아?"

"그렇게 들었습니다."

학생인 렉스 일행에게는 던전에 대한 정보가 어느 정도 공개되어 있었다. 이번 소동의 원인 중 하나인 만큼 이야기해도 괜찮을 거라 판단한 렉스가 아는 선에서 설명해주었다.

지난 조사에서 미처 발견하지 못했거나 조사가 끝난 뒤 던전 안에서 무슨 일이 있었다고 봐야 할 것이다.

"오늘은 평소대로 훈련하자."

"으으, 모처럼 던전에 왔는데……."

신의 제안에 훈련의 성과를 보여주고 싶었던 뮤가 낙담했다.

"기운이 많이 남아 있는 것 같으니까 오늘은 특히 힘든 훈련을 하기로 하죠."

"으엑?!"

슈니가 그런 뮤에게 온화한 미소와 함께 말했다.

뮤는 기뻐했지만 렉스와 기안의 감탄사를 들어보면 그 훈련이 얼마나 힘든지 짐작할 수 있었다.

†

훈련을 마친 신과 슈니는 학교를 나와 호텔로 돌아가고 있었다.

"그 녀석들도 제법 실력이 올라갔어."

신의 귀에는 아직도 렉스 일행의 비명이 맴돌고 있었다. 하지만 처음에는 비명을 지를 체력도 없었던 것을 생각하면 장족의 발전이었다.

"맞아요. 힘 조절도 꽤나 능숙해진 것 같아요."

몬스터를 상대하는 훈련을 하지 못했을 뿐이지, 세 사람 외의 일반인 훈련 참가자 상대로는 상처 하나 없이 이길 수 있을 정도였다.

렉스 일행도 자신들의 능력치를 자세히 아는 것은 아니었다. 하지만 공격의 위력이나 속도를 통해 대략적인 수치는 예상할 수 있었다.

그것을 토대로 신이 【리미트】를 어느 정도까지 조정할지 정한 것이다.

"던전에 또 언제 들어갈 수 있을지 모르니까 도시 밖으로 나가볼까?"

"모험가로서 몬스터를 퇴치하는 학생들도 있다고 하니까 괜찮을 것 같네요."

엘쿤트 주변 몬스터에 관해서는 전부 조사해둔 상태였다.

다만 최근 들어 알려진 것과는 다른 몬스터가 출몰한다는 점이 마음에 걸리긴 했다.

대장장이 바르도 몬스터의 구역이 변화한 것 같다는 이야기를 한 적이 있었다. 그 탓에 무기 주문과 수리 의뢰가 늘었다고도 말이다.

위험하긴 했지만 그것은 어디든 마찬가지였다. 죽음의 위험이 없는 트레이닝 던전이 오히려 특이하다 할 수 있었다.

"응?"

유사시에는 자신과 슈니도 있다고 생각하며 걷던 신의 시야에 아는 얼굴이 보였다.

상대방도 이미 이쪽을 발견했는지 어느 정도까지 가까워지자 두 사람을 향해 손을 흔들었다.

"기척을 느끼고 혹시나 했는데, 역시 당신들이었네."

"넌 또 이런 데서 뭘 하는 거야?"

신에게 말을 걸어온 것은 죄원의 악마 중 하나인 룩스리아였다.

그녀는 등 뒤까지 내려오는 흑발을 나부끼며 웃고 있었다. 날렵한 디자인의 안경 안쪽에서 즐거워하는 눈빛이 보이는 것 같았다.

"이런 데서 만나다니 별일이네. 나야 잘된 일이지만."

"잘된 일이라고?"

악마에게 잘된 일이라는 말이 무척 불길하게 들렸다.

"그렇게 경계하지 않아도 돼. 잘된 일이라는 건 마침 너희를 찾던 참인데 이렇게 만났다는 뜻이니까."

"우리에게 무슨 볼일이라도 있어?"

"그래. 여기서 이야기하긴 뭣하니까 잠깐 따라오지 않을

래?"

상대가 악마라는 것을 알았기에 경계심을 거둘 수 없었지만 일단 적대하지 않겠다고 말한 상대였다. 너무 의심하는 것도 좋지 않을 것 같아서 따라가 보기로 했다.

"이봐, 아직 해가 지려면 멀었다고."

"가벼운 식사도 나와. 그리고 술은 밤이 되기 전에는 안 팔거든."

두 사람이 안내받아 간 곳은 좋은 분위기의 술집이었다. 룩스리아가 의도한 것인지 모르지만 밖에서는 가게 내부가 잘 보이지 않았다.

어떻게 보면 고급스러운 찻집 같은 건물이었다.

점장과 아는 사이인지 안쪽의 개인실로 안내되었다.

"자, 그러면 이야기를 계속 해볼까. 내가 당신들을 찾은 건 조금 부탁할 일이 있어서야."

"부탁할 일?"

"그래, 당신들이 던전으로 전송되기 얼마 전에 탐욕, 지금은 아와리티아라는 이름이지만. 어쨌든 그 부하라고 자칭하는 남자가 찾아왔어."

"그런데 잘도 조용히 지나갔군."

탐욕은 분노에 이어 두 번째로 호전적인 악마였다. 진위 여부는 둘째 치더라도 자신을 그런 식으로 소개했다면 체포되어도 할 말은 없을 것이다.

"도망 하나는 잘 쳤거든. 상대방이 원하는 건 나와 하나가 되는 것이었어. 무작정 쳐들어오지 않는 건 괜히 내 주변을 건드렸다가 반발당하는 게 싫어서일 거야."

"악마가 모이면 융합해서 강해진다는 그거지? 그런데 반발할 수 있는 거야? 난 악마가 둘 있으면 자동으로 융합되는 줄 알았는데."

"예전엔 그랬지만 지금은 달라. 자아가 강해진 탓이겠지. 성격이 지나치게 다르면 강한 쪽이 약한 쪽을 흡수하는 형태가 되거든. 레벨은 상대가 높지만 난 여기서 계속 힘을 비축해뒀으니까 전투력으로 따지면 거의 호각이야. 자칫 잘못하면 같이 죽을 수도 있다고 판단한 거겠지."

악마는 자신 외의 악마와 융합할 때마다 최대 레벨이 50씩 오른다. 그래서 모든 악마가 하나가 되면 레벨 1000에 도달하는 것이다.

하지만 게임 시절에는 늘 그렇게 되기 전에 토벌되었기에 신도 이야기만 들었지 직접 본 것은 아니었다.

"그래서 다음 수단을 강구한 건가."

"무슨 소리야?"

"오늘 트레이닝 던전에 들어갔는데 말이지. 그곳의 레어 몬스터가 탐욕의 권속이 되어 있었어. 이게 그 증거고."

신은 아이템 박스에서 『탐욕의 조각』을 꺼내 룩스리아에게 보여주었다.

“던전이라…… 그 안에는 내 탐지 능력이 닿지 못해서 전혀 몰랐어. 큰일이 생기기 전에 대처해줘서 고마워.”

“어쩌다 보니 그랬을 뿐이야. 그리고 네가 아니었으면 우리가 오기 전에 탐욕, 지금은 아와리티아라고 했던가? 그 녀석이 이곳을 공격했을지도 모르잖아. 같은 죄원의 악마가 있어 준 덕분에 지금까지 무사했던 거야. 이곳엔 내 지인이 살고 있으니까 나야말로 고마워.”

만약 룩스리아가 아와리티아와 적대하지 않았더라면.

만약 룩스리아가 엘쿤트에 없었더라면.

아와리티아가 엘쿤트를 그냥 지나칠 리는 없다. 신과 슈니가 전송되었을 때 엘쿤트가 이미 폐허가 되어 있었을지도 모르는 일이었다.

“어머, 감사 표시라면 하룻밤 상대를—.”

“그건 안 됩니다.”

테이블 위로 몸을 내밀며 신을 올려다보는 룩스리아에게 잠자코 있던 슈니가 갑자기 끼어들었다. 말이 끝나기도 전에 대답해버린 것이다.

“어머, 난 당신에게서 그를 빼앗으려는 게 아닌데? 그게 억지로 되는 것도 아니고, 유혹도 통하지 않잖아.”

“안 됩니다!”

놀리듯 말하는 룩스리아에게 슈니가 강하게 반발했다. 신의 팔을 잡아 자신 쪽으로 끌어당기며 룩스리아를 노려보고

있었다.

"어머, 어머. 그렇게 위협하지 않아도 되는데. 아니면 그 방면으로는 자신이 없는 건가?"

"이봐, 그런 농담은—."

"사랑이 없는 행위 따윈 용서할 수 없어요."

"너무 구속하면 미움받을 텐데. 정말로 만족하는 거 맞아? 밤일 쪽은 아직도 미숙한 것 같던데."

"……?!"

슈니와 룩스리아는 신이 있다는 것을 까맣게 잊은 것처럼 말다툼을 했다. 하지만 룩스리아의 마지막 말에 슈니의 얼굴이 빨갛게 달아올랐다.

그것을 본 룩스리아는 슬며시 신에게 다가와 반대쪽 팔을 잡았다. 테이블 반대편에서 놀랄 만큼 매끄럽게 움직였다.

신의 팔이 룩스리아의 풍만한 가슴에 파묻힌 것은 고의일 것이다.

"원한다면 가르쳐줄 수도 있는데. 셋이서 하는 것도 나쁘진 않아."

사람의 마음을 살살 녹이는 목소리와 육체. 남자든 여자든 전부 넘어갈 것 같은 룩스리아의 유혹 앞에서 신은 슈니에게 팔을 놓아달라고 말했다.

"신?!"

경악하며 얼굴이 딱딱하게 굳어버린 슈니에게 괜찮다고 웃어 보이자 팔을 놓아주었다. 신은 자유로워진 손으로 수도(手刀)를 만들어 룩스리아의 머리를 내리쳤다.

"아팟?!"

약하게 힘을 조절한 공격은 훌륭하게 명중했다. 룩스리아는 신의 팔을 놓고 괴로워했다.

"농담인 건 알지만 방금 그건 그냥 넘어갈 수 없어."

"평범한 사람이었으면 머리가 박살났을 거야, 이건……."

룩스리아는 머리를 감싸 쥔 채로 주저앉았지만 죄원의 악마답게 HP는 {별로} 줄어들지 않았다.

"슈니를 도발하는 게 목적이면 우린 이만 가볼게."

"아~ 잠깐만. 잘못했어, 사과할게. 아직 본론도 못 꺼냈는걸."

룩스리아는 신이 진지하다는 것을 알아챘는지 황급히 사과했다.

"대충 상상은 가. 아와리티아를 쓰러뜨리는 걸 도와달라는 거 아냐?"

"정답이야. 당신이라면 지금의 아와리티아 따윈 한 방에 쓰러뜨릴 수 있을 거야. 나한테 더 이상 집적대기 전에 해치워줬으면 해."

"죄원의 악마가 죄원의 악마를 쓰러뜨려달라고 말하는 날이 올 줄이야……."

직접 쓰러뜨리면 파워업할 수 있지 않느냐고 신이 지적하자 룩스리아가 대답했다.

"그걸 흡수하느니 죽는 게 나아. 그리고 그 상태로 다른 애들을 흡수하다 보면 완전체가 되어버릴 거 아냐. 결국엔 우리들의 자아도 사라질 테니 그렇게 될 생각은 요만큼도 없어."

그것이야말로 악마들이 가장 바라는 일일 텐데도 룩스리아는 완전체에 대한 집착 따윈 조금도 없는 것 같았다.

"다른 악마들도 너처럼 얌전하게 굴면 좋을 텐데."

"그런 말 하지 말아줄래? 나도 피해자인걸."

"하긴 그렇군. 우선 주변을 조사하고 단서를 찾는 것으로 시작해야겠지. 이 주변에서 안 보이던 몬스터들이 늘어났다고 하니까 일단 학생들의 훈련을 겸해서 엘쿤트 주변을 돌아다녀 볼 생각이야."

"그 이야기라면 나도 들었어. 평범한 모험가는 대처하기 힘든 레벨의 몬스터도 있다던데."

룩스리아가 들은 정보에 의하면, 150레벨이 넘는 개체가 이따금 나타났다.

히노모토였다면 바로 사냥당할 테지만 평균 레벨이 그리 높지 않은 엘쿤트에서는 모험가들의 피해가 늘어나고 있었다.

"몬스터에 관한 건 다음 훈련 때 학장 쪽에서도 이야기가 있을 거야. 물론 그 아이야 학생들을 데려가라는 말은 안 할 테지만."

"슬슬 실전 경험을 쌓게 해줄 생각이긴 했는데, 일반적인 몬스터보다 강한 상대와 싸우게 한다고 하면 걱정하겠지? 굳이 위험을 무릅쓸 필요는 없으니까 말이야."

"그래도 데려가긴 할 거잖아?"

"그래. 그 녀석들의 지금 실력이면 괜찮을 거야. 그리고 실전은 빨리 경험할수록 좋거든. 목숨이 위험한 진짜 실전 말이지."

물론 아무 보험도 없는 것은 아니었다. 하지만 그것을 본인들에게는 알려주지 않을 작정이었다. 위험할 때 신과 슈니의 도움을 받을 수 있다고 생각하면 방심할 수 있기 때문이다.

물론 학교 방침에 따라 이미 실전을 경험했을 수도 있었다.

다만 평소에 보지 못하는 몬스터도 출몰한다고 했으니 어찌 됐든 좋은 경험이 될 것은 틀림없었다.

"그 아이들도 꽤나 강해진 것 같던데."

"꽤나 굴렸거든."

"보건실에 상처투성이로 자주 오다 보니까 어느새 친해졌어."

룩스리아는 온화한 표정으로 말했다. 악마라는 것이 도저히 믿기지 않는 모성적인 미소였다.

"뭐랄까, 방금 전 같은 행동만 안 하면 전혀 악마처럼 보이지 않는군."

"인간 형태가 되고서 얼마나 많이 지났는데. 그렇게 보이지 않으면 곤란하지. 악마의 모습은 별로 안 좋아해. 울퉁불퉁하기도 하고, 꼭 뱀 같기도 하고. 차라리 좀 더 섹시한 모습이면 좋았을 텐데."

"그런 고민도 하는구나."

외모 때문에 고민하는 것도 꼭 인간 같았다.

"뭐, 아와리티아가 가까이 와 있는 것에 비하면 사소한 문제지만 말이지. 가장 큰 문제는 네 기척을 느끼고 도망칠지도 모른다는 거야. 나도 싸움이 벌어지면 쓰러뜨리는 것보단 도망치는 것부터 생각하거든."

정면으로 싸운다면 레벨 700 정도로는 신과 슈니를 막아낼 수 없다. 룩스리아는 신이 악마 살해 장비를 입은 모습을 봤기 때문에 더욱 위기감을 느낄 것이다.

"악마가 도망치는 거야?"

"부활한다고 위험을 안 느끼는 줄 알아? 널 처음 봤을 때 얼마나 무서웠다고. 그때 내가 얼마나 긴장했는지 체험시켜 주고 싶네."

"그랬구나."

"응, 그랬어. 하지만 분노라면 그런 상황에서도 싸우러 올 거야. 내가 기억하기로는 살고 죽는 것보다 싸움 자체에 집착하는 것 같았거든."

정말로 개체마다 성격이 현저히 다른 것 같았다. 단, 원래의 성질은 바뀌지 않는 듯했다.

인간들에게 적극적으로 간섭하는 악마들 중에서도 분노와 탐욕은 특히 호전적이었다. 차이점이 있다면 분노는 인간에게만 호전적인 데 반해 탐욕은 몬스터도 공격한다는 점일 것이다.

"뭐, 어쨌든 정보 수집부터겠지. 학장 쪽에서도 움직이고는 있지만 아직 유력한 정보는 없어. 던전에도 범인은 이미 없을 거고. 그러니까 너희들의 활약을 기대할게."

"노력은 해볼게. 우리도 탐욕을 쓰러뜨리면 얻을 게 있으니까 말이지."

그렇게 말하며 신과 룩스리아는 미소를 교환했다.

한쪽은 도시와 사람들의 안전을 바라고, 한쪽은 무기 합성용 아이템을 노린다.

목적이 바뀐 듯한 두 사람의 대화를 슈니가 못 말린다는 듯이 어깨를 으쓱거리며 지켜보고 있었다.

"룩스리아의 이야기를 어떻게 생각해?"

신은 룩스리아와 헤어진 뒤에 숙소로 향하는 길을 걸으며 슈니에게 물었다.

"셋이서 하고 싶은가요?"

"아니, 그쪽을 말하는 게 아니잖아?!"

이미 끝났다고 생각한 화제가 언급되자 신은 자신도 모르게 목소리를 높이고 말았다.

룩스리아는 겉모습만 보면 슈니에게도 뒤지지 않을 정도의 미인이었다. 신도 어쩔 수 없는 남자였기에, 관심이 없느냐고 묻는다면 부정할 수 없었을 것이다. 바로 얼마 전까지는 말이다.

하지만 지금은 달랐다. 이미 슈니가 곁에 있는데 굳이 다른 여자, 그것도 악마를 건드린다는 생각을 할 리가 없었다. 슈니가 무서워서라는 것도 이유 중 하나였다.

“농담이에요. 제가 보기에 거짓말 같진 않았어요. 신과 제가 약화시킨 틈을 타서 아와리티아를 흡수하려는 게 아닌가 하는 생각도 했지만 그런 짓을 하면 저희뿐만 아니라 엘쿤트 자체를 적으로 돌리게 되니까요. 그래서는 아무 의미도 없겠죠.”

신과 한 나라 전체를 적으로 돌린다면, 아무리 에너지를 비축해뒀고 레벨 상한선이 조금 올라간다 한들 룩스리아에게 승산은 없었다.

“룩스리아도 말했지만 우선은 정보 수집이겠지. 지금은 『탐욕의 조각』을 가진 누군가가 잠입했다는 것 정도밖에 모르잖아.”

교사나 학생인지도 모르고, 아니면 단지 감시의 눈을 피해 던전에 숨어들었는지도 모른다. 모든 것이 분명하지 않았다.

룩스리아의 말에 따르면, 아와리티아의 부하라고 자칭한 자는 짧게 자른 붉은 머리와 갈색 눈동자의 젊은 남자로 이름은 헥센이었다.

룩스리아는 몬스터였기에 【애널라이즈】를 사용할 수 없었다. 따라서 헥센이라는 이름이 진짜인지도 불분명했다.

"아무리 도주용 아이템을 사용했다지만 룩스리아에게서 도망치려면 AGI가 600은 되어야 할 텐데."

"전 플레이어일까요?"

"가능성은 있어. 이 세계를 게임의 연장선으로 생각하는 녀석이 있다면 악마 편에 서도 이상할 건 없으니까. 다만 내가 아는 이름 중에 헥센은 없어."

수만에 이르는 플레이어들 중에서 이름이 알려진 것은 극히 일부였다.

신도 유명 플레이어나 마음에 든 플레이어의 이름을 몇 개 정도는 기억했지만 전체적으로 보면 1퍼센트도 되지 않을 것이다.

신이 모르는 상위 플레이어였다 해도 이상할 것은 없었다.

"일단 밖을 돌아다닐 때 사람들의 이름을 유심히 봐야겠어. 큰 기대는 할 수 없을 테지만 말이지."

"히라미 씨와도 다시 한번 이야기해보는 게 좋겠어요. 헥센이라는 인물은 히라미 씨가 안 계실 때를 노려서 잠입한 것인지도 모르니까요."

헥센은 히라미가 왕성에 가 있을 때 찾아왔다고 한다.

히라미도 상위 플레이어는 아니었지만 이 세계에서는 충분히 강자로 분류되었다.

신이 만들어준 장비를 착용하고 있었기에 능력치가 비슷한 사람보다도 강할 것이다. 싸움이 벌어지면 일반인보다 훨씬 버거운 상대였다.

헥센이 히라미가 부재중일 때를 노렸다면 전투력이 뛰어나진 않을 수도 있었다. 플레이어 중에는 STR이나 AGI 같은 하나의 능력치만 집중적으로 올리는 사람도 존재했다. 그런 플레이어는 특정 상황에서만 힘을 발휘할 수 있었다.

만약 헥센이 AGI만 극단적으로 높였다면 공간 전체를 압살할 수 있는 마법사야말로 천적 같은 존재였다. 따라서 마법사인 히라미를 피한 걸지도 모른다.

"……그건 하나의 가능성으로만 생각해두자. 단지 악마 숭배자라서 악마인 룩스리아를 건드리지 않은 것일 수도 있으니까 말이지."

정확한 판단을 내리기에는 정보가 너무 부족했다. 지금은 조심하는 것 외에 할 수 있는 일이 없었다.

"응? 저건 베르만 씨잖아?"

두 사람이 묵는 호텔 모르가나 앞에 마차 한 대가 세워져 있었다.

호텔 종업원과 이야기를 나누는 사람은 신이 던전에서 스크린샷을 건네주며 히라미에게 전해달라고 부탁했던 베르만이었다.

베르만도 두 사람을 발견했는지 그들을 향해 걸어왔다.

“여어, 또 찾아와서 미안하지만 학교까지 와줄 수 있겠나?”

“무슨 일이라도 있었습니까?”

“아니 그게, 아까 말한 문제로 이야기하려면 장소는 학교가 적당하지 않으냐는 이야기가 나와서 말이지. 그리고 학장님이 몸소 만나러 올 정도의 인물이라는 소문이 나면 곤란할 거라는 의견도 있었네.”

룩스리아는 내일이라도 이야기가 있을 거라고 말했지만 히라미의 행동은 그보다도 빨랐다.

히라미는 【은폐】 마법을 사용할 수 있기에 모습을 감춘 채 찾아올 수는 있었다.

하지만 학장이라는 자리에 앉아 있는 만큼 타국의 첩보원들에게 감시받고 있을 가능성도 있었고 섣부르게 행동하면 신에게 피해를 줄 거라고 생각한 것 같았다.

첩보원 중에는 【은폐】나 관련 스킬을 간파하는 데 특화된 자들도 있었다. 따라서 히라미의 【은폐】 역시 안전하진 않았다.

“그런 일이라면 함께 가야죠.”

“미안하네. 우리도 자네들을 귀찮게 하고 싶진 않네만.”

아무리 신과 슈니가 강하다 해도 자신들이 대처할 수 없는 몬스터를 떠넘기고 싶지는 않다는 마음이 베르만의 표정에서 드러났다.

경비병으로서의 자부심 때문인지, 마부와 함께 온 다른 경비병들의 표정도 비슷했다.

그런 인품을 갖췄기 때문에 몬스터들이 득시글거리는 던전의 경비를 맡고 있는 것이리라.

신과 슈니는 준비된 마차를 타고 학교로 돌아왔다.

베르만의 말에 따르면, 보고하러 가기 바로 전에 히라미가 돌아왔다. 타국의 학생들을 입학시키는 경우가 많다 보니 생각보다 훨씬 바쁜 듯했다.

"방학이 끝나면 신학기가 시작되니까 말이지. 자네들이 오기 전부터 학생들의 입학 준비가 진행되고 있었다네. 하지만 갑자기 던전에 이변이 생기면서 본국 쪽에서 섣불리 개입하지 못하도록 최대한 손을 쓰는 중이지."

엘쿤트라는 이름을 쓰고는 있지만 학교는 국가의 하부 조직이 아니었다. 표면적으로는 대등한 입장이었고, 국가가 학교 방침에 대해 마음대로 간섭할 수 없도록 되어 있었다.

하지만 앞에서 손을 쓸 수 없다면 뒤에서 영향력을 행사하려는 자들은 어디에나 있었고 엘쿤트의 상층부도 예외는 아니었다.

"엘쿤트에서도 그런 자들을 조사하고 있지만 지위가 높은 사람들이다 보니 단서나 증거를 없앨 힘도 갖고 있다네. 게다가 학교 내부에도 정부와 내통하려는 사람이 없다는 보장이 없을 테지.”

“윗선부터 말단까지 전부 한마음일 순 없는 거겠죠. 그게 조직이니까요.”

소수라면 가능할 테지만 국가나 학교에서는 사실상 어려운 일이었다. 야심을 가진 자나 강자의 편에 붙어 이득을 보려는 사람은 늘 있기 마련이다.

한 국가의 상층부라면 상당한 권력과 재력을 갖고 있을 것이다. 그래도 베르만의 이야기로는 청렴한 사람이 더 많으니 다행이었다.

“갑자기 불러서 죄송해요.”

“아니, 괜찮아. 탐욕의 악마 일을 보고하겠다고 말한 건 나잖아.”

마차에서 내려 학장실에 들어간 신과 슈니를 히라미가 고개 숙여 맞아주었다. 베르만에게서 미리 이야기를 들었는지 그녀의 표정도 밝지만은 않게 느껴졌다.

“괜찮아? 정부하고 조금 마찰이 있다고 들었는데.”

“아직은 괜찮아요. 신 씨가 탐욕의 권속이 된 몬스터들을 쓰러뜨려주신 덕분에 신 씨와의 인맥이 큰 무기가 되었거든요. 룩스리아 씨도 제가 초빙한 인재라고 발표했고요.”

“룩스리아는 그렇다 치고 나와의 인연이 도움이 됐다고?”

“신 씨의 이름은 이제 꽤 유명해졌어요. 바르멜 공방전의 활약을 음유시인들이 노래로 만들 정도인걸요. 바르바토스에서는 아무도 접근할 수 없는 위험한 해역에 가서 동료들과 무사히 돌아오신 것도 화제가 됐어요. 인어와 어인 들이 신 씨의 활약상을 술집에서 떠들어댄다고 해요."

"윽……."

바르멜 전투가 있은 지 벌써 많은 시간이 지났다. 그래서 신도 이미 유행이 지난 화제일 거라고 생각했다.

하지만 그런 예상과 달리 새로운 화제까지 더해져서 엘쿤트까지 전해진 것 같았다. 인어와 어인이라는 부분에서 짚이는 부분이 너무 많았다.

"『참추(斬鎚)의 신』은 최근에 가장 뜨거운 화제인데요?"

"맙소사…… 지도 의뢰를 받아들이려고 길드에 갔을 때 이상하게 주목받는다 했어."

"그때 무기는 들고 있었나요?"

"아니, 접수만 하러 간 거니까 빈손이었지."

"그렇다면 그 탓일 거예요. 도검 같은 형태의 까만 둔기를 무기로 사용한다는 이야기가 유명하니까요. 게다가 바르바토스에서 여기까지는 상당히 멀어요. 신 씨에 대해 잘 모르는 사람은 이름이 같더라도 당사자가 여기 있지는 않을 거라고 생각하지 않았을까요?"

지금 『카쿠라』는 신의 대명사처럼 되어가고 있는 모양이었다. 엘쿤트에 온 뒤에도 학교 부지 내에서만 사용했기에, 길드에 갔을 때는 화제가 되지 못한 것이리라.

지금 생각해보면 최근엔 렉스 일행 외에도 훈련에 참가하는 학생들이 꽤나 늘어났다. 그중에는 묘하게 뜨거운 시선을 보내는 학생도 있었다.

"혹시 내가 지도한다는 게 유명해진 건가?"

"네. 처음에는 의심하는 사람도 있었지만 지금은 길드 의뢰보다도 신 씨의 훈련을 우선하는 학생들이 있을 정도예요. 장기 방학 중이라 사람이 적어 다행이지, 학기 중이었다면 지금쯤 난리가 났을지도 모르겠네요."

"전투에서 활약했다지만 그것도 바르멜 때 한 번이잖아. 그게 그렇게나 요란을 떨 일이야?"

신은 자신 외에도 유명한 모험가가 있지 않느냐고 히라미에게 물었다. 아무리 그래도 너무 유난스러운 것 같았기 때문이다.

"성지에서 대량의 몬스터가 출몰하는 『범람』에 대한 정보는 길드끼리 공유하는 경우가 있거든요. 게다가 신 씨가 활약한 건 『대범람』, 일반적인 『범람』의 몇 배 규모라, 사망자가 없었던 건 전대미문의 일이었어요. 정식으로 발표가 나오지 않았던 처음에는 신이라는 모험가가 대체 누구냐고 억측이 난무했는걸요."

참고로 섀도우와 히비네코 같은 멤버들의 활약은 반쯤 당연시되어 넘어갔다고 한다. 신과 달리 몇 번이나 이름을 떨쳤기에 놀랄 일이 아니었던 것이다.

슈니의 활약도 마찬가지였고 역시 슈니 라이자답다는 정도로 언급되었다.

"아…… 그렇군. 혜성처럼 나타난 새로운 영웅처럼 되어버린 건가."

"당시에는 모험가 랭크도 낮았으니 말이죠. 바르멜에 수수께끼의 강자가 나타났다는 인식이었어요. 여기와는 거리가 멀다 보니 길드에서 발표된 정보밖에 없었던 탓이죠. 이쪽 세계에는 인터넷 같은 게 없잖아요."

"정보의 발신지에서는 잠잠해져도 다른 곳에서는 아직 화제가 되어 있을 수도 있다는 건가. 밖을 걸어 다닐 때 『카쿠라』를 꺼내지 않길 잘했어……."

『카쿠라』는 손에 들지 않아도 상당한 존재감을 발휘하는 무기였다. 장비한 상태로 돌아다녔다면 틀림없이 주목받았으리라.

"하지만 그렇다면 렉스, 뮤, 기안만 특별 대우하면 안 되는 거 아냐?"

"아니요, 처음부터 그 세 사람이 제의한 일인걸요. 지금까지 제대로 된 훈련을 시켜주지 못했으니까 이번 기회에 한을 풀게 해주세요."

학교 관계자 중에서 전력으로 싸우는 세 사람을 상대할 수 있는 사람은 히라미와 마사카도 등 몇 명 정도였다.

선정자가 그리 드물지는 않지만 교육자가 되려는 사람은 많지 않다고 히라미는 말했다. 누군가를 가르치더라도 대부분 자신의 제자들로 한정한다고 한다.

"은퇴한 모험가를 고용할 수는 없는 건가?"

"실력이 우수하면 길드나 국가에서 먼저 고용할 테고, 후계자를 육성하는 건 역시 따로 제자를 두는 편이 효율적이니까 말이죠. 자기 기술을 아무에게나 가르치는 사람은 그리 많지 않아요."

모험가에게는 갈고닦은 전투 기술도 하나의 재산이었다. 따라서 남들에게 쉽게 가르쳐주지는 않을 것이다.

"학교의 학생들은 교육받은 뒤 어떤 길을 가게 될지 모르니까 말이지."

모험가가 되는 사람도 있을 테고 군에 입대하는 사람도 있을 것이다. 하지만 중간에 관심 분야가 바뀌어 연구직으로 옮겨 갈 수도 있었다.

학교는 배움의 장이며 배우고 익힌 것을 어떻게 활용할지는 각자의 자유였다.

"전 플레이어들에게도 권유하고는 있는데 깊이 고민해보지도 않고 거절하더라고요. 그 정도로 이 일에 매력이 없는 걸까요?"

이야기가 이어질수록 히라미는 점점 침울해졌다. 게임 시절에는 신규 플레이어를 돕기 위한 길드도 존재했기에, 그곳에 소속됐던 사람들에게도 제의해봤다고 한다.

다만 전 플레이어들 중에서 자신의 정체를 공공연히 이야기하고 다니는 사람은 많지 않았다. 신도 예전부터 알고 지낸 플레이어가 아니라면 금방 알아볼 수 없을 것이다. 그런 연유로 교사 초빙은 좀처럼 진척이 없다고 한다.

"하긴 현실에서 교사를 꿈꿨던 게 아니라면 굳이 이곳에 와서 선생님이 되려는 녀석은 없겠지. 전투 전문이면 모험가나 군인이 될 테고, 생산 전문이면 자기 가게나 공방을 차리고 싶어 할 테니까."

신 역시 그들과 같은 입장이었다면 비슷한 생각이었을 것이다. 교사라는 선택지는 딱히 떠오르지 않았다.

"애초에 이곳 같은 학교가 적은 것도 이유 중 하나겠지."

"학문에 몰두하는 것만으로도 많은 돈이 드니까요. 자연스럽게 부유한 사람들만 혜택을 받을 수밖에 없어요. 저도 그런 경우를 많이 봐왔고요."

슈니가 신의 말을 보충하듯 덧붙였다. 학교를 운영하려면 많은 자금이 필요했다. 엘쿤트 마법 학교에서는 독자적인 기술 개발 등을 통해 자금을 조달해서, 평민들도 낼 수 있는 수업료만 받고 있었다. 하지만 그건 어느 학교에서나 가능한 일이 아니었다.

의무교육 따윈 존재하지 않는 세계였다. 교사를 지망하는 자가 좀처럼 없는 데다 지망한다고 해서 꼭 될 수 있는 것도 아니다. 히라미가 원하는 인재를 육성할 토양이 전무하다고 할 수 있었다.

"그런데 졸업생을 고용할 순 없는 거야? 배우는 입장이기도 했으니 가르치는 요령을 조금은 알 텐데…… 표정을 보니 실패한 거구나."

"네. 외국에서 유학 오는 학생들이 많다 보니 졸업한 뒤에 고국으로 돌아가 버리는 경우가 흔하거든요. 그 밖에도 전공하던 연구 분야로 진출하거나 배운 기술을 활용해서 일하는 사람은 많지만 가르치는 일을 선택하는 졸업생은 없네요. 그렇게 나쁜 직장은 아니라고 생각하는데요."

히라미는 휴우 하고 한숨을 쉬다가 갑자기 자신의 양 뺨을 때렸다. 찰싹 하는 소리와 함께 그녀의 눈에 힘이 돌아왔다.

"아무튼! 이야기가 다른 데로 새서 죄송해요. 본론으로 넘어가죠."

"괜찮아? 뺨이 빨갛게 됐는데."

"조금 세게 때린 것 같네요……."

히라미는 뺨을 비비며 자신에게【힐】을 사용했다. 그런데도 뺨이 붉은 것은 부끄러움 때문일 것이다.

신은 더 이상 추궁하지 않았다.

"그래서 말이죠. 탐욕의 악마 말인데 룩스리아 씨에게 접촉해온 것 같아요. 이 이야기는 이미 들으셨나요?"

"응. 돌아오는 길에 우연히 만나서 들었어. 탐욕, 아와리티아가 룩스리아를 흡수하려고 접촉해왔다지."

히라미도 이야기를 전해 들은 모양이었다. 서로 잘못 알고 있는 부분이 없는지 확인한 뒤 신은 아와리티아를 되도록 해치우려는 뜻을 밝혔다.

"저희로서는 굉장히 다행이네요. 하지만 왠지 신 씨에게만 의지하는 것 같아서 스스로가 한심해져요."

"저기, 그게 말이지. 실은 우리가 아와리티아를 노리는 건 엘쿤트나 너희 학교를 위해서만은 아니야."

면목 없다는 듯이 눈을 내리까는 히라미에게 신도 어렵게 사실을 털어놓았다.

"그게 무슨……?"

"아와리티아를 쓰러뜨렸을 때 나오는 드롭 아이템 중에 장비 스킬 부여 용량을 줄여주는 게 있거든. 그게 우리 목적이야."

"그런 아이템이 있었군요. 하지만 지금의 신 씨라면 그런 것 없이도 엄청난 아이템을 만들 수 있지 않나요?"

"그걸 사용해서 만들려는 게 결혼반지거든. 최대한 좋은 효과를 부여해두고 싶어서 말이지."

신은 그제야 아직 말하지 않았다는 것을 깨닫고 슈니와 결혼한 사실을 히라미에게 털어놓았다. 룩스리아가 서로 뜨겁게 사랑했다느니 하는 소리를 해서 이미 알고 있을지도 모르지만 혹시 몰라서였다.

"그렇군요. 그런 사정이…… 그런데 결혼반지요?"

"여러 가지 사정이 있었거든. 만들 시간이 없었어."

"가벼워요! 마음가짐이 너무 가볍다고요! 그리고 그러면 안 되잖아요! 프러포즈 때 준비해야 할 필수 아이템인데요!"

신은 필수 아이템까지는 아니라고 생각했지만 이미 흥분한 히라미는 듣지 않을 것 같았다.

"이렇게 된 이상 반드시 쓰러뜨려야겠네요! 악마의 목숨보단 부부의 행복이 먼저니까요!"

히라미가 의욕 넘치는 얼굴로 주먹을 불끈 쥐었다. 기운을 되찾은 건 좋았지만 어째서 자기 일처럼 몰입하는지는 알 수 없었다.

슈니도 당황하나 싶어서 시선을 돌리자 그녀는 고개를 열심히 끄덕거릴 뿐이었다. 당황하기는커녕 히라미의 말에 전적으로 공감하는 것 같았다.

"너무 무리하진 말라고."

"괜찮아요. 부부의 행복을 위해서라면 약간의 희생 정도는……."

"정말로 괜찮은 거야……?"

히라미에게는 심금을 울리는 이야기인 듯했다. 신은 그녀의 눈빛이 조금 무섭게 느껴졌다.

만화였다면 틀림없이 초점이 흐릿한 눈으로 그려졌을 것이다.

"그런데 프러포즈는 누가 먼저 하신 거예요?"

"결혼하자는 말을 꺼낸 건 나였어."

조금도 로맨틱하지 않은 상황이었다는 것이 신의 유일한 아쉬움이었다.

"그렇겠죠~. 역시 여자 입장에선 남자가 먼저 고백해주는 게 가장 기쁘다니까요~."

"고백받고 싶은 남자라도 있는 거야?"

신이 맨 처음 떠올린 것은 게임 시절부터 히라미와 함께 다녔던 마사카도였다.

"열심히 어필하고는 있는데 말이죠. 상대방도 아마 알 거예요. 그런데 좀처럼 진도가 나가질 않아서……."

히라미는 한숨을 쉬며 어깨를 축 늘어뜨렸다.

슈니는 그녀의 어깨에 손을 얹으며 다시 한번 힘있게 고개를 끄덕여 보였다.

'저도 알아요. 그게 얼마나 답답한지 너무나 잘 알아요'라는 말이 들려오는 것 같았다.

신은 왠지 죄인이 된 것 같은 기분이었다.

"어떤 식으로 어필했는데요?"

"그게 말이죠 ―."

"……."

이야기는 어느새 히라미의 연애 상담으로 넘어가 있었다. 이따금씩 우유부단하다거나 겁쟁이라는 말이 쏟아져 나왔다.

슈니도 같은 심정이었을 거라고 생각하자 신은 자신에게 하는 말처럼 느껴졌다. 단어들이 하나하나 가시가 되어 가슴에 아프게 박히는 것 같았다.

"저기…… 이제 슬슬 구체적인 대책을 논의하는 게 좋지 않을까 싶은데……."

신은 이대로 두면 안 될 것 같아서 조심스레 말을 꺼냈다. 그러자 두 사람은 퍼뜩 정신을 차리며 작게 헛기침을 한 뒤 신을 돌아보았다.

"……이 이야기는 다음 기회에 다시 하는 걸로 해요."

"네. 잘 부탁드릴게요."

아직도 할 말이 많이 남은 모양이었다. 하지만 지금은 잠시 참고 구체적인 대응책을 마련하기로 했다.

"어쨌든 나와 슈니는 학생들을 훈련시키는 김에 성벽 바깥쪽을 돌아다녀 보려고 해. 던전에 몬스터 요격용 아이템이라도 설치해둘까? 잘 조정하면 던전 내부에서 나오는 녀석들만 공격하게 만들 수도 있는데."

"이야기는 감사하지만 신 씨만 다룰 수 있는 물건을 설치하는 건 어려울 것 같아요. 만약 오작동이라도 일어나면 손을 쓸 사람이 없으니까요. 그리고 그런 수준의 함정을 설치하는 건 저 혼자서 결정할 수 없어요. 학교 간부들에게도 동의를 얻어야 하죠."

"그랬구나. 아니, 오히려 그게 당연하겠군."

학교의 수장이라 해도 모든 것을 마음대로 할 수 있는 것은 아니다. 엘쿤트 마법 학교는 히라미 외에도 간부가 여러 명 있었다. 그들의 승인 없이는 불가능한 일도 많았던 것이다.

"신 씨의 정체를 밝히면 당장이라도 승인받을 수 있겠지만요."

"그건 좀 봐줘."

"그렇겠죠. 그렇다면『참추의 신』이 제공해준 아이템이라고 이야기를—."

"뭐엇?! 너, 그거…… 진심이야?"

예상치 못한 이야기를 꺼내는 히라미에게 신은 당치 않다는 듯이 말했다. 신이 유명해진 것은 어디까지나 전투력 때문이었고, 마법 아이템에도 정통하다는 사실은 아직 알려지지 않은 상태였다.

"신 씨는 전설급 무기를 갖고 계시잖아요. 그걸 근거로 마법 아이템을 잘 안다는 식으로 설명하면 다들 납득할 거예요."

"뭐, 그럴지도 모르지만……."

신은 자신에 대한 소문에 새로운 살이 덧붙여질 것만 같은 예감이 들었다.

『참추의 신』이라는 별명이 유명해지면서 바르멜 전투에서 활약하던 모습이나 인성에 대한 이야기도 퍼져나가고 있었다. 엘쿤트에는 아직 그런 정보가 흘러들지 않았지만 바르멜에서는 제법 유명했다.

다만 정보라는 것은 원래 전달되면서 조금씩 왜곡되기 마련이다. 특히 일반인들 사이에서 퍼지다 보면 전혀 엉뚱한 이야기가 더해지는 일이 예사였다.

신이 싸우는 모습을 많은 사람들이 지켜본 바르멜에서조차 그런 잘못된 정보와 소문이 난무했을 정도였다.

그러니 멀리 떨어진 엘쿤트에서는 어떤 내용으로 왜곡되었을지 모를 일이다.

신의 정체를 알고 있다면 그것이 사실과 다르다는 것을 알 테지만 엘쿤트에서 그런 사람은 손에 꼽을 정도였다.

"이렇게 된 이상 차라리 내가 카인이나 헤카테의 제자라는 식으로…… 아니, 아니, 그랬다간 더욱 귀찮아질 텐데……."

옆에 있는 슈니—유키가 마법 아이템에 정통하다는 설정으로 밀고 나가는 방법도 있었다. 하지만 그럴 바에는 차라리 자신이 주목받는 편이 낫다고 신은 생각했다.

"휴우, 어쩔 수 없지. 아까 말한 대로 이야기해줘. 이번에는 우연히 내가 와 있어서 다행이었지만 다음번에도 비슷한 일이 발생하지 않는다는 보장은 없어. 오작동이 걱정된다고 하면 내가 와 있는 동안에만 작동시킨다는 조건을 달면 될 거야."

레어 몬스터인 몹 앤트 · 퀸이 탐욕의 권속이 된 이유는 아직 밝혀지지 않았다.

누군가가 『탐욕의 조각』을 심어두었을 가능성이 높지만 다른 방법이 있을 수도 있었다. 그렇다면 미리 경계해두어서 나쁠 것은 없으리라.

신이 와 있는 동안이라면 오작동을 일으키더라도 대처할 수 있었다.

"알겠습니다. 그렇게 이야기를 진행해볼게요."

그 뒤로도 세부 사항을 논의한 뒤 신과 슈니는 학교를 나왔다. 두 번이나 학교를 왕복하자 해가 뉘엿뉘엿 지고 있었다.

"생각보다 시간이 많이 걸렸네. 점심은 대접받았으니 다행이지만."

던전 탐색을 마치고 룩스리아와 이야기를 끝낸 시점에 이미 점심이 지나 있었다. 그 뒤에 학교로 돌아와 히라미와 이야기를 나눴던 것이다.

날이 저물려면 아직 기다려야 했지만 어딘가에 갔다 올 만한 시간대도 아니었다.

"오늘은 이만 숙소로 돌아갈까?"

"그렇게 해요. 가게에 다녀와도 될까요?"

"그래. 같이 가자."

슈니는 무엇을 산다고 이야기하지 않았지만 시간대를 보면 저녁 재료일 것 같았다.

신과 슈니가 함께 장을 볼 때면 젊은 부부인 줄 알고 말을 걸어오는 경우가 있었다. 그때 부르는 '새댁'이라는 말이 슈니의 마음에 든 것 같았다.

아내로 봐주는 것이 기쁘다며 쑥스럽게 말하는 슈니를 보고 신의 마음이 뜨겁게 달아오른 것은 말할 것도 없었다.

"또 와요!"

당시를 떠올리며 저절로 나오는 웃음을 참던 신의 귀에 슈니가 물건을 고르던 가게의 주인 목소리가 들려왔다. 한참 흥정하는 것 같았는데 주인과 슈니의 표정이 모두 밝은 것을 보면 서로 납득할 만한 거래가 성립된 모양이었다.

물론 말이 거래지, 채소 가게에서 값을 깎은 것에 불과하지만 말이다.

"내가 들게."

"감사합……."

"응? 왜 그래?"

감사를 표하다 말고 말을 얼버무리는 슈니에게 신이 물었다. 그러자 슈니는 잠시 틈을 둔 뒤에 평소보다 작은 목소리로 "고마워"라는 말을 꺼냈다.

"그게 말이죠! 제가 존댓말을 쓰는 건 늘 있는 일이지만 부, 부부가 되었으니까 한 번 정도는, 저기, 편하게 말을 해도 괘, 괜찮지 않나 싶어서요……."

도대체 무슨 생각을 했는지 모르지만 슈니는 혼자서 긴 변명을 늘어놓았다.

그러면서도 이야기가 이어질수록 점점 목소리가 작아지고

있었다. 그리고 목소리가 작아지는 것과 비례해서 귀가 빨갛게 달아올랐다.

엘쿤트에 온 뒤로 슈니의 표정이 1.5배는 풍부해져 있었다. 혼자서 너무 많은 고민을 하다 허둥대는 모습을 보며 신은 자연스레 웃음이 나왔다.

"우, 웃을 일까진 아니잖아요?!"

"아니, 얼굴이 새빨개져서 변명하는 슈니가 귀여워서 말이야. 크큭."

"앗?!"

완전히 잘못 짚었다는 것을 깨달은 슈니의 얼굴이 더욱 빨갛게 변했다.

"하지만 그렇게 하는 것도 괜찮은 것 같아. 나 혼자만 편한 말투로 이야기해왔으니까 말이지."

"으음. 그러면 이제부터는 단둘이 있을 때만이라도 노력해볼게요."

"단둘이 아닐 때 그래도 괜찮은데."

"부끄럽다니까요!!"

슈니는 500년 넘게 정중한 말투만 사용해왔다. 편하게 이야기하라고 해도 거의 버릇처럼 존댓말이 나오는 것이다.

신은 조금씩 바꿔나가도 된다고 말하며 숙소가 있는 쪽으로 걸음을 향했다. 이제 막 장을 보고 나오는 참이었기에 지난번처럼 주변 시선이 집중되었다.

신은 살며시 슈니의 등을 밀며 걸어갔다. 고기, 채소, 그 밖에 다양한 식재료가 담긴 종이 봉지는 당연히 신이 들고 있었다.

호텔로 돌아온 뒤에는 식재료를 아이템 박스에 넣었다. 저녁을 먹기에는 아직 이른 시간이었기에 소파에서 잠시 쉬기로 했다.

“왠지 시장에서 장을 볼 때 더 지친 것 같아요.”

“다들 우리만 봤으니까 말이지. 바르간 씨한테 들었는데 슈니도 제법 유명해졌다고 하더라고.”

처음에는『참추의 신』으로 추정되는 인물과 함께 행동하는 엘프로만 알려졌다고 한다.

하지만 훈련을 받은 학생들과 가게 종업원들에 의해 슈니의 강력함, 성격, 미모 등에 관한 소문이 점점 퍼지고 있다고 한다.

신과 함께 공방 거리를 방문한 것도 소문에 박차를 가한 것 같았다.

공방에는 어쩔 수 없이 남자가 많았기에 미인 엘프가 가끔 방문하는 것만으로도 큰 화제가 된다고 바르간은 말했다.

바르간은 대부분의 시간을 공방 안에 틀어박혀 보냈지만 손자인 바르는 종업원으로서 손님을 맞아야 했다. 그럴 때 슈니가 어떤 사람인지 물어보는 사람이 많다고 투덜거렸다.

“바르멜에서도 비슷한 일이 있었죠. 지금 모습으로 활약한

게 아니었는데도 신기하게 이름이 퍼져 있었어요.”

“그쪽에서는 티에라가 더 유명했잖아. 몬스터들을 화살 한 방에 해치운 미모의 궁사로. 그런 티에라와 같이 다니다 보니 어느새 두 사람이 한 세트로 알려진 거겠지.”

성벽 위에서의 저격이 꽤나 눈에 띄었기에 그 위력과 함께 이름도 유명해진 것이다.

신과 슈니가 극적인 전과를 거두긴 했지만 레드라는 수수께끼의 인물까지 등장하면서 결국 우수한 모험가 정도의 평가에 그쳤다.

“나도 그때 질문을 많이 받았어. 남자 녀석들은 둘 중 누가 더 좋은지, 아니면 둘 다 좋은지 물어보더라고.”

당시에는 파트너 몬스터인 유즈하와 카게로우를 제외하면 셋이서 파티를 맺은 상태였다.

남자 하나에 여자 둘이면 어쩔 수 없이 그런 것을 궁금해하는 사람이 나오기 마련이다.

“저도 그랬어요. 주로 여자들이 물어봤지만요.”

남자들은 어떻게 유혹했느냐거나 육체관계를 가졌느냐는 식의 속물스러운 질문이 많았던 반면, 여자들은 연애에 관한 질문이 대부분이었다고 한다.

그중에서도 파티를 맺게 된 경위나 유일한 남성 멤버인 신과의 관계에 관한 질문이 특히 많았다. 엘프가 이성과 파티를 맺는 경우가 거의 없다는 사실도 한몫했으리라.

티에라가 신의 도움을 받아 파티를 맺게 된 상황을 이야기할 때면 “왕자님이네!”라고 슈니는 알아듣지 못할 환호를 질렀다고 한다.

“100년 넘게 이어진 저주를 신이 대가 없이 풀어주긴 했지만, 저도 신을 500년 넘게 기다려왔는데 티에라하고만 그런 관계로 인식되는 게 의외였어요. 뭐, 그때야 슈니 라이자라는 정체를 숨기고 있었으니 티에라가 주목받는 것도 당연했을 테지만요—.”

슈니는 불편한 심기를 겉으로 드러내며 말을 쏟아냈다.

“저, 저기, 슈니. 아무래도 열 받은 것 같은데?”

“제 말이 틀린가요?! 빨리 고백하는 게 어떠냐는 사람도 있었고, 신은 분명 티에라를 좋아한다는 말까지 들었다니까요!”

당시를 떠올린 슈니는 심기가 불편한 듯이 입을 비죽 내밀었다. 어린아이처럼 토라진 모습이 너무나 귀여워서 신의 입가에 자연스레 미소가 맺혔다.

신은 슈니를 달래며 고쳐 앉은 뒤 슈니의 머리를 자신의 무릎 위에 눕혔다.

“그렇게 화내지 않아도 내가 지금 이렇게 곁에 있잖아.”

“그건 저도 알아요. 하지만 역시 신이 다른 사람과 함께 있다고 생각하면 마음이 좀처럼 진정되지 않거든요.”

엘프들은 일부일처제가 기본이었다. 슈니도 그런 인식은 마찬가지였기에, 높은 랭크의 모험가나 귀족들이 여러 여자를 거느리는 것을 좋게 보지 않았다.

강한 사람이 이성 여러 명을 차지하는 이유를 모르는 것은 아니지만 자신이 좋아하는 사람은 그렇게 되지 않길 바라는 것이다. 즉 독점욕이 강하다고 할 수 있었다.

"착하지, 착하지."

"으음……."

신이 머리를 쓰다듬자 슈니의 입에서 작은 신음이 새어 나왔다. 귀가 꿈틀거리는 것은 기분이 좋다는 증거였다.

신은 아무 말 없이 슈니의 머리를 계속 쓰다듬었다.

빛이 반사되면 눈부시게 반짝이는 긴 머리카락은 무척이나 감촉이 좋았다. 슈니를 진정시키기 위해 시작한 일이었지만 계속 쓰다듬다 보니 멈출 수가 없었다.

"응?"

반쯤 멍하니 쓰다듬던 신은 슈니의 반응이 이상하다는 것을 깨달았다. 아니, 이상하다기보다는 반응이 없다고 해야 정확할 것이다.

무슨 일인가 싶어 신이 얼굴을 들여다보자 슈니는 눈을 감은 채 조용히 잠들어 있었다.

"이런……."

너무나 무방비하다는 것은 이런 상황을 가리키는 것이리라.

결계 스킬을 사용한 것도 아니고 무기를 숨겨둔 것도 아니었다. 소파 위에 누운 모습을 본다면 슈니가 완전히 긴장을 풀었다는 것을 누구나 알 수 있으리라.

평소의 슈니에게서는 상상도 할 수 없을 만큼 방심한 모습이었다.

물론 신이 함께 있기에 보여주는 모습이었다. 사실은 깨어 있는 게 아닌가 싶어 뺨을 쿡쿡 찔러보았더니 살짝 칭얼거릴 뿐이었다. 정말로 잠들어버린 듯했다.

"뭐지? 보통은 이럴 때 남자가 무방비하게 잠이 드는데, 이것도 괜찮다는 생각이 드네."

신은 문득 든 생각을 혼자 중얼거려보았다. 신은 무릎베개를 여자가 남자에게 해주는 것으로 인식하고 있었다. 하지만 막상 자신이 사랑하는 사람에게 해줘보니 기분이 나쁘지 않았다.

자신을 신뢰하기 때문에 나오는 무방비한 모습이었다. 온화하게 잠든 얼굴을 바라보는 것만으로도 행복했다.

"뭐라도 덮어줄까."

방 안은 따뜻했기에 감기에 걸리지는 않을 것이다. 망토를 담요 대신 덮어주기로 했다.

애초에 신과 슈니의 능력치로 감기에 걸릴 리는 없었지만 그 부분은 그냥 넘어가기로 했다.

저녁 시간까지는 아직 시간이 있었다. 신은 모처럼 슈니의 잠든 얼굴을 감상하기로 했다.

†

“저기, 이제 그만 화 풀어.”

“화가 난 게 아니에요.”

“그럼 왜 이쪽을 안 보는 거야?”

“부끄러우니까 그렇죠!”

슈니가 잠들었던 건 30분 정도였다. 자신이 잠들어버렸다는 것, 그리고 잠든 얼굴을 신이 보고 있었다는 이야기를 들은 슈니는 얼굴이 새빨개지며 왜 깨우지 않았느냐고 따졌다.

요리를 하겠다며 부엌으로 향한 뒤에 시간이 지나자 조금은 진정된 눈치였다.

“이상한 얼굴은 아니었으니까 괜찮은데. ―스크린샷은 찍어놨지만.”

“신. 방금 뭐라고 했죠?”

불쑥 중얼거린 말을 슈니는 놓치지 않았다. 고개를 홱 돌린 채 외면하던 그녀가 어느새 신의 어깨를 꽉 붙잡고 있었다.

“아니, 그게 말이지. 슈니가 지나치게 귀엽다 보니…… 나도 모르게…….”

“모르긴 뭘 모른다는 거예요?! 허락도 없이 자는 얼굴을 찍으면 안 되죠!!”

“그렇게 화낼 것까지는……. 꼭 지워야 돼?”

“당연하죠!”

신에게 무방비한 모습을 보여주었으면서도 사진만큼은 안 되는 모양이었다.

“그래도 평소엔 편한 모습도 잘만 보여주잖아.”

“기록이 남는 게 아니고 신을 믿으니까 보여줄 수 있는 거예요. 사진은 누가 볼지 모르니까 방심할 수 없어요. 그리고…….”

“그리고?”

마지막 말을 얼버무리는 슈니에게 신이 물었다.

“좋아하는 사람에게는 예쁜 모습만 보여주고 싶은걸요. 사진은 언제든 꺼내 볼 수 있으니까 말할 필요도 없고요.”

신은 슈니에게 여자 마음을 모른다며 훈계를 듣게 되었다.

“모르겠어.”

“신?”

“아무것도 아닙니다!”

결국 그날 저녁은 평소보다 늦게 먹게 되었다.

다음 날 신과 슈니는 렉스, 뮤, 기안을 데리고 엘쿤트 성벽 밖으로 나갔다. 세 사람 외에도 평소 훈련에 참가하는 학생들이 있었지만 전부 일반인이었기에 오늘은 제외되었다.

이 근방에서 원래 볼 수 없는 몬스터에게 도전할 예정이기 때문이었다.

“훗훗. 트레이닝 던전에서 풀지 못한 울분을 쏟아낼 때가 왔어!”

“넌 꼭 그렇게 금방 우쭐거린다니까. 밖에선 죽으면 그걸로 끝이라고. 벌써 잊은 거냐?”

“이제 무모한 짓은 안 한다고 신 씨하고 약속했는걸. 나도 그 정도는 알아. 기합이 들어간 것뿐이야.”

“과연 그럴까.”

“자, 자, 두 사람 다 그쯤 해둬. 뮤는 주변 사람들한테 걱정 끼치지 마. 기안은 자기가 신경 쓰는 사람한테만 그런 식으로 말하는 거 알잖아. 그리고 기안도 사기가 높은 것 자체는 나쁜 게 아니니까 우리가 더 신경을 써주자고. 뮤도 그때와는 달라졌잖아.”

“알았어!”

“흥.”

의욕 넘치는 뮤와 그녀 때문에 마음 졸이는 기안을 렉스가 진정시키며 긍정적인 분위기를 만들어냈다. 정신적인 부분에서도 조합이 잘되는 세 사람이었다.

“너희도 성벽 밖에서 사냥해본 적이 있겠지?”

“네. 엘쿤트 주변에서 확인된 몬스터와는 전부 싸워봤을 겁니다.”

역시 렉스 일행도 다른 학생들처럼 학교 밖에서 사냥해본 경험이 있었다. 다만 몬스터들의 레벨이 그리 높진 않았기에 효율이 좋은 트레이닝 던전을 주로 이용했다고 한다.

"늑대들의 보스는 꽤 강했어요!"

"포레스트 울프 무리에 몸집이 큰 녀석이 끼어 있을 때가 있거든요. 아마 레벨이 150에서 160 정도 됐을 겁니다."

뮤의 추상적인 말을 렉스가 보충해주었다.

다른 학생들이 공격받을 때 끼어들어서 기안이 늑대 무리의 보스를 쓰러뜨려 쫓아냈다고 렉스는 설명했다.

작전은 뮤가 성대하게 날뛰는 동안 렉스가 기안에게 【은폐】 마법을 걸어 기습을 가하는 방식이었다. 다리를 공격해 도망치지 못하게 해놓고 렉스가 마법을 퍼붓는 것이다.

그것으로 쓰러뜨리지 못할 경우는 약화된 상대의 숨통을 기안이 끊어놓는다고 한다.

"먼저 싸우던 학생들에게 주의가 쏠리지 않았다면 그 정도로 잘되진 않았을 겁니다."

보스는 쓰러뜨렸지만 나머지는 쫓아냈을 뿐 전멸시키진 못했다고 한다. 추격하자는 의견도 있었지만 부상자의 치료를 우선했다고 렉스는 말했다.

"난 좋은 판단이었던 것 같은데. 이야기를 들어보면 먼저 싸우던 녀석들은 굉장히 아슬아슬한 상태였을 거 아냐. 무리하게 추격하다가 반격당한다면 너희가 도와준 의미가 없어."

전멸시켜서 다른 사람이 공격받지 않도록 해야 한다고 말하는 사람도 있을 것이다.

하지만 포레스트 울프는 원래 엘쿤트 주변에 서식하는 몬스터였다. 다른 무리도 많을 테니 그렇게까지 할 의무는 없다고 신은 생각했다.

"이번엔 포레스트 울프가 나타나지 않을 가능성이 높아. 길드에서 조사한 바로는 몬스터 분포가 상당히 달라진 것 같거든. 미스틱 울프와 고블린, 오크의 상위 종, 그리고 미확인 정보지만 바그나우로 보이는 몬스터도 있다니까 긴장을 놓지 마."

"알겠습니다!"

기운 넘치는 뮤 외에 나머지 두 사람도 고개를 끄덕여 보였다. 뮤 정도는 아닐지라도 기안과 렉스 역시 의욕이 가득 찬 것 같았다.

"그런데 그 바그나우는 어떤 몬스터인가요? 저희도 조사해 봤지만 이렇다 할 정보가 없어서요."

"한마디로 말해 엄청나게 커다란 입이야. 크기는 2메르 정도고 울프 계열 몬스터의 거대한 머리에서 귀와 눈을 빼고 이빨이 엄청나게 돋아난 모습을 상상하면 될 거야."

무기의 한 종류인 바그나우와는 전혀 닮지 않은 몬스터였다. 레벨은 150~200으로 일반인이 아슬아슬하게 상대할 수 있는 수준이었다.

이빨에는 마비와 독 효과가 있었고 한번 물리면 HP가 다

깎일 때까지 조금씩 죽어가는 공포를 느끼게 된다.

다만 그것도 깨물기 공격에 어느 정도 견딜 수 있는 방어구를 착용했을 때의 이야기였다.

높은 내구력과 HP를 가진 반면 공격력은 그다지 높지 않지만 깨물기 공격만큼은 레벨+200 정도의 공격력을 발휘했고 희귀급 정도의 방어구라면 쉽게 부술 수 있었다.

같은 레벨로 깨물기 공격에 견뎌낼 수 있는 것은 방어에 특화된 직업을 가진 자들뿐이었다. 단, 즉사가 아닐 뿐, 한번 붙잡히면 그걸로 끝이었다.

"그건…… 확실히 위험하겠군요."

"그래. 선정자라도 약하면 잡아먹히거든."

렉스 일행도 선정자라는 단어를 알았기에 신은 대화하면서 그대로 사용했다. 렉스 일행 중에서 방어력이 가장 높은 기안도 바그나우의 깨물기 공격에 견뎌낼 확률은 절반이었다.

뮤와 렉스는 몇 초 견딜까 말까 한 수준일 것이다.

"아직 확실한 정보는 아니지만 그런 녀석도 나타날 수 있다는 얘기야. 그리고 탐지 계열 스킬에 잘 걸리지 않는 몬스터도 있으니까 충분히 조심해."

한창 들떠 있던 뮤마저도 진지한 얼굴로 고개를 끄덕였다. 아직 몬스터의 서식지에 도착한 건 아니지만 어디에 무엇이 있을지 알 수 없었다.

신과 슈니를 제외하면 감지 능력이 가장 높은 사람이 뮤였다. 이 앞에는 뮤가 알아채지 못하면 렉스와 기안이 반응할 수 없는 적이 있을지도 몰랐다.

신의 말을 듣고 그런 사실을 자각한 것이리라.

"그러면 뮤를 선두로 해서 나아가자. 나와 유키는 어디까지나 위험한 상황에서만 보조할 거야. 하지만 도우미가 있다고 긴장을 풀진 말도록. 알겠지?"

"네."

신에게 대답한 세 사람은 지시받은 대로 뮤를 선두에 세웠다. 기안이 두 번째였고 렉스가 세 번째였다.

잠시 나아가자 가도 주변에서 숲의 나무들이 보이기 시작했다.

신 일행이 나아가고 있는 것은 이동 시간 단축을 위해 숲을 가로질러 만들어진 가도였다.

이동 시간은 분명 줄어들었지만 그 대가로 숲 속 몬스터나 도적들의 기습에 노출되기 쉬웠다.

숲은 사람과 몬스터를 가리지 않고 모두의 모습을 감춰주기 때문이다.

신이 수집한 정보에 따르면, 엘쿤트 주변에서 습격으로 인한 피해가 가장 많은 곳이 지금 신이 지나는 가도였다.

다만 일반 도적들은 순찰하는 군대와 엘쿤트 자경단이 열심히 토벌했기에 피해가 거의 없다고 한다.

그런 생각을 하며 신이 걸어가고 있을 때 숲 속에서 반응하나가 가도를 향해 이동하기 시작했다.

"뭔가가 와!"

반응과의 거리가 20메르까지 좁혀졌을 때 뮤가 소리쳤다. 신이 느꼈던 반응을 감지했는지 오른쪽 숲 속을 주시하고 있었다.

"숫자는 하나. 상당히 큰 것 같아."

뮤는 전투 전에 되도록 많은 정보를 얻기 위해 다가오는 반응에 주의를 기울였다.

플레이어였다면 【천리안】 같은 스킬로 몬스터의 모습을 금방 확인했을 것이다. 하지만 스킬을 쉽게 습득할 수 없는 뮤 일행은 그러기가 쉽지 않았다.

몬스터를 경계하면서 무기를 앞으로 겨냥하는 세 사람을 보고 신은 그들에게 스킬을 가르쳐야 할지 고민했다.

'게임 때와 같은 방법으로 스킬을 배울 수 있다는 건 이미 확인했어. 하지만 티에라 때와는 사정이 다르니까 말이지…….'

『비전서』를 건네준다면 바로 해결될 테지만 그로 인해 성가신 문제가 발생할 것이다.

이 세계에서 스킬은 매우 귀중했다. 몬스터에 대항하기 위해 널리 퍼뜨리고 싶은 마음도 있었지만 스킬은 사람을 공격할 때도 유용하게 쓰인다.

엘트니아 대륙의 역사를 되짚어 보면 지금까지 일어난 전쟁의 횟수가 적지 않았다. 베일리히트와 파르닛드에서『영광의 낙일』을 조사할 때 알게 된 사실이었다.

스킬이 언제 어디서 어떻게 쓰일지 모르는 이상, 충동적으로 가르쳐주는 것은 렉스 일행을 위한 일이 아니라고 신은 판단했다.

"나온다!"

신이 생각에 잠긴 사이 몬스터는 바로 앞까지 와 있었다.

무언가가 숲을 가로질렀다. 바스락 하고 나뭇잎 뒤척이는 소리가 났다.

뮤가 경고하고 몇 초 뒤에 무성하게 우거진 나무 사이에서 신 일행을 뛰어넘듯이 그림자 하나가 튀쳐나왔다.

"방어!!"

그림자를 올려다보며 움직임을 멈춘 뮤 일행에게 신이 소리쳤다. 숲에서 튀쳐나온 그림자는 공중에 떠 있을 때부터 세 사람을 공격해왔기 때문이다.

신의 말에 뮤 일행의 몸이 반응했다. 몬스터를 상대하려면 방어 기술부터 올려야 한다며 신이 며칠 동안 열심히 혹사시킨 덕분이었다.

그래서 신의 목소리가 들린 순간 뮤와 기안은 각자의 무기로, 렉스는 몬스터가 오기 전에 영창해둔 마법으로 발사물을 막아냈다.

"그레이건인가."

신은 자신에게도 날아온 것을 잡아내 뾰족한 비늘임을 확인했다.

그림자가 착지한 쪽을 돌아보자 온몸이 희미한 납빛 비늘로 감싸인 사자 비슷한 몬스터가 있었다.

레벨은 248. 그레이건의 레벨 대를 생각하면 평균보다 조금 높았다.

몸길이는 약 3메르였고 양발을 땅에 디딘 상태에서도 뮤 일행과 눈높이가 같았다.

갑옷을 입은 것처럼 보이는 겉모습이지만 움직임은 민첩했고 비늘의 방어력도 높았다. 대형 갈고리 같은 앞발의 위력이 매우 강력했고 마법은 사용하지 못하지만 원거리에서 비늘을 날려 공격할 수 있었다.

비늘에 속성이 담긴 아종(亞種)도 존재했고 비늘 색으로 구분할 수 있었다. 신 일행 앞에 있는 것은 별다른 속성이 없는 일반 개체였다.

"처음 보는 녀석이야."

"이 녀석, 강해."

뮤와 기안은 자세를 낮게 잡고 으르렁거리는 그레이건에게 무기를 겨냥하면서 거리를 쟀다. 원거리 공격이 가능하다는 것을 알았기에 섣불리 뛰어들지는 않았다.

"신 씨. 지금은 저희에게 맡겨주지 않으시겠습니까?"

첫 상대치고는 조금 버겁지 않나 생각하던 신에게 렉스가 말았다.

"……한번 해봐."

앞으로도 처음 보는 상대와 싸울 일이 많을 것이다. 지금이라면 실수하더라도 도와줄 수 있다는 생각에 신은 세 사람에게 맡겨보기로 했다.

그리고 만약의 사태에 대비해 방어용 스킬을 준비해두었다.

"내가 마법으로 움직임을 제한할 테니까 너희 둘은 빈틈을 노려서 공격해. 영창 중에는 잘 붙잡아 두고."

"알았어!"

"그래."

렉스는 뮤와 기안에게 지시를 내리며 마력을 끌어올렸다. 그레이건도 렉스의 행동을 감지했는지 시선을 그에게 향하고 있었다.

하지만 공격을 가하기 직전에 기안이 끼어들어 렉스에 대한 시선을 차단했다.

"나도 있다고!"

뮤가 그레이건의 우측으로 파고들며 장갑 낀 손을 맞부딪쳐 주의를 끌었다.

그레이건의 얼굴이 살짝 뮤 쪽을 향하자 즉시 기안도 창과 방패를 부딪쳐 높은 금속음을 냈다.

공격에 들어가기 직전에 다른 방향에서 주의를 끌어 타이밍을 흩트리는 작전이었다. 게다가 여러 방향을 경계하게 만들어서 어느 한쪽에 집중하지 못하게 만들고 있었다.

게임에서는 별로 의미 없는 행동이었을 테지만, 현실에서는 나름대로 효과가 있었다.

뮤 일행은 신이 가르쳐준 전투 방식 중 하나를 성실하게 실천하고 있었다.

"간다!"

뮤와 기안이 내는 소리와 투기에 정신이 팔려 둘 중 누구를 노릴지 망설이는 그레이건을 향해 기안의 뒤에 있던 렉스가 번개를 날렸다.

기안을 피하며 날아든 여섯 줄기의 번개 공격에 그레이건은 미처 반응하지 못했다.

납빛 비늘에 번개가 명중했다. 그레이건의 몸이 부르르 떨리며 움직임이 둔해졌다. 번개의 숫자를 우선한 탓에 대미지 자체는 크지 않았다.

그레이건은 으르렁대며 몇 걸음 움직이더니 기안 뒤에 있던 렉스를 노려보았다.

분노에 가득 찬 시선이 렉스에게 집중되었다. 그레이건의 시야에는 창을 든 기안과 지팡이를 흔드는 렉스밖에 안 보였으리라.

뮤는 그 빈틈을 놓치지 않았다. 기합 소리는커녕 발소리도 내지 않으면서 땅을 미끄러지듯이 그레이건의 옆구리를 향해

달려들었다.

소리 없이 접근했는데도 그레이건은 무언가를 느낀 것처럼 그 자리에서 즉시 물러나려 했다. 하지만 이미 뮤의 공격 범위 안이었다. 그레이건이 뒤로 몸을 날리는 것보다도 뮤가 내지르는 주먹이 더 빨랐다.

"하아앗!!"

뮤는 주먹을 허리춤에 모은 상태에서 기합과 함께 앞으로 힘껏 내뻗었다. 주먹은 상대를 놓치지 않고 그레이건의 옆구리에 박히며 맹렬한 불꽃을 피웠다.

맨손/화염 마법 복합 스킬【홍련 찌르기】였다.

그 진가는 폭발에 의한 방어구와 갑각 파괴에 있었다.

몬스터 중에는 두꺼운 등껍질이나 비늘, 혹은 갑옷을 두르고 있는 개체가 있다. 그런 상대에게 직접 공격으로 대미지를 주기 위한 기술 중 하나가 방어구 부분에도 대미지를 주는【홍련 찌르기】였다.

이번 상대인 그레이건은 특별한 속성을 갖고 있지 않았기에 비늘에 작렬한 화염 속성은 별다른 의미가 없었다. 그러나 맨살 부분이라면 이야기가 달라진다.

폭발로 인해 그레이건의 비늘 일부가 날아가면서 본체에까지 화염이 닿은 것이다. 화염은 그레이건의 몸에 휘감기며 살을 서서히 불태웠다.

마력의 화염에 의한【상태 이상 · 화상】이었다. 그레이건의 비늘은 단단하지만 맨살 부분의 방어력은 그다지 높지 않았다. 공격하려면 지금이 기회였다.

"이제 간—어이쿠, 위험해, 위험해."

뮤는 노출된 부분에 추가 공격을 가하려고 했지만 자세를 잡는 도중 갑자기 땅을 구르며 그레이건에게서 멀어졌다. 그리고 그녀가 서 있던 곳을 바람 가르는 소리와 함께 무언가가 가로질렀다.

"저걸 알아챈 건가. 대단하군, 대단해."

처음 싸워보는 몬스터였기에 주변을 계속 경계했던 모양이었다. 훈련의 성과가 착실하게 발휘되는 것을 보며 신은 흐뭇하게 고개를 끄덕거렸다.

뮤가 즉시 몸을 피한 것은 등 뒤에서의 공격을 감지했기 때문이었다. 공격의 정체는 그레이건의 꼬리였다. 가늘고 긴 꼬리 끝에는 사람 주먹보다 큰 비늘이 달려 있었다. 유연하게 휘는 꼬리는 상대의 시야 밖에서 강력한 공격을 가할 수 있었다.

흉악한 발톱과 이빨은 눈에 보이기 때문에 대비하기 쉬웠다. 하지만 사각(死角)에서 날아드는 꼬리를 처음 보고 피하는 것은 제법 어려운 일이었다. 뮤는 타고난 감지 능력과 민첩함으로 즉시 피했지만 기안이나 렉스였다면 힘들었을지도 모른다.

"아직 우리가 모르는 공격 수단이 남아 있을지도 몰라. 상대의 움직임에 주의해!"

뮤와 기안에게 버프(능력치를 상승시키는 마법)를 걸어주면서 렉스가 외쳤다.

그레이건은 뮤가 비늘의 방어력을 뚫어낼 수 있다는 것을 알고 거리를 벌리고 있었다. 그때 기안이 달려들었다.

그리고 조금 늦게 뮤가 움직였다. 처음에는 기안을 주시하던 그레이건은 뮤가 움직이고 렉스가 주문 영창을 시작하자 그쪽으로 주의가 쏠렸다.

자신에게 대미지를 줄 수 있는 상대부터 경계하기 때문이었다.

"나만 아무것도 못 할 줄 알았던 건가?"

뮤가 대각선 전방으로 움직이면서 그레이건의 시야에서 기안을 차단했다. 그 짧은 순간을 기안은 놓치지 않았다.

버프 효과에 의한 신체 강화와 이동 스킬 【활진】을 활용해 즉시 공격할 수 있는 자세로 그레이건과의 거리를 좁혔다.

기안은 스킬 효과로 자세를 전혀 바꾸지 않고 땅을 미끄러지듯 이동했다.

사용자에 따라서는 상대의 눈에 이동하지 않는 것처럼 보이게 할 수도 있었다. 지금 그레이건이 바로 그런 체험을 하고 있었다.

내뻗은 창이 목덜미의 비늘 틈새를 꿰뚫자 그레이건은 '이럴 수가'라고 말하는 듯이 으르렁거렸다.

"더 받아라!"

그레이건에게 박힌 창끝이 짙고 탁한 보라색으로 물들었다. 동시에 그레이건의 목과 그 주변도 같은 색으로 물들기 시작했다.

"……?!"

퍼뜩 정신을 차린 그레이건이 뒤쪽으로 몸을 날렸다. 창이 빠지면서 비늘 틈새에서 피가 뚝뚝 떨어졌다. 그 피 역시 창끝과 동일한 색이었다.

창술/물 마법 복합 스킬【베놈 스피어】였다.

창끝에 맹독 효과를 부여하는 스킬로 그레이건의 상태 이상에 독이 추가되었다.

이 세계에서는 독도 여러 종류 존재했다.【베놈 스피어】의 독은 마력에 침투하는 종류였다. 그래서 상대의 INT가 시전자보다 높으면 효과가 약했다.

그러나 그레이건의 능력치는 물리 능력에 편중되어 있었다. 덕분에 독의 효과는 단순히 대미지를 주는 것에 그치지 않았다.

"움직임이 둔해졌어!!"

명중 부위가 심장에 가까운 목덜미였기에 독은 금세 효과를 발휘했다. 이어진 뮤의 공격에도 그레이건은 더 이상 반응할 수 없었다.

뮤는 그레이건의 꼬리를 피하며 방금 전과 동일한 부위에 주먹을 내질렀다.

"하앗!!"

쿵 하는 둔탁한 소리와 함께 지면이 흔들렸다. 강하게 발을 디디며 끌어올린 위력이 뮤의 주먹에 그대로 실렸다.

그레이건의 거대한 몸이 뒤로 튕겨 나갔다. 그리고 타격의 여파로 수많은 비늘이 허공에 흩어졌다.

"계속 공격하자!"

"그래!"

움직인 것은 뮤뿐만이 아니었다. 그레이건이 착지하는 순간을 노리고 다시금 렉스의 번개 공격이 날아들었다. 그리고 약간의 시간차를 두며 기안도 공격했다.

독과 대미지로 인해 움직임이 둔해진 그레이건은 번개 마법을 피할 수 없었다. 대미지를 입는 것을 각오한 채로 기안의 움직임만 주시하고 있었다.

내찌른 창끝이 그레이건의 이마에서도 특히 단단한 비늘에 닿았다.

방금 전 비늘 틈새를 노리는 것을 보고 기안의 창이 비늘의 방어력을 뚫을 수 없다고 판단한 모양이다. 몬스터라 해서 사고 능력이 없는 것은 아니었다.

"내 공격만 그냥 받아내고, 네 비늘이 그렇게 단단한 거냐!!"

기안이 소리쳤다. 비늘에 닿은 창끝은 렉스의 보조 마법 덕분에 살짝 박히긴 했지만 완전히 꿰뚫지는 못한 상태였다. 기안의 움직임이 멈추었다. 하지만 공격이 끝난 것은 아니었다.

"받아라!"

창끝에서 번개가 솟구치며 그레이건의 머리를 그을렸다. 창끝이 박혀 있었기에 렉스의 마법보다 강한 위력으로 그레이건의 몸속을 감전시켰다. 머리를 공격당한 그레이건의 온몸이 부르르 떨렸다. 번개 공격이 멈추자 그레이건의 오른쪽 앞발이 힘을 잃으며 상반신이 땅에 고꾸라졌다.

"마무리를—뮤, 물러서!"

숨통을 끊으려던 기안이 방패를 앞으로 내밀며 그레이건과 렉스 사이로 몸을 날렸다. 뮤도 즉시 기안의 의도를 알아채고 거리를 벌렸다.

그레이건의 비늘이 곤두서 있었다. 세 사람이 방어 자세를 취하는 것과 거의 동시에 대형 나이프 같은 비늘이 전 방향으로 발사되었다.

기안은 방패로, 뮤는 장갑으로 비늘을 튕겨냈다. 기안 뒤에 있던 렉스는 방어하는 대신 주문 영창을 계속하고 있었다.

"기안!"

렉스의 호령과 함께 기안이 옆으로 몸을 날렸다. 렉스의 지팡이는 그레이건을 정확히 조준하고 있었다.

"이걸로!"

렉스의 지팡이 끝에서 한 줄기의 번개가 솟구쳤다. 전투 개시 직후 보여준【선더 라인】과는 차원이 다른 굵은 번개였다.

번개 마법 스킬【선더 볼트】였다.

【선더 라인】처럼 복잡한 궤도를 그릴 수는 없지만 대미지는 압도적으로 컸다.

더 이상 움직이지 못하는 그레이건은 비늘을 모두 날린 무방비한 상태로【선더 볼트】에 직격당했다.

그레이건은 신음 소리조차 내지 못하고 연기를 피워 올리며 힘없이 쓰러졌다. 그 위로 뮤가 재빨리 접근해서 목에 수도를 내리쳤다.

뼈가 부러지는 둔탁한 소리가 났다. 그레이건의 HP가 0으로 줄어들었다.

"잘했어."

신은 마무리 공격을 가한 뮤를 칭찬했다.

모든 몬스터는 동물들과 마찬가지로 목숨이 끊기는 순간까지 생을 포기하지 않는다.

함께 죽을 각오로 공격하는 경우가 있는가 하면 죽어가는 척하며 빈틈을 노리는 경우도 있다. 그렇기 때문에 상대가 움직이지 않더라도 방심하지 않고 숨통을 끊어놓아야만 한다.

신도 처음에는 몰랐지만 모험가의 주요 사인(死因) 중 하나가 이미 해치운 줄 알고 방심했을 때 몬스터의 역습을 받는 것이었다.

신은 그것을 방지하기 위해서라도 확실히 해치우기 전까지 방심해선 안 된다는 가르침을 세 사람에게 강조해왔다.

"기안과 렉스도 괜찮았어. 상대의 공격을 집중시키지 않고 잘 대처하던데. 이 정도면 너희보다 강한 상대에게도 어느 정도는 대응할 수 있겠어."

더 이상 움직이기도 힘들어하는 사람을 비판해봐야 스트레스만 쌓일 뿐이다. 그렇기 때문에 승리한 뒤에는 잘한 부분을 칭찬해야 했다.

실제로 제법 괜찮은 연계를 보여주었기에 1 대 3으로 싸운다면 레벨 300 정도까지는 이길 수 있을 것 같다고 신은 생각했다.

"자, 그러면 다시 움직이자. 몬스터는 우리 사정 따윈 봐주지 않고 공격해온다고. 연속 전투가 되더라도 집중력을 놓지 마."

신의 말에 세 사람의 기합 넘치는 대답이 돌아왔다.

정식 제자는 아니었지만 그들이 성장한 모습을 보자 신은 뿌듯했다.

"기한도 이제 얼마 안 남았겠군."

"저에게는 조금 길게 느껴졌는데요."

"그랬어?"

"신은 아직 공사 구분이 안 되는 거죠?"

"뭐…… 그럴지도 모르겠군."

신과 슈니가 훈련 의뢰를 받아들인 지 벌써 20일이 지났다.

이제 곧 학교의 장기 방학도 끝이었다.

그것은 동시에 렉스 일행과의 훈련도 끝이 가까워졌다는 것을 의미했다.

나태와 탐욕 | Chapter 4

THE NEW GATE

“이제 나흘. 아니, 오늘을 빼면 사흘 남은 건가.”

신은 훈련을 마치고 맑게 갠 하늘을 올려다보며 남은 날짜를 중얼거렸다.

그레이건과의 싸움 뒤에 미스틱 울프 무리와 교전을 벌인 신 일행은 도시로 돌아왔다. 몬스터와의 실전을 좀 더 경험시키고 싶었지만 그 뒤로는 뮤 일행에게 버거운 몬스터들만 나타난 탓이었다.

“숫자가 많은 적을 맞아서도 잘 싸웠으니 훈련으로는 충분히 성과가 있었다고 생각해요.”

“뭐, 그렇긴 하지만 말이지.”

초심자 플레이어를 지도하는 것 같다고 말하면 뮤 일행은 화를 낼지도 모른다.

하지만 신은 개인의 움직임과 파티의 연계가 점점 숙달되는 것을 보자 좀 더 가르치고 싶다는 생각이 들었다.

슈니가 은연중에 너무 정들지 말라고 이야기하는 것도 이미 알고는 있었다.

“아쉽지만 어쩔 수 없지. 훈련을 계속하면서 탐욕의 악마를 상대할 수는 없을 테니까.”

히라미는 탐욕을 상대하는 작전의 일환으로 엘쿤트 정부와의 연계도 고려하고 있다고 말했다. 그렇게 되면 더 이상 렉스 일행을 신경 쓸 여유도 없어질 것이다.

선정자인 그들도 이 일에 휘말릴 가능성이 높기 때문이다.

국가적 위기 상황에서는 전력이 될 만한 인원은 전부 동원될 수밖에 없다. 타국의 왕족이나 귀족 자제라면 모르겠지만 렉스 일행은 신분이 그리 높은 것 같지 않았다.

"마법을 주로 사용하는 상대와도 싸우게 해주고 싶어. 단발로 사용하는 경우도 있지만 범위 공격은 피하기 힘들잖아. 그 밖에 정신 스킬도 있고. 직접 한번 걸려보는 것도 좋은 경험이 될 텐데."

신은 실현되기 어려울 것을 알면서도 그런 생각을 했다.

마법은 신과 슈니도 체험시켜줄 수 있었지만 정신 스킬은 달랐다. 상대의 마음을 조종하는 스킬은 모든 국가에서 금기시되기 때문이다.

신이 아무리 선정자라는 명함을 달고 있어도 이것만큼은 쉽게 사용할 수 없었다.

정신 스킬을 사용할 수 있다는 것이 알려지는 순간 없애려는 자, 이용하려는 자, 비밀리에 자기편으로 끌어들이려는 자들까지 수없이 몰려드는 상황이 시작될지도 모른다. 아니, 분명 그럴 것이다.

"남은 건 무기인데. 희귀급에 아슬아슬하게 못 미치는 정도의 무기로는 그 녀석들이 전력을 발휘할 수 없겠지."

유와 기안은 실제로 몬스터와 싸우다 무기를 손상시킨 적이 있었다.

능력에 맞지 않는 무기와 방어구로는 실력 발휘가 힘들다는 것을 이번에 뼈저리게 느꼈을 것이다.

세 사람도 질 좋은 장비를 구하려는 노력을 하고 있었다. 하지만 엘쿤트 주변에는 딱히 돈이 될 만한 몬스터가 없기 때문에 목표한 금액에 도달하기에는 아직 멀었다고 훈련 초기 때 투덜대곤 했다.

하지만 지금은 몬스터의 분포가 바뀌어 그레이건처럼 높은 레벨의 몬스터도 출현하게 되었기에 그것도 해결되고 있었다.

무기 제작은 바르간의 공방에 부탁할 생각이라고 한다. 그곳에서 만든 물건이면 확실하다고 신도 보증해주었다. 그리고 훈련을 끝낸 축하 선물로 신도 {상식적인 범위 내에서} 약소한 액세서리를 건네줄 예정이었다. 모처럼 직접 가르친 만큼 그 정도 선물은 해도 될 것 같았다.

"응? 히라미네."

땅에 대자로 누워 숨을 헐떡거리는 뮤 일행의 건너편에서 히라미가 걸어오는 것이 보였다. 탐욕의 악마 건으로 뭔가 진전이 있는지도 몰랐다.

참고로 뮤 일행이 쓰러져 있는 것은 몬스터와의 전투가 적었다는 이유로 신과 슈니가 직접 상대해준 탓이었다. 겨우 서 있는 게 고작인 그들을 움직이도록 하기 위해 지금까지 했던 것 중에서 가장 혹독하게 다루었다.

주변에서 구경하던 다른 학생들이 걱정스럽게 쳐다보았지만 굳이 신경 쓰지 않았다.

"……저기, 괜찮은 건가요?"

"부상이라고 해봐야 작은 찰과상 정도야. 체력과 정신력이 회복되면 괜찮아질 거야."

"대충 상상은 가지만, 대체 뭘 하신 건가요?"

"잠깐『카쿠라』로 정면에서 맞부딪친 것뿐이야."

"무슨 짓을 한 거예요?!"

무슨 일이 있었는지를 묻던 히라미가 경악했다. 신의 완력으로는 스치기만 해도 엄청난 대미지를 입기 때문이다. 찰과상으로 끝났으니 다행인 것이 아니라, 찰과상으로 끝나지 않았으면 엄청난 부상을 입을 만한 상황이었다.

"신 씨가 공격하면 팔다리가 그냥 날아가 버리잖아요! 보통 일이 아니라고요!"

"아니, 잠깐만. 나도 힘 조절을 했어. 팔다리가 날아가지 않도록 확실히 힘 조절을 했다고."

"그런 문제가 아니에요!! 트라우마라도 생기면 어쩌려고 그래요?!"

히라미는 신과 렉스 일행의 능력치 차이를 잘 아는 만큼 잠자코 있을 수 없는 것 같았다.

하지만 실제로는 신이【리미트】로 능력치를 억제했기에, 스치는 것으로 큰 부상을 입을 가능성은 낮았다.

워낙 엄청난 무기인 만큼 가능성이 전혀 없다고는 할 수 없지만 팔다리가 부러지는 사태가 발생하진 않았다.

"난 몬스터 역할이었다고. 어중간한 훈련은 저 녀석들을 위해서도 좋지 않다는 걸 알잖아?"

"으으으음, 그야 그렇지만요……."

몬스터는 이쪽이 다쳤다고 봐주지 않는다. 그것을 실감케 하려는 목적도 있었다.

문제는 신이 웬만한 몬스터와 비교도 되지 않을 만큼 강한 탓에,【리미트】를 건 상태로도 세 사람이 죽음의 공포를 느꼈다는 점이었다.

히라미의 말대로 자칫 잘못하면 트라우마로 남을 수도 있었다.

"조심해주세요. 만에 하나 잘못될 수도 있으니까 정, 말, 로! 조심하셔야 돼요!"

"아, 알았다고……."

신은 히라미의 기세에 눌리고 말았다.

"그런데 우리에게 볼일이 있어서 온 것 아니었어?"

"아아, 네. 그랬네요. 신 씨가 전에 제안하신, 던전 입구에 아이템을 설치하는 건 말인데요……."

긴급회의를 열어 신이 체재하는 동안만 설치하기로 결정했다고 한다. 다만 만장일치는 아니었다.

"원인인 룩스리아 씨를 쫓아내면 해결된다거나 신 씨가 아와리티아의 앞잡이면 어떡하느냐는 소리를 하더라고요. 【파이어 볼】을 갈겨주고 싶은 생각이 몇 번이나 들었는지……. 신 씨가 적으로 돌아서면 지금쯤 여기는 폐허가 됐을 거잖아요! 아무것도 모르면서!"

히라미는 생각만 해도 화가 난다는 듯이 주먹을 불끈 쥐며 말했다.

일부 간부들이 악마를 고용한 히라미에게 책임이 있으며 룩스리아의 이야기를 믿어선 안 된다는 식으로 당치 않은 의견을 주장한 탓에 쓸데없이 시간을 잡아먹었다고 한다.

히라미가 말한 간부들의 의견 중에는 신이 조금은 이해할 수 있는 내용도 있었다.

적의 목적인 룩스리아를 추방—본인이 얌전히 따른다면 말이지만—하는 것은 상대의 시선을 돌려 시간을 끈다는 의미에서는 유효한 방법이었다.

신의 결백 문제 역시 그를 잘 모르는 사람들의 입장에선 당연히 가질 만한 염려였다.

게다가 악마의 이야기를 믿는다는 것 자체가 꺼림칙하게 느껴지는 사람들도 있을 것이다.

그런 자들을 진정시키고 설득하며 때로는 물리친 끝에 결정을 이끌어낸 히라미는 조금 피곤해 보였다.

"수고 많았어. 유키가 직접 만든 특제 주스가 있는데, 마셔 볼래?"

"잘 마실게요!"

신은 히라미를 격려하기 위해 아이템 박스에서 그가 좋아하는 음료를 꺼내주었다.

현실에서는 존재하지 않는 과실을 사용한 그 주스는 단맛과 신맛이 절묘한 균형을 이루며 혀를 즐겁게 해주는 걸작이었다. 재료의 효과로 HP와 MP, 피로까지 회복되는 슈퍼 드링크라 할 수 있었다.

참고로 신의 아이템 박스 안에는 이미 대량으로 확보되어 있었다.

"아~ 맛있네요~."

"마음에 들면 레시피를 알려드릴까요?"

"부탁드릴게요!"

히라미는 마음에 쏙 들었는지 기쁜 얼굴로 레시피를 받아 들었다.

"그래서 설치는 언제쯤이야? 지금 가도 되나?"

"그것 말인데 내일 오전 중에 부탁드릴게요. 되도록 빨리 끝내고 싶었는데 시설 관련 책임자도 보러 오겠다고 해서요. 자기 직무인 만큼 어쩔 수 없이 신경이 쓰이겠죠."

그 책임자는 스케줄 때문에 내일에나 시간이 난다고 한다.

훈련 날이기는 했지만 이것만큼은 던전 쪽을 우선할 수밖에 없었다.

"알았어. 내일 학교에 오면 집무실로 가면 되는 거야?"

"아니요, 저희가 따로 사람을 보낼게요. 내일은 일정이 조금 애매해서 특정한 시간을 정하기 어려울 것 같거든요."

물론 이 세계에도 시계는 존재했다. 고가이기는 하지만 상인이나 정치가처럼 바쁜 인물들은 대부분 몸에 지니고 다녔다.

하지만 여기에는 한 가지 함정이 있었다. 현실 세계처럼 표준시가 존재하지 않았던 것이다.

덕분에 이 세계의 시계는 조금씩 차이가 났다. 상인들은 그들끼리 시계를 맞춰놓기도 할 정도였다.

반대로 전 플레이어나 서포트 캐릭터가 사용하는 메뉴 시계는 완전히 일치했다. 신은 슈니, 슈바이드와도 확인해봤지만 시간이 어긋나지 않았다. 왜 그런지는 전혀 알 수 없었다.

"신 씨…… 우리에게도……."

"오, 부활했나 보군."

힘없는 목소리를 듣고 신이 고개를 돌리자 뮤가 힘겹게 몸을 일으키고 있었다. 옆에 있던 기안도 천천히 몸을 일으켰다. 렉스는 아직도 움직일 수 없는지 아~ 으~ 하고 신음하고 있었다.

전사와 마법사의 체력 차이 때문일 것이다.

"수고했어. 회복이 전보다 빨라졌네."

스태미너와 회복력은 레벨에 따른 차이가 존재하긴 해도 단련을 통해 일정 수준까지 높일 수 있었다.

훈련과 병행해서 체력 단련도 꾸준히 해왔기에 효과가 나타나기 시작한 것 같았다. 특히 렉스는 훈련을 처음 시작했을 때만 해도 체력 부족으로 자주 탈락했던 것을 생각하면 엄청난 발전이었다.

"부화알!"

"시끄러워."

신이 건네준 주스를 마시고 순식간에 회복된 뮤가 자리에서 힘차게 일어났다.

옆에 있던 기안은 귀찮다는 듯이 얼굴을 찡그렸다. 그도 주스를 다 마시더니 비틀거리지도 않고 몸을 일으켰다.

"후후, 이 한 잔을 위해 살아간다니까……."

"이건 맥주가 아니라고."

렉스가 퇴근 후 술집에서 맥주를 들이켜는 회사원처럼 말하자 신이 현실로 돌려놓았다. 원래 체력이 좋은 뮤와 기안은 몰라도 렉스에게는 따라가기 힘든 훈련이었다.

"뭐, 이 정도까지 발전했으면 단기 훈련의 성과로는 충분하겠지. 스킬도 배웠다면서?"

몬스터와 몇 번 싸운 뒤 뮤가 떠들썩하게 굴었기에 자연스레 알게 된 사실이었다.

"아, 네. 저는—."

"아니, 굳이 말 안 해도 돼. 직접 훈련시킨 입장에서 네가 어떤 스킬을 사용할 수 있을지 대충 짐작이 가고, 이제 곧 훈련 기간도 끝나니까 듣지 않는 게 맞는 것 같아. 어디서 누가 엿들을지 모르는 거고, 너희가 생각하는 것보다 스킬이란 건 훨씬 귀중한 거거든."

신도 세 사람 앞에서 다양한 스킬을 보여주곤 했지만 뒤늦게나마 주의를 주었다. 그리고 세 사람이 어떤 훈련을 받았는지 잘 알았기에 렉스에게 말한 것처럼 대충은 예상할 수 있었다. 렉스는 회복 계열, 뮤와 기안은 공격 계열 스킬일 것이다.

신의 지인 중에 스킬 보유자가 많다 보니 자주 까먹곤 하지만 이 세계에서 스킬은 매우 귀중한 존재였다. 한 가지만 사용할 수 있어도 엄청난 일이다. 훈련 중에 저절로 익혔다는 말은 일반인들에게 자랑으로밖에 들리지 않을 것이다.

그리고 다행히 주변에 그들 이외의 학생이나 교원은 보이지 않았기에 누군가가 엿들을 염려는 없을 것 같았다.

"이 학교에선 스킬을 사용할 수 있는 사람이 제법 많으니까 말이죠. 정원 밖에서는 스킬 보유자가 격감하고 있다는 이야기를 들어서 처음 입학했을 때 꽤나 놀랐던 기억이 있는데, 어느새 저도 깜빡하고 있었네요."

"정원이라면 엘프들의 나라, 아니 집락을 말하는 거야?"

"네. 스킬 보유자가 많다는 점에선 엘쿤트와 비슷하지만 튼

튼한 성벽에 둘러싸인 곳도 거의 없고 분위기는 픽시들의 정원과 비슷하다고 할 수 있죠. 결계로 몬스터를 막아내고 있거든요."

"나한테 그런 이야기를 해도 되는 거야?"

"조금만 조사해도 금방 알 수 있는 거니까요."

신은 몰랐지만 이 세계에선 의외로 상식이라고 한다.

엘프들의 국가 형태는 신도 알고 있었지만, 이쪽 세계에 오고 나서 엘프들의 나라에는 가까이 가본 적도 없었기 때문에 나무 위나 숲 속에 집락을 만들어 생활하는 모습을 상상하곤 했다.

"저는 황국 근처 마을 출신이에요! 그러고 보니 우리 마을 사람들도 아무렇지 않게 스킬을 사용했었는데."

"이봐, 이봐, 그런 소리를 아무한테나 하면 안 된다고 했잖아. 몇 번이나 말하지만 스킬은 귀중한 거라고."

신이 주의를 주자 뮤가 퍼뜩 놀라며 자신의 입을 틀어막았다. 방금 한 발언만으로도 뮤는 자신의 고향이 일반적인 집락과 다르다는 것을 밝힌 셈이다.

선정자와 스킬 계승자 들이 모여 사는 숨겨진 마을 같은 것이 존재하는 건지도 모른다. 신은 더 이상 캐묻지 않기로 했다.

"내 동료들 중에도 황국하고 인연이 있는 드래그닐이 있거든. 그러고 보니 황국에 대한 이야기는 자세히 들어본 적이 없었네. 여기 오면 한번 물어봐야겠어."

"황국은 살기 편하고 좋은 곳이에요. 추천해요! 임금님도, 왕자님도, 공주님도 다들 뛰어난 분들이거든요!"

"헤에, 그렇구나."

근처에 성지가 있다 보니 통치자가 강인할 수밖에 없다고 렉스가 덧붙였다.

"그 녀석이 오면 자세히 물어봐야겠어."

"어떤 분인데요?"

"한마디로 설명하면 무인(武人)이야. 나보다도 훨씬 오랜 시간을 싸워왔으니까 제자를 가르치는 방법도 훨씬 잘 알겠지."

슈니 덕분에 학생들이 많아진 뒤에도 잘 가르칠 수 있었지만 신 혼자였다면 이 세 사람만으로도 벅찼을 것이다.

"그러고 보니 신 씨의 파티 멤버에 대해선 들어본 적이 없었네요. 드래그닐 외에 또 어떤 분들이 있나요?"

"로드하고 픽시, 그리고 엘프가 한 명 더 있어. 나머진 파트너 몬스터들이고."

"조련사 능력도 갖고 계신 건가요?! 전투 직업과는 양립이 힘들다고 들었는데요."

"내 경우는 몬스터와 간신히 계약할 수 있는 정도야. 조련사의 스킬은 거의 갖고 있지 않거든."

캐시미어가 스킬을 사용하는 것을 자주 봤기에 지식은 풍부했다.

파트너 몬스터의 호감도에 따라 위력이 바뀌는 스킬, 플레이어에게 빙의시켜 능력을 올리는 스킬 등 제법 재미있는 것이 많았다고 기억했다.

신도 시간이 날 때마다 그런 스킬을 조금씩 익혀두긴 했다. 하지만 본격적으로 배운 것은 아니었기에 성장 속도는 무척 느렸다.

"뭐랄까, 기안과 뮤, 저 자신도 그랬지만 저희 능력이 상당히 높은 줄만 알았습니다. 자만에 빠졌던 건 아니라고 말하고 싶지만, 신 씨와 유키 씨를 보고 있으면 그런 생각도 사라지네요. 신 씨와 파티를 맺을 정도면 다른 멤버분들도 보통은 아닐 것 같아요."

자신들도 일반인들과 파티를 짜서 활동하는 것이 쉽지 않았기에, 신의 다른 멤버들이 선정자에 필적하는 실력자라는 것을 짐작한 듯했다.

"그렇지. 자랑하는 건 아니지만 다들 어디에 가도 밀리지 않는 실력을 갖고 있어."

티에라만큼은 자신의 능력이 부족하다고 주장할 테지만 신은 그렇게 단언했다.

카게로우 덕분이라고 자주 이야기하는 티에라도 지금은 제법 많이 강해져 있었다. 능력치는 물론이고 기술과 스킬, 경험도 웬만한 모험가와 비교가 안 될 수준이었던 것이다.

지금이라면 섀도우와 홀리의 딸인 카에데까지 압도할 수

있을 것이다.

예전에는 능력치가 뒤처지는 상태에서 기술을 이용해 간신히 버텨내는 수준이었다. 능력치 면에서 오히려 앞서게 된 지금이라면 문제없이 이길 수 있을 거라고 신은 생각했다.

"신 씨의 파티 멤버가 모두 그런 분들이라면 나라 하나 정도는 점령할 수 있을 것 같네요."

"위험한 소리 말라고. 어지간한 일이 아니라면 국가와 척을 질 생각은 없어."

"유키 씨를 넘기라고 하면요?"

"상대가 누구든 잿더미로 만들어야지."

신은 즉시 대답했다. 상대가 귀족이든 왕족이든 용서할 생각은 없었다.

"그렇겠죠~. 러브러브니까요~."

"그런데 왜 이 시점에서 그런 질문이 나오는 거야?"

농담이라고 대답하는 히라미가 신은 왠지 낯설게 느껴졌다. 나라를 점령한다느니 슈니를 빼앗는다느니 하는 불온한 내용이었기 때문이다.

"조금 걱정되는 게 있어서요. 자세한 건 나중에 말씀드릴게요."

"알았어. 불길한 예감이 물씬 드는군……."

나라라는 말이 나온 것을 보면 엘쿤트 본국 쪽에서 무슨 일이 있었던 거라고 신은 예상했다. 히라미는 바로 어제만 해도 죄원의 악마에 관해 논의하기 위해 본국에 가 있었기 때문이다.

"무슨 일이라도 있었나요?"

"아니, 훈련과는 상관없는 이야기야. 그보다도 훈련도 이제 얼마 안 남았어. 구체적으로 말해서 훈련할 수 있는 날은 딱 사흘이거든. 그러니까 마지막 날에 지금까지의 총정리로 일대일 훈련을 하려고 해."

"일대일……."

훈련 내용을 들은 기안이 눈을 빛내며 중얼거렸다.

지금까지의 훈련은 기술을 연결하고 그들이 모르는 스킬 특성 및 사용법 등을 시험하는 것이 주된 목적이었다.

개인 역량을 끌어올리면서 전술의 폭을 넓히는 것이 첫 번째 목적이었던 것이다. 그래서 첫날 같은 전력 전투는 별로 치르지 않았다.

최근에는 특히 파티 연계 훈련을 중점적으로 행했기에 개인으로서 마음껏 힘을 발휘할 기회가 거의 없었다.

세 사람 중에서 개인 기술이 가장 뛰어난 사람은 기안이었다.

파티에서는 공수 양면에 뛰어난 멤버로 활약했기에 답답함이 쌓여 있던 건지도 몰랐다. 싸움 자체를 즐기는 뮤와 달리 기안은 승리에 집착하는 성격이었다.

"오오~ 기안이 완전히 불 붙었네."

"이러니저러니 해도 지기 싫어하는 성격이니까 말이지."
"시끄러워."
기안은 감탄하는 뮤와 렉스를 노려보며 창을 들었다.
몬스터와의 전투에서 부족했던 점을 메우기 위해 신이 직접 상대해주느라 평소의 점심시간이 이미 지나 있었다. 하지만 기안은 식사 따윈 안중에도 없다는 듯이 창을 휘둘렀다.
훈련용 창이 아무것도 없는 공간을 꿰뚫었다. 힘든 훈련을 이겨내고 몬스터와 싸운 덕분에 창의 기세는 처음 만났을 때보다 예리하고 빨라져 있었다.
"우리는 이만 가려고 하는데, 너희 둘은 어떡할래?"
"저도 좀 더 훈련하고 가려고요!"
"저도 질 수는 없겠네요."
"그래. 마지막 날이 기대되는군."
기안을 보며 뮤와 렉스도 의욕을 불태웠다.
그런 세 사람을 보고 신은 게임 시절에 초심자 플레이어를 가르치던 때와는 다른 종류의 뿌듯함을 느꼈다. 교사들은 이런 느낌이 좋아서 가르치는 일을 선택하는지도 모른다.

"오늘은 뭘 할 건가요?"
"바르간 씨에게 가서 또 대장일 이야기를 하려고 해. 그리

고 세 사람에게 작별 선물로 액세서리라도 만들어주고 싶어. 물론 이쪽 기준의 물건으로 말이야."

신이라면 대충 만들어도 엄청나게 강력한 액세서리가 나올 것이다.

하지만 이번 훈련은 어디까지나 학교 측의 의뢰였기에 신이 그런 물건을 개인적으로 선물했다가는 여러모로 여파가 클 것이다.

따라서 선물은 기껏해야 기념품 정도의 성능을 가진 액세서리여야 했다.

선물의 명목은 인맥을 만들기 위해서였다. 뮤는 말할 것도 없고 기안과 렉스도 특별한 배경을 가진 소년들로 보였던 것이다.

스킬 하나로도 중용되는 세계에서 스킬 여러 개를 사용하는 선정자는 매우 귀중한 존재라고 할 수 있었다.

물론 그런 선정자가 모험가로 활동하는 경우도 있었기에 일반화할 수는 없을 테지만 렉스를 포함한 세 사람은 그런 사람들에 비해 아무래도 미숙하다는 인상을 주었다.

엘쿤트 마법 학교가 대륙 전체에서 학생들을 모집한다고 해도, 그리고 그들에게 전투력이 있다고 해도 귀중한 선정자를 홀로 유학 보낸다는 것은 뭔가 어색하게 느껴졌다.

정말 그게 당연하다고 여긴 것일까? 아니면 혼자 보낸 이유라도 있는 것일까?

신은 진실을 알 길이 없었지만 그런 특별한 배경이 없더라도 특별한 인간과 인연을 만들어두려는 생각이 이상할 것은 없었다.

슈니는 선정자라 해도 파고들 수 있는 것은 대부분 한 분야 혹은 두 분야에 지나지 않는다고 말했다. 신처럼 전투 계열 스킬과 생산 계열 스킬을 다수 익힌 사람은 좀처럼 없다는 의미였다. 그래서 자신과 다른 분야를 익힌 사람과 인연을 만들어두려는 선정자도 제법 많았다.

주변에 그렇게 보이길 바란다고 생각하는 것을 보면 신도 조금은 사람들의 반응을 신경 쓰게 된 것 같았다.

하지만 실제 목적은 열심히 노력한 세 사람을 위한 약소한 상이었다. 마법 효과가 담긴 액세서리는 별것 아닌 효과라 해도 제법 좋은 가격이 매겨졌다. 적어도 희귀급 장비보다는 비싸게 팔릴 것이다.

"이 세계의 액세서리는 대부분 장식품의 의미밖에 없는 것 같으니까 말이지."

하지만 아이템 생산 전문가인 신은 액세서리란 본인의 단점을 메우거나, 장점을 극대화하거나, 가지지 못한 능력을 부여하는 식의 보조 장비라고 주장하고 싶었다.

모험가가 장식을 위해 액세서리를 착용한다는 것은 말도 안 되는 일이다.

개인적 취향이나 장비의 통일감을 중시하는 예도 존재할

테지만, 싸움을 업으로 삼은 사람이라면 그에 상응하는 액세서리를 장비하는 것이 당연했다.

물론 이 세계에도 장비로서의 효과를 가진 액세서리가 유통되지 않는 것은 아니었다. 하지만 수가 너무 적었다. 그리고 전투를 유리하게 이끌 만한 성능을 가진 것은 더욱 드물었다.

무기와 방어구보다는 액세서리에 마법을 부여할 때 훨씬 높은 스킬 레벨이 필요한 탓이다.

그리고 이 세계에서는 생산 계열 스킬의 숙련도를 올리려면 전투 계열 스킬보다 훨씬 많은 돈과 시간, 노력이 필요했다. 생산 계열 스킬을 사용하려면 재료가 반드시 필요하기 때문이다.

따라서 액세서리에 마법을 부여할 수 있을 때까지 스킬 레벨을 올리는 것보다는 무기와 방어구에 부여해서 장사를 하는 편이 훨씬 적은 수고와 재료로 많은 이득을 볼 수 있었다.

사람에 따라 무기와 방어구에 집중해야 마법 부여의 질이 올라가는 경우도 있다고 한다.

"전투에서 사용할 만한 액세서리는 유적이나 던전에서 얻는 게 일반적이겠죠. 실용적이고 전투에서 효과를 발휘할 만한 물건은 왕국의 수도나 그에 버금가는 도시가 아니면 제작할 수 있는 사람이 없어요. 가격도 무기나 방어구와는 비교도 안 될 만큼 비싸고요."

"뭐, 어쩔 수 없는 일이긴 하지만 말이지."

게임 때처럼 스킬만 생각할 수 있는 상황이 아닌 것이다. 생활이 걸려 있다면 제작 스킬을 적당한 경지까지 올리는 것에 만족하는 사람이 많을 거라고 신은 생각하기로 했다.

"흠, 바르간 씨는 있으려나."

이야기를 나누는 사이 바르간의 공방『강철 모루』에 도착했다. 신이 문을 열자 안에는 바르 외에도 드워프 몇 명이 있었다.

신과 슈니의 인기척을 느낀 드워프들이 고개를 돌렸다. 그리고 다들 벼락이라도 맞은 것처럼 부르르 몸을 떨더니 그대로 굳어버렸다.

"아, 신 씨. 사장님은 안에 계세요."

"알았어."

신은 바르의 말에 고개를 끄덕이고 드워프들에게 가벼운 목례를 한 후 대장간으로 들어갔다.

그날 처음 찾아온 뒤로도 기술 교류를 구실로 몇 번이나 서로의 기술을 보여주었고 이제는 의견도 교환했다. 바르간은 작업에 좋은 자극이 된다며, 신이 오면 안으로 바로 들여보내라고 바르에게 말해둔 상태였다.

슈니가 대장일을 조금씩 보조할 수 있게 되었기에 이번에도 슈니도 함께 들어갔다.

신과 슈니가 대장간에 들어서자 뒤에서 "저 아가씨도 같이 들어가네” 혹은 “여신님이……”라는 말이 들려왔다.

이야기를 들어보면 신이 대장간에 틀어박혀 있는 동안 카운터 옆에서 슈니가 기다린다는 소문이 퍼진 듯했다. 이 드워프들은 그런 슈니와 말이라도 나눠보려고 찾아온 것이다.

“이 마을 대장장이들의 장래가 걱정되는군…….”

신은 아주 살짝 불안한 기분이 들었다.

“응? 오오! 왔군……. 뒤에는 엘프 아가씨까지 왔고. 평소에는 저쪽에서 기다리지 않았던가? 뭐라도 하려고 들어온 건가?”

신의 뒤에서 나타난 슈니를 보고 바르간이 물었다.

대장간에 여자를 들이지 않는 대장장이들이 많지만 바르간은 예외였다. 신에게 묻는 표정에서도 혐오감이 아닌 순수한 의문이 떠올라 있었다.

“원래 소양이 어느 정도 있었거든요. 작업할 때 오랜만에 도움을 받았는데 제법 잘하더라고요. 이참에 함께 작업하는 걸 보여드리고 의견을 들어보고 싶네요.”

“호오, 자네가 그렇게까지 말한다면 적어도 초보자는 아니라는 이야기인데. 엘프는 조합이나 세공 같은 세밀한 작업을 잘하니 말이다. 분야는 달라도 충분한 감성과 눈썰미가 있을 거다.”

【THE NEW GATE】의 설정에 따르면, 드워프는 생산 스킬 전반에 보너스가 붙지만 그중에서도 특히 대장일에 뛰어났

다. 그리고 다음으로 생산 스킬에 적합한 종족이 엘프였다.

바르간이 말한 것처럼 종족의 특성 덕분에 약품 조합과 직물 제작 등 섬세한 작업에 관해서는 드워프에게도 밀리지 않았다.

슈니도 대장 스킬 자체는 낮지만 조합과 직물, 인쇄처럼 손기술에 좌우되는 스킬의 레벨은 전부 Ⅷ이 넘었다.

"우리는 마력을 다루는 게 특기라고는 할 수 없지. 아가씨는 그걸 중점적으로 봐줬으면 한다."

"그렇겠군. 엘프는 우리가 보지 못하는 걸 볼 수 있다고 하니."

신은 전에 『달의 사당』에서 식사할 때 식재료가 가진 생명력이 아우라처럼 보인다고 했던 말을 떠올렸다.

"알겠습니다. 아직 손을 댈 만한 기술은 없으니 그쪽에 전념하겠습니다."

고개를 끄덕이는 슈니에게 신은 잘 부탁한다고 대답하며 바르간과 함께 화로 앞에 섰다.

작은 철 주괴를 화로에 넣자 순식간에 녹아 말랑말랑해졌다. 그렇게 생성된 철을 바르간이 집게로 집어 모루 위에 고정시켰다.

"마력을 겹치는 것부터 시작하겠다."

바르간은 그렇게 말하며 망치를 높이 쳐들었다. 그리고 내리치는 타이밍에 맞춰서 신도 따라 하기 시작했다.

금속끼리 부딪치는 소리가 계속 이어졌다. 바르간이 내리치는 망치에서는 끼잉 하는 날카로운 소리가, 신의 망치에서는 끼이잉 하고 잔향을 내는 소리가 울려 퍼졌다.

망치가 번갈아 내리쳐지며 정제된 철의 형태가 바뀌어갔다. 5세메르 정도의 작은 덩어리였던 철이 점점 펴지면서 10세메르가 넘는 얇은 원형을 이루었을 때 신과 바르간은 손을 멈추었다.

"흐음, 항상 드는 생각이지만 자네가 하면 기묘할 만큼 좋은 모양이 나오는군. 주괴가 원래 구체에 가까웠다지만 이렇게나 정확한 원이 될 리는 없는데 말이지."

원반 모양이 된 철을 유심히 바라보며 바르간이 말했다.

이것은 신이 가진 대장장이 스킬의 효과였다. 사용자가 의식하는 형태로 조형물의 모양을 바꾸는 것이다. 대장 스킬 중에는 그런 효과를 발휘하는 것이 있었다. 연마 작업 없이도 검과 나이프의 날을 완성할 수 있는 것도 그 때문이다.

"효과는 방어력 상승. 엷은 장벽이 쳐지는 것 같네요."

신은 애매하게 웃으며 완성품을 분석했다.

종류는 방패로 분류되는 듯했다. 쇠로 만들어진 작은 방패였다. 슈바이드가 가진 『대충각의 큰 방패』처럼 방어 장벽을 전개할 수 있는 것 같았다.

신이 시험 삼아 장비하고 바르간이 공격해보자 작은 방패를 중심으로 30세메르 정도의 방어 장벽이 전개되었다. 하지만 바르간이 휘두른 망치에 닿자 패앵 하는 소리를 내며 깨져 버렸다.

"너무 약하군. 녹아내린 얼음 막을 깨는 느낌이었다."

"제법 많이 시도해봤는데, 효과가 안정되질 않네요."

바르간과 신이 함께 작업할 때는 이번처럼 실패작이 나올 때가 많았다. 아니, 90퍼센트 정도는 쓸모없는 실패작이라고 해도 좋았다.

"유키가 도와줄 때는 두 번에 한 번 정도는 성공하거든요."

"뭐라고? 나하고 할 때보다 성공률이 꽤 높군. 흐음, 하지만 뭐가 원인인지 모르겠다. 종족 차이, 높은 마력, 조작 능력, 상성, 설비와 재료. 일일이 열거하자면 끝이 없겠군. 자네는 어떻게 보나?"

샘플이 두 종류밖에 없었기에 정확한 원인을 특정하기는 어려웠다.

"글쎄요. 재료는 같은 가게에서 산 물건들이고, 바르간 씨와 바르 씨가 작업할 때의 성공률이 높은 걸 생각하면 설비 차이 때문도 아니겠죠. 종족에 따른 상성일지도 모르지만 저는 아무래도 높은 마력과 조작 능력이 열쇠인 것 같네요. 마력을 담아 내려치는 작업이니까 그와 관련된 요인 때문이라고 보는 게 자연스럽지 않을까요?"

"그렇겠군. 확실히 내가 마력에 관해서는 저 아가씨와 비교가 안 되니. 자네에게도 엄청난 마력이 있고. 내가 약한 건가? 아니면 자네가 너무 강한 건가? 아가씨는 어떻게 느꼈지?"

바르간은 신의 의견에 고개를 끄덕이며 슈니에게도 의견을 구했다.

"마력의 양과 조작 능력. 양쪽과 상관이 있는 게 틀림없어요. 바르간 씨가 불어넣은 마력을 신이 불어넣은 마력이 흩트리는 것처럼 보였거든요. 최종적으로는 신의 마력이 대부분을 차지하고 바르간 씨의 마력은 드문드문 남아 있는 정도였어요. 저와 신이 작업할 때는 마력이 서로 겹쳐서 층을 이루었으니까 그게 효과의 차이로 나타나는 게 아닐까 싶네요."

"마력의 층이라. 우리가 감각으로만 알 수 있는 걸 볼 수 있다는 게 부럽군."

바르간과 신도 지금까지 슈니가 말하는 층을 상상하며 작업해왔지만, 실제로는 층은커녕 거의 겹쳐지지도 않았다는 것을 알고 떨떠름한 표정을 짓고 있었다.

"바르 씨와 작업하는 모습을 한번 보여주지 않으시겠어요? 성공률이 높은 작업을 보면 차이점이 분명해질지도 모르니까요."

"그렇겠군. 모처럼 눈썰미가 좋은 사람이 왔으니 당연히 활용해야겠지."

바르간은 씩 웃으며 바르를 불렀다. 사정을 들은 바르는 모여 있던 드워프들을 해산시키고 가게 팻말을 준비 중으로 바꾼 뒤 작업에 참여했다.

바르간과 바르가 망치를 내려치자 매우 비슷한 두 소리가 울려 퍼졌다. 둘은 사제 관계이기도 했기에 그런 것까지 닮은 것이리라.

작업을 가만히 바라보던 슈니 옆에서 신도 마력의 변화를 관찰하기 위해 의식을 집중했다.

일반적인 마법을 볼 때와 달리, 신의 눈에는 내리치는 망치가 희미한 안개에 싸여 있는 정도로밖에 보이지 않았다. 익숙하지 않아서인지 카메라의 초점이 어긋난 느낌이 났다.

작업은 계속 이어졌다. 번갈아 울려 퍼지는 금속음과 희미하게 새어 나오는 마력광(魔力光). 그것을 가만히 바라보던 신의 눈앞에 순간적으로 엷은 막 같은 것이 나타났다.

계속 집중하며 눈에 힘을 주고 바라보자 점점 안개가 걷히기 시작했다.

"이건……."

얇고 투명한 막이 쇳덩어리를 뒤덮고 있었다.

바르간이 내리치면 붉은색의 엷은 막이, 바르가 내리치면 주황색의 막이 번갈아 겹쳐지는 것이 보였다. 내리칠 때마다 막이 겹쳐졌지만 두께 자체는 거의 바뀌지 않았다.

두 사람의 작업이 끝나자 층을 이룬 마력은 두 개 막의 중간 정도의 색을 띠며 쇳덩어리의 표면에 흡수되었다.

"다 됐군. 제법 잘 만들어졌다."

"응. 이건 보조 효과 같은데."

쇳덩어리는 방금 신과 바르간이 작업했을 때보다 조금 일그러진 원형이었다. 그리고 STR 5퍼센트 증가의 효과가 달려 있었다.

형태는 몰라도 부여된 효과 자체는 신과 슈니가 만들었을 때와 비교조차 되지 않는 수준이었다.

"유키가 말한 것처럼 마력이 분명한 층을 이루는 게 보였어. 그리고 마지막에는 뒤섞여 흡수되던데."

"보였나요?"

"가만히 집중해서 봤더니 조금씩 초점이 맞춰지는 느낌이 들었어. 선명히 보인 건 맨 마지막뿐이었지만."

"혹시나 했지만 갑자기 보이게 될 줄은 몰랐네요."

슈니는 대장 스킬과 관련된 능력이라면 신에게도 생길 수 있다고 생각했다고 한다. 그래도 말을 꺼내자마자 익힐 줄은 몰랐다며 놀라고 있었다.

"이렇게 되면 신경 쓰지 않겠다고 마음먹었던 나조차도 자네들의 정체가 궁금해질 수밖에 없군. 아니, 물론 묻진 않겠다. 바르도 쓸데없는 질문은 삼가거라."

"괜찮아, 할아버지. 난 이미 신 씨라면 뭘 해도 이상하지 않다고 생각하니까."

바르간은 신과 슈니의 대화를 듣고 손자에게 주의를 주었지만 정작 바르는 모든 것에 초연해진 사람처럼 먼 곳을 바라볼 뿐이었다.

신은 자신이 이상한 일이라도 했나 싶어 고개를 갸웃거렸지만 원인은 그가 맨 처음 제작했던 검이라고 바르는 말했다. 날을 갈지도 않았는데 완성된 검을 보고 자신과는 차원이 다른 사람이라는 것을 알 수밖에 없었던 것이다.

"그러고 보니 그랬군. 그런 기술을 사용할 수 있는 사람은 내가 알기로 암굴왕뿐이다. 세상에는 아직도 이름이 알려지지 않은 대장장이들이 많다는 거겠지."

바르간은 그런 대장장이와 알게 된 자신들이 운이 좋다며 큰 소리로 웃었다.

"자, 그러면 다음은 자네와 저 아가씨가 만드는 모습을 보여주지 않겠나. 지금이라면 뭔가 새로운 사실을 알아낼 수 있을지도 모른다."

신은 그 말에 고개를 끄덕이며 바로 작업에 돌입했다. 슈니의 대장 스킬은 아직 레벨 Ⅵ였다. 바르간보다도 낮았기에 쇠의 한가운데를 내리치는 것에만 집중하기로 했다.

신이 쇠를 고정하고 먼저 한 번 내리쳤다. 신이 망치를 올리는 것에 맞춰서 다음에는 슈니가 내려쳤다.

이번에는 신의 눈에도 겹쳐지는 마력의 층이 분명히 보였다. 신이 내리치면 옅은 보라색 막이, 슈니가 내리치면 옅은 파란색 막이 쇠를 뒤덮었다.

바르간과 바르가 작업할 때와 다른 부분은 막이 반드시 겹쳐지지 않고 신의 막이 슈니의 막을 찢어버리거나 튕겨낸다는 점이었다. 이것이 실패의 원인일 것이다.

그것을 깨달은 신은 망치를 내리칠 때의 힘 조절 방식을 바꾸어보았다. 하지만 생각처럼 쉽진 않았다. 힘을 빼려고 의식할 때도 슈니의 막을 찢어버릴 때가 많았던 것이다.

그래도 바르간과 작업할 때보다는 괜찮았는지 완성품에는 번개 내성 3퍼센트 추가 효과가 부여되어 있었다.

"이건 꽤 어렵네."

"저도 요령을 잘 모르겠어요."

"그런 것치고는 제대로 된 물건이 완성됐군. 이렇게 보면 대장 기술보다도 마력 조절이 더 중요한 건가?"

신과 슈니 모두 층을 이룬 마력이 보였다. 그리고 그 상태를 보고 내리칠 때의 마력을 세밀하게 조정했던 것이다.

그 말을 들은 바르간은 겹쳐 치기의 비결이 마력 조작에 있다고 예상한 듯했다.

"동감입니다. 이번에는 나름대로 잘된 것 같지만 망치를 내리친다기보다 망치가 튕겨 나온다는 느낌이 더 강했거든요."

"그렇다면 마력 조절과 일정 이상의 대장 실력이 어느 정도 양립해야만 하는 건가."

신은 슈니의 의견을 듣고 그렇게 결론지었다.

바르간은 우수한 대장장이지만 마력을 다루는 게 서툴렀다. 슈니는 마력은 잘 다루지만 대장 기술이 미숙했다.

슈니와 작업할 때 성공률이 높았던 것은 그녀의 대장 스킬이 어느 정도 성장한 상태였기 때문이리라.

"이거 우리도 마력을 다루는 수행을 해야겠군. 어린 녀석에겐 조금 벅차려나."

바르간은 일단 대장장이로서 한 사람 몫을 하게 만들어야겠다고 중얼거렸다.

마력을 겹치는 제작 방법은 아직도 미지의 부분이 많았다. 연구에 힘을 들이려면 상당한 돈과 시간이 필요할 텐데 반쪽짜리 대장장이를 참여시킬 수는 없는 것이다.

"자네들은 마력을 잘 다루기 위해 뭔가 특별한 훈련이라도 한 건가?"

"저는 마법 스킬의 위력을 조정하는 것과 조정된 상태를 유지하는 연습을 하고 있어요."

"저는 특별한 훈련은 하지 않아요. 엘프는 원래 마력을 잘 다루니까요. 다만 마법 스킬의 응용을 위해서 수많은 시행착오를 겪었으니까 그게 좋은 훈련이 된 건지도 모르겠네요. 신이 방금 말한 훈련 방법도 거기서 힌트를 얻은 거거든요."

신은 슈니에게 배운 방법을 바르간과 바르에게 가르쳐주었다.

마력이 폭발할 위험을 고려해서 위력이 낮은 아츠로 시도하기로 했다. 실제로 해보자 두 사람 모두 매우 어려워했다.

"이건 굉장히 어렵군."

"하지만 왠지 알 것 같아. 이건 그 기법을 완성하기 위해 꼭 필요한 훈련이야."

"그래, 틀림없다."

처음 해보는 거라 위력 조정 따윈 전혀 되지 않는 【파이어 볼】을 바라보며 바르간과 바르는 확신을 얻었다는 듯이 웃었다.

그것이 바로 장인들의 직감일 것이다. 이론이니 데이터니 하는 것을 모두 건너뛰고 무엇이 정답인지를 느끼는 능력 말이다.

"한동안은 이쪽에 전념하는 게 좋겠군. 자네들은 어떻게 할 거지?"

"저희도 조금 지나면 바빠질 거라 그 일이 진정될 때까지는 따로 작업하는 게 좋을 것 같네요."

"혹시 자네들은…… 아니, 아무것도 아냐. 서로 노력하세나."

바르간은 무슨 말을 꺼내려다 말고 고개를 저으며 손을 내밀었다. 신도 손을 내밀어 악수를 나누었다.

바르간의 공방에서 나오자 들어올 때에 비해 해가 많이 기울어 있었다. 꽤나 오랜 시간 동안 대장간에 틀어박혀 있었던 모양이었다. 신은 그렇다 쳐도 슈니까지 몰랐다는 게 신기했다.

"그게…… 말이죠. 항상 밖에서 기다리기만 하다가 함께 작업할 수 있다는 게 기뻐서 시간 가는 줄도 몰랐네요…….”

“으으음, 그 뭐냐. 미안해.”

쑥스럽게 말하는 슈니에게 신이 사과의 말을 건넸다. 평소에도 대장간에 들어가면 시간 가는 것을 잊을 때가 많았던 것이다. 정신이 들고 보니 밤이 깊었을 때도 있었다.

하지만 신이 작업하는 동안 슈니는 항상 불만 한마디 없이 기다려주었다. 지금의 슈니라면 그런 시간마저 아까웠을 텐데도 말이다.

“이제부터는 더 조심할게.”

“뭘요?”

“아니, 아무것도 아냐. 혼자서 결심한 것뿐이야.”

머리 위로 물음표를 띄우는 슈니에게 별일 아니라고 고개를 저어 보이며 신은 앞을 향했다.

†

다음 날이었다.

오전 중에 학교에서 사람을 보낸다고 했기에 신은 설치할 아이템의 준비를 끝마치고 방에서 느긋하게 기다리고 있었다. 슈니가 만들어준 차가 마음을 편안히 해주었다.

“어, 온 건가?”

방으로 올라오는 종업원의 기척을 느끼며 신이 중얼거렸

다.

몇 분 뒤 문을 노크하는 소리와 함께 마법 학교에서 사람이 왔다고 전해주었다.

슈니와 함께 아래층으로 내려가자 그곳에서 리시아가 기다리고 있었다.

"기다리게 해서 죄송합니다. 준비가 끝나서 모시러 왔습니다."

"안에서 쉬고 있었으니까 기다렸다고 할 수도 없죠."

신은 괜찮다고 말하며 마차에 올라탔다. 이번 요격용 아이템의 설치에는 마법 부문과 기술 개발 부문의 수장이 참여한다고 한다.

마차는 별다른 문제 없이 학교에 도착했다. 히라미는 이미 현장으로 향했다고 하기에 리시아를 선두로 해서 트레이닝 던전으로 향했다.

히라미와 간부들은 경비병이 대기하는 관리탑에 와 있었다. 히라미 외에 로브를 걸친 엘프와 전신 작업복을 입은 엘프가 보였다. 양쪽 모두 남성으로 복장만 봐도 담당 분야를 알 수 있었다.

"와주셔서 감사합니다. 이쪽이 오늘 참여하실 마법 부문 수장인 이그리스, 기술 개발 부문 수장인 쉬란입니다."

"나는 이그리스. 잘 부탁해."

"나는 쉬란이야. 잘 부탁해. 학장님이 굳이 외부에서 영입

해올 정도면 상당히 뛰어난 사람이겠지? 기대할게."

이그리스는 표정도 바꾸지 않고 담담하게 인사를 했다. 침착한 분위기는 신이 알던 엘프 NPC와 비슷했다.

반대로 쉬란은 흥미롭다는 표정을 숨기지 않고 악수를 권했다. 이쪽은 새로 산 장난감을 기대하는 어린아이 같은 인상이었다.

두 사람은 원래 모험가 출신이었지만 히라미가 학교를 설립한다는 이야기를 듣고 엘쿤트까지 와서 협력해주었다고 한다.

엘프들의 상식으로 보면 상당히 괴짜라고 볼 수 있는 행보였다.

여성인 히라미의 부탁으로 멀리서 찾아온 두 남성—신은 자연스레 그들의 관계가 수상쩍다는 생각이 들었지만 굳이 입 밖에 내지는 않았다. 모든 것을 남녀관계에 빗대는 것이 바보 같은 데다 애초에 너무나 실례되는 생각이었다.

"그러면 바로 설치하겠습니다."

말보다는 실물을 보여주며 설명하는 것이 빨랐다. 반대하는 사람은 아무도 없었기에 건물에서 나와 던전으로 향했다.

신은 입구 앞에 멈춰 선 뒤 아이템 박스에서 그 아이템을 꺼냈다. 그때 품에서 꺼내는 것처럼 연기하는 것도 잊지 않았다.

"이게 바로 몬스터 요격용 아이템입니다. 스펙만 보면 이것

하나로 레벨 500의 몬스터까지 대부분 쓰러뜨릴 수 있습니다. 물리 공격과 마법 중에 한쪽만 통하는 몬스터도 마찬가지입니다. 다만 한쪽에만 특화된 몬스터라면 쓰러뜨리기 전에 돌파당할 가능성도 있습니다."

요격 아이템에는 몇 가지 타입이 있었다.

신이 지금 꺼낸 것은 몬스터가 접근하면 물리, 마법의 양쪽 속성을 가진 특수한 광탄으로 요격하는 일반적인 타입이었다. 그것을 두 가지 종류로 준비한 것이다.

하나는 탄의 개수를 중시한 것이고 하나는 한 방의 위력을 중시한 것이다. 두 가지를 함께 설치해두면 한쪽이 조무래기들을 처리하고 다른 한쪽이 강한 적을 상대해서 서로의 약점을 보완할 수 있었다.

이 아이템은 몬스터가 요격 범위 밖으로 물러나거나 사망하면 작동을 멈춘다. 광탄은 충전된 마력을 사용해 생성되기 때문에 내부 마력이 다 소모되면 기능하지 않았다.

주변 마력을 흡수해서 자동으로 충전되기 때문에 일일이 마력을 넣으러 가지 않아도 되지만 자동 회복 속도가 상당히 느리다 보니 수동으로 충전하는 편이 빠를 때도 있었다.

요격 가능 시간은 요격 횟수와 몬스터의 숫자, 레벨 등에 따라 바뀌기 때문에 장소마다 제대로 관리해야만 한다. 이번 같은 경우는 유사시에만 작동하기 때문에 사람들이 작동 여부를 알 수 있게 해둘 생각이었다.

"주의할 점은 이 정도입니다. 어쨌든 전투 지속 능력을 고려해서 입구의 천장과 바닥에 한 쌍씩 설치할 예정입니다. 지금까지 이야기한 것 중에서 질문 있으십니까?"

신이 묻자 이그리스가 손을 들었다.

"그 아이템 자체의 내구력은? 몬스터 중에도 원거리 공격을 해오는 녀석이 있다."

"아이템의 내구력은 그리 높지 않습니다. 공격 수단에 따라 다르겠지만 레벨 300 정도의 몬스터라면 두세 번의 공격으로 부술 수 있죠. 하지만 방어 장벽을 전개하는 기능이 있으니까 실제로는 레벨 500 골렘의 펀치라도 열 번까지 막아낼 수 있습니다."

그 정도면 무슨 타입이든 골렘을 쓰러뜨리기에 충분한 시간을 벌 수 있었다.

"구체적으로 얼마나 싸울 수 있어? 나도 전에 모험가였는데 500레벨이 상상이 안 가서. 가능하다면 우리도 이해할 수 있는 범위 내에서 설명해줬음 하는데."

"그렇겠네요. 이 트레이닝 던전에 출현하는 몬스터라면 두 시간은 버틸 겁니다."

신이 말한 레벨 500의 몬스터를 직접 본 사람은 손에 꼽을 정도였다.

곰곰이 생각하는 쉬란에게 신은 알기 쉽게 트레이닝 던전의 몬스터를 예로 들었다.

트레이닝 던전 내에 출현하는 몬스터의 상한 레벨은 255였다. 평원과 달리 던전 입구가 좁고 튀어나오는 몬스터의 숫자도 제한적이었다.

그 정도라면 신이 쓰러뜨린 몹 앤트 같은 몬스터가 대량으로 몰려들어도 이번에 설치할 총 열여섯 개의 요격 아이템이 막아낼 수 있었다. 물론 아이템의 마력이 떨어지지 않아야 하지만 말이다.

"강력하군. 정부가 알면 위험하겠어."

"동감이야. 군부의 음험한 안경잡이가 알면 무슨 트집을 잡아서라도 몰수하려 들겠지."

"아…… 부정할 수 없네요."

아이템의 능력을 알게 된 이그리스의 말에 쉬란도 연신 고개를 끄덕거리며 맞장구를 쳤다. 히라미까지 떨떠름한 표정을 짓는 것을 보면 정부에는 들키지 않는 편이 좋을 것 같았다.

이야기를 들어보면 이그리스와 쉬란도 정부에 알릴 생각은 없는 듯했다.

"그러면 설치하겠습니다."

설치 자체는 그리 어렵지 않았다. 아이템은 지면과 벽에 고정되었는데 굳이 땅을 팔 필요도 없이 자동으로 흙 속에 파묻혔다. 그것으로 설치가 완료되었다.

밖에서 봐도 별다른 장치가 설치된 것처럼 보이지 않았다.

만약 발견한다면 함정을 감지하는 스킬이 있거나 감이 예민한 사람일 것이다.

“이걸로 됐습니다. 마력은 사전에 충전해두었으니 이제 그냥 방치해도 괜찮습니다. 작동할 때는 제가 알 수 있게 해두었으니까 그때는 연락드리겠습니다.”

“……하나 갖고 싶군.”

“동감이야. 이런 상황만 아니었어도 하나 받아서 연구해보는 건데.”

다들 진지한 얼굴로 아이템이 설치된 곳을 바라보고 있었다.

“두 사람 모두 이것 말고도 할 일이 있잖아요. 지금도 일손이 부족하다고 했죠?”

“기술자로서 가만있을 수 없다고.”

“구조를 밝히면 다른 분야에도 응용할 수 있어.”

히라미가 주의를 줘도 두 사람은 듣는 체 마는 체였다. 어떻게 보면 그게 오히려 연구자답기도 했다.

하지만 신은 두 사람에게 아이템을 제공할 생각이 없었다.

몬스터 요격용 아이템이라고 하면 편리하기만 한 물건 같지만 이것은 타깃을 사람으로 설정할 수도 있었다. 길드끼리의 전쟁에서 길드하우스를 지킬 때 사용하는 것도 신이 설치한 것과 동일한 종류의 아이템이었다. 그것을 아무에게나 쉽게 빌려줄 수는 없었다.

히라미는 이제 작업은 끝났다며 끝내 아쉬워하는 두 사람을 억지로 끌고 가버렸다. 신과 슈니도 작별 인사를 하고 호텔로 돌아가기로 했다.

렉스 일행이 훈련하는 곳에는 가지 않기로 했다. 훈련 최종일까지 남은 며칠 동안만이라도 자신들끼리 어떻게 싸울지 고민해보라고 말해둔 상태였다. 지금쯤 열심히 시행착오를 겪고 있을 것이다.

신은 최종일에 어떤 결과가 나올지 매우 기대하고 있었다.

†

그리고 훈련 마지막 날이 다가왔다.

신은 평소보다 20분 정도 일찍 눈을 떴다.

"좋은 아침입……에헴. 좋은 아침. 평소보다 빨리 일어났네……요."

평소처럼 인사하려던 슈니가 부자연스럽게 헛기침을 하며 말을 고쳤다. 이어지는 말도 영 어색했다.

"좋은 아침. 무리하게 바꾸지 말고 천천히 해도 된다니까."

"내가 하고 싶어서 이러는 거……야."

슈니는 '예요'라고 말하려던 것을 황급히 고쳤다. 신이 편하게 이야기하라고 한 뒤부터 슈니는 단둘이 있을 때만 말투를 바꿔 쓰고 있었다.

하지만 결코 잘되고 있다고 하기는 힘들었다. 존댓말이 워낙 입에 붙어 있다 보니 자연스러운 대화에서도 자연스레 튀어나오는 것이다.

"뭐, 천천히 바꿔가자고."

초조해할 필요는 없었다.

"세수하고 올게."

신은 이불에서 나와 세면대로 향했다.

그리고 재빨리 복장을 갖춘 뒤 아침 식사를 했다.

"그렇게 초조해하지 마세요. 시간은 아직 많이 남았으니까요."

"……내가 그렇게 안절부절못하는 것처럼 보여?"

"후훗, 기대하던 이벤트가 시작되기 직전 같네요."

신은 렉스 일행이 어떤 싸움을 보여줄지 기대되어서 견딜 수 없었다. 그런 마음이 자연스레 행동으로 표출되는 모양이었다.

"왜 이러지? 딱히 제자라고 생각한 적은 없는데 그 녀석들이 강해지는 모습을 보는 게 너무 재밌어."

"이해해요. 저도 비슷한 경험이 있는걸요. 제자가 성장하는 모습을 보여주면 늘 기쁘죠."

미소 짓는 슈니에게 신도 웃음으로 화답했다.

슈니가 기분이 안정되는 허브티를 준비해주었기에 그것을 마시며 시간을 보내기로 했다.

“이상하네. 오늘따라 다들 지각하는 건 이상하지 않아?”

신과 슈니는 부푼 마음을 안고 학교에 도착했지만 약속한 시간이 되어도 세 사람은 모습을 드러내지 않았다. 만약 늦더라도 렉스나 기안이 어떻게든 연락을 해왔을 것이다.

신과 슈니가 학교 기숙사를 각자 확인해보자 세 사람 다 이미 기숙사를 나왔다고 했다.

“다른 용무가 생긴 것 같지는 않은데. 출발한 뒤에 무슨 일이 생긴 건가?”

세 사람 중에서도 뮤는 특히 오늘을 기대했다고 기숙사 친구도 이야기했다.

기숙사에서 출발했다는 것을 알려준 그 친구도 다른 곳에 간다는 이야기는 못 들었다고 한다.

대련하기로 한 장소와 기숙사는 모두 학교 내부였다. 이동 중에 소동에 휩쓸릴 가능성은 낮았다.

“아직도 학교 안에 있는 걸까?”

“그렇게 생각하고 싶지만 한 가지 걸리는 부분이 있네요.”

슈니가 신경 쓰이는 부분이란 룩스리아의 이야기에서 언급되었던 아와리티아의 부하—헥센이라는 남자였다.

싸우지 않고 도망갔다는 것을 보면 전투력은 알 수 없지만 죄원의 악마에게서 도망쳤다는 것 자체가 일반인의 능력은 아니었다.

“룩스리아는 세 사람이 저희에게 훈련받게 된 뒤부터 보건실에 자주 드나들었다고 했죠. 만약 헥센이 그걸 봤다면 인질로 이용하려 하지 않았을까요?”

사람들을 상처 입히는 대신 공존을 선택한 룩스리아의 행동과 심경의 변화는 무척이나 감동적이었다.

룩스리아가 사람, 아니 아이들을 아끼는 표정을 보였을 때는 신도 내심 놀랐을 정도였다.

하지만 그런 변화가 반드시 좋게 작용한다는 보장은 없었다. 룩스리아가 사람들을 소중하게 생각할수록, 마음이 사람에 가까워질수록 약점도 늘어나게 된다.

예전의 신이 그랬던 것처럼 가까운 사람이 위험에 빠지는 순간 무력해질 수도 있기 때문이다.

“슈니는 히라미에게 연락해줘. 난 도시 밖으로 나간 사람이 없는지 찾아볼게.”

납치해 갔다면 이미 도시를 떠났을 가능성이 높았지만 당장 할 수 있는 일은 그 정도밖에 없었다.

신과 슈니의 막강한 전투력도 단순한 사람 찾기에는 아무 도움도 되지 못하는 것이다.

“제길, 제발 우리가 괜한 걱정을 한 거라면 좋겠는데!”

신은 그렇게 생각하며 감지 능력을 한계까지 넓혔다.

“응? 뭐지?”

그것을 발견한 것은 순수한 우연이었다. 가까운 주변부터 학교 밖까지 감지 범위를 넓혀가는 와중에 세 개의 반응이 한데 모여 이동하는 것이 보였던 것이다.

광점이 향하는 곳은 봉쇄된 트레이닝 던전이었다.

광점의 움직임을 눈으로 좇다 보니 던전 입구 옆에 밀집된 광점 중 두 개가 이동하기 시작했다.

배치된 모습을 보면 아마 경비병일 것이다. 그리고 이동해 온 광점과 접촉했다.

광점 중 하나가 더 이상 움직이지 않았다. 그리고 그곳에 나머지 광점이 우르르 모여들었다.

명백하게 싸우는 것으로 보이는 움직임이었기에 불길한 예감밖에 들지 않았다.

“싸우고 있군.”

“세 개의 반응은 그 아이들일까요?”

신의 태도에서 무언가를 느끼고 탐지 범위를 넓힌 것이리라. 슈니가 그에게 물었다.

“이유는 모르겠지만 아마 그런 것 같아. 어쨌든 가서 확인해보자.”

지금은 정보가 너무 적었다. 지나치게 노골적인 움직임이었지만 양동 작전 같지는 않았다. 뭔가 다른 목적이 있는 것이다. 신은 그렇게 생각하며 히라미에게 알린 뒤 트레이닝 던전으로 향했다.

“이봐, 괜찮아?!”

신과 슈니가 도착하자 전투는 이미 끝나 있었고 베르만을 포함한 경비병 전원이 쓰러져 있었다. 싸운 사람은 렉스 일행이 분명한 것 같았다. 갑자기 나타난 것이 잘 아는 학생들인 동시에 선정자였기에 긴급 연락을 해두었지만 끝내 막아내진 못한 것이다.

"크윽, 한심하군. 그 아이들을 막아내지 못했네."

베르만은 어깨를 축 늘어뜨렸지만 그들의 장비와 숙련도라면 신이 도착할 때까지 충분히 버틸 수 있었을 것이다.

신이 그렇게 생각하며 자세한 상황을 묻자 렉스 일행이 마치 다른 사람처럼 엄청난 힘을 발휘했다고 한다. 역시 그들의 의지로 싸우는 것은 아닌 듯했다.

"둘이서 가려는 건가? 위험하네. 학장님과 다른 사람들이 도착할 때까지 기다리는 게 나을 거야."

"이미 연락은 해뒀습니다. 지금 가장 중요한 건 그 아이들을 구하는 일이에요."

경비병들을 압도할 만한 힘을 가졌다면 증원을 기다려도 피해가 늘어날 뿐이었다. 지금부터는 신과 슈니의 전문 분야였다.

신은 최소한 정찰만 해두겠다고 말하며 트레이닝 던전으로 들어섰다.

주위를 둘러보자 벽과 바닥은 변질되지 않았다. 함정 종류도 원래의 트레이닝 던전 그대로였다.

"안으로 들어간 게 분명해요. 시간도 그렇게 오래 지나지 않은 것 같네요. 어디로 순간 이동했는지는 모르겠지만요."

『쿠노이치』의 능력으로 세 사람의 흔적을 발견해낸 슈니가 말했다. 전송 장치가 있는 방까지는 추적했지만 어느 층으로 이동했는지는 알아낼 도리가 없었다.

"지금이라면 이동한 층에 흔적이 남아 있을 거야. 이런 상황에 짧은 거리를 이동하진 않았을 것 같아. 도박이지만 현재로선 가장 깊은 200층으로 가보자."

그곳에 세 사람의 흔적이 없다면 시간이 허락하는 데까지 하나하나 찾아보는 방법뿐이었다. 신은 제발 잘되기를 기도하며 전송 장치를 작동했다.

이동한 곳에는 분명한 흔적이 남아 있었다.

"도박이 맞았군."

안심하는 것도 잠시, 신은 최대한 서둘러야 한다고 생각하며 즉시 추적을 시작했다. 【매직 소나】로 지형을 파악할 수 있었기에 탐지계 스킬을 병용하면서 세 사람의 반응을 찾았다.

"미니맵 내에 반응이 없어. 그나마 흔적 덕분에 안쪽으로 나아갔다는 걸 알 수 있어서 다행이야."

단순한 동굴이라면 단숨에 지하 깊은 곳까지 감지할 수 있었지만 트레이닝 던전의 특성 때문인지 현재 층 말고는 전혀 보이지 않았다. 게다가 지도에는 세 사람의 반응뿐 아니라 몬스터의 반응도 없었다.

"그건 그렇고 무슨 일이 벌어지고 있다는 건 확실한가 보네.”

몹 앤트가 200층에서 우글거리던 상황과 비슷했다. 두 사람은 경계를 풀지 않으면서도 최대한 서둘러서 아래층으로 내려가는 계단으로 향했다. 다음 층도, 그다음 층도 마찬가지로 아무것도 없었다. 그런 상황이 다섯 번 이어지고 신과 슈니가 205층에 도착했을 때 변화가 일어났다.

“여기로군.”

“네. 틀림없어요.”

206층으로 이어지는 계단 앞에 보스 공간과 유사한 문이 생겨나 있었다. 세 사람의 흔적은 그 안으로 이어져 있다.

“안은 보이지 않는데. 슈니는 기습 준비를 해줘.”

이동 중에 전투 준비는 이미 끝내놓았다. 상황을 보면 악마가 활동하는 것 같았기에 두 사람 모두 대악마용 장비로 전환한 상태였다.

슈니가 스킬로 모습을 감추는 것을 확인하고 문을 열자 제일 먼저 눈에 들어온 것은 무언가에 꿰뚫린 남자의 모습이었다. 아는 사람은 아니었다. 맵에 반응이 나타나지 않는 것을 보면 이미 사망한 것 같았다. 남자가 꿰뚫린 것은 반투명한 촉수 같은 물체였다.

겉보기엔 신 일행이 스킬을 사용할 때 발생하는 아우라와 비슷했다. 단, 색이 전체적으로 어둡고 불길해 보였다. 그 촉수가 뻗어 나온 발생원을 향해 신은 시선을 돌렸다.

"뭐야, 이 녀석……."

겉모습은 신이 몹 앤트를 쓰러뜨리고 얻은『탐욕의 조각』과 동일했지만 크기는 최소 3메르나 되었다. 한 손으로 들 수 있던 몹 앤트의 그것과는 차원이 달랐다.

촉수는 아우라가 변화한 것인지, 남자의 몸에서 빠져나온 촉수가 그대로 조각—크기를 보면 조각이라고 부르기 힘들지만 말이다—을 뒤덮은 아우라를 향해 돌아갔다.

—【%#의 조각(피스 오브 ?〉리스) 레벨 605】

【애널라이즈】가 발동되며 이름과 레벨이 표시되었다. 이상한 점은 겉모습만이 아닌 듯했다. 크기와 발산되는 아우라를 생각하면 완전히 다른 존재로 봐야 했다.

애초에『탐욕의 조각』은 강화용 재료 아이템이었다. 악마가 가진 에너지가 결정화된 물체인 것이다. 조각을 몬스터에게 사용하면 해당 악마의 권속으로 만들어낼 수 있지만 조각 자체에는 전투력이 없었다.

"저 녀석들은 일단 무사한 건가."

『탐욕의 조각』 앞에는 표정이 없는 렉스 일행의 모습이 보였다.

경비병들과의 전투로 어느 정도 대미지를 입었을 텐데도 HP 게이지는 꽉 차 있었다. 적어도 사체를 조종당하는 것은 아닌 듯했다.

세 사람의 머리 위에는 신이 입수한 것과 거의 비슷한 크기의『탐욕의 조각』들이 떠 있었다.

조각에서는 거대 조각과 동일한 아우라가 실처럼 뻗어 나와 세 사람의 팔다리를 묶어두고 있었다.

이쪽 조각에는 레벨이 표시되지 않는 것을 보면 단순히 본체의 서포트 유닛인 것 같았다.

세 사람을 구출한 뒤 거대 조각을 파괴해야 한다.

신은 슈니와 심화로 이야기하면서 세 사람과 거대한 본체의 동태를 살폈다.

세 사람과 조각 사이의 거리는 가까웠다. 머리 위에 떠 있는 조각을 파괴하면 구출할 수 있을 테지만 그 틈에 공격당한다면 일이 성가셔진다.

세 사람과 조각을 어떻게 떼어놓을 것인가—신이 그런 생각을 하고 있을 때 렉스 일행이 먼저 행동을 개시했다.

뮤와 기안이 신을 향해 거리를 좁혔고 몇 메르 떨어진 곳에서 렉스도 뒤를 따랐다.

본체의 조각은 움직이지 않고 있었다. 그것은 그것대로 불길했지만 좋은 기회인 것도 사실이었다.

하지만 당연히 세 사람은 나쁜 의미에서도 신의 예상을 뛰어넘고 있었다. 접근하는 속도가 신이 알던 것과는 차원이 달랐던 것이다.

알 수 없는 힘으로 강화된 것이리라. 조각에서 뻗어 나온 가느다란 아우라의 잔해가 잔상처럼 궤도를 남겼다.

모습을 감춘 슈니를 아직 발견하진 못한 것이리라. 뮤와 렉스는 좌우에서 신만 노리고 공격해왔다.

오른쪽에서는 뮤의 날아차기가, 왼쪽에서는 기안의 중단 찌르기가 날아들었다.

신은 뮤의 장갑과 기안의 창끝을 잡아내며 힘으로 막아냈다.

움직임은 확실히 빨랐다. 기술의 위력도 강해져 있었다. 하지만 신을 상대할 수 있을 정도는 아니었다. 세 사람이 동시에 덤비더라도 신은 얼마든지 여유가 있었다.

그렇다. 여유가 있었기에 즉시 뮤의 몸을 내던지고 창을 잡아당기며 기안의 몸을 밀어낼 수 있었다. 두 사람이 멀어지는 것과 동시에 세 줄기의 번개가 허공을 가르며 신에게 명중했다.

"두 사람까지 함께 노릴 줄 알았는데, 그것도 아닌 건가?"

번개는 방어구의 성능과 신의 마법 저항력 앞에서 허무하게 흩어졌다. 이어서 몰려든 보이지 않는 바람을 한 손으로 막아내면서 신이 말했다.

렉스가 사용한 마법【선더 라인】의 궤적은 뮤와 기안에게는 닿지 않도록 발사되었다. 악마에게 조종당한다면 동료들의 안전 따윈 무시한 채 공격할 거라는 예상은 빗나가고 있었다.

한편 신에게서 떨어진 두 사람은 다시 바로 공격해왔다.

기안은 정면, 뮤는 배후로 나뉘어 공격하는 동시에 좌우에서【선더 라인】이 날아들었다. 이번 역시 미묘하게 타이밍이 엇나가서【선더 라인】의 명중 여파에 동료들이 휩쓸리지 않도록 공격하고 있었다.

세 사람은 조종당하면서도【선더 라인】을 맞은 상대와 접촉하면 자신도 감전된다는 사실을 알고 있는 듯했다.

"전보다도 연계가 좋아졌군."

자아가 없기에 가능한 절묘한 타이밍의 공격이었다. 고된 훈련이 이런 움직임에 한몫했다는 것을 생각하자 참으로 얄궂게 느껴졌다. 이런 식으로 훈련의 성과를 보고 싶었던 건 아니었다.

신은 방어구와 저항력으로 번개 공격을 무시하면서 기동력 높은 뮤를 조종하는 조각부터 파괴하기로 했다.

마비 효과가 담긴 스킬로 움직임을 저지하려 했지만 신의 공격이 닿은 순간에 조각에서 뻗어 나온 실 같은 아우라가 뮤의 몸을 감싸며 마비를 막아주었다.

대미지까지는 완전히 막아낼 수 없었는지 뮤가 살짝 비틀거렸지만 금방 회복하며 자세를 바로잡았다.

상대가 단순한 몬스터라면 일격에 죽일 수 있었다. 하지만 상대가 조종당하는 사람이었기에 그것도 불가능했다.

본체인 조각은 직접 공격해오지 않았지만 그렇다고 방심할 수도 없었기에 예상했던 것보다 훨씬 힘든 싸움이었다.

『시간을 너무 끄는 것도 좋지 않겠어. 조금 세게 나가자.』

계속해서 불길한 아우라의 영향 아래에 두기에는 세 사람의 몸이 걱정되었다. 신은 대미지를 입을 각오로 그들을 구하자는 뜻을 슈니에게 심화로 전했다.

뮤와 기안은 세 번째로 신을 공격해왔다.

하지만 신은 굳이 방어하지 않았다. 뮤의 발차기를 받아내며 얼굴을 붙잡았고 잠시 뒤에 날아든 기안의 창을 향해 스스로 뛰어들었다.

창은 신의 방어구를 뚫지 못한 채 튕겨 나왔고 그 반동으로 자세를 잃은 기안을 향해 신이 빠르게 접근해 얼굴을 잡았다.

"【정화】!"

마기와 마찬가지로 악마의 힘 역시 【정화】로 없앨 수 있었다. 대악마 장비인 건틀렛으로 붙잡힌 데다 【정화】까지 뒤집어쓴 아우라는 완전히 소멸되었다.

게다가 화염 계통의 집중 마법으로 거대한 조각과 렉스 일행을 잇던 소형 조각에도 공격을 가했다.

【정화】로 인해 조각과 렉스 일행을 이어주던 아우라가 사라졌을 때 열선이 발사되었다.

열선이 발사된 곳에서는 조각이 사라졌고 뮤와 기안의 몸에서 힘이 빠져나갔다. 신에게 보이는 범위 내에서는 아무 상태 이상도 나타나지 않았다.

"죄송해요. 실패했네요."

"아니, 그건 어쩔 수 없지."

슈니는 렉스 쪽을 향했지만 이쪽은 본체와 가까웠던 탓에 장벽 같은 것이 전개되었고, 슈니가 그것을 돌파하기도 전에 본체 앞으로 전송되고 말았다.

"악마, 살해 무기……."

두 사람이 함께 공격할지, 아니면 잠시 상황을 지켜볼지를 고민하고 있을 때 렉스의 입에서 어색한 말이 흘러나왔다. 그의 눈은 방금 전까지와 달리 신과 슈니를 똑바로 바라보고 있었다.

"룩스리아, 기척, 신뢰?"

발음이 점점 분명해지고 있었다. 그리고 신과 슈니가 움직이기도 전에 렉스와 연결되었던 아우라가 사라지며 조각이 본체로 돌아갔다. 렉스는 실이 끊어진 꼭두각시처럼 쓰러졌다.

뮤, 기안과 마찬가지로 상태 이상은 표시되지 않았다. 그것은 결국 본체가 스스로 렉스를 포기했다는 것을 의미했다.

"용무 끝."

본체에게서 유창한 말이 들려왔다. 이쪽의 방심을 유도하려는 것이 아닌가 했지만 딱히 공격해올 기미는 보이지 않았다.

다만 눈이 없는 물체임에도 강한 시선이 느껴졌다. 틀림없이 신을 바라보고 있는 것이리라.

"어쩌려는 거지?"

"목적, 달성."

대답은 돌아왔지만 의사소통을 한다는 느낌은 없었다.

신이 다시 묻기 전에 아우라가 다시 촉수처럼 뻗어 나오며 신을 공격해왔다.

"슈니는 두 사람을 멀리 피신시켜줘. 난 렉스를 구할게."

신은 아우라 촉수를 대악마용 장검『이슬라』로 베어내며 앞으로 달려나갔다.

―【나태의 혼편(魂片) 레벨 605】

조각의 상태가 변한 탓인지 【애널라이즈】가 다시 발동되었다. 표기된 이름에는 방금 전과의 차이점이 명확히 드러났다.

"나태의 혼편? 탐욕이 아니었던 건가?"

신은 표시된 이름에 당황했지만 상대는 기다려주지 않았다.

다행히 아우라 촉수는 신만을 노리고 있었기에, 렉스가 표적이 되지 않도록 최대한 가만히 뒤로 물러나며 공격을 막아냈다.

만에 하나 렉스가 공격받을 경우에 대비해서 요격용 마법을 이미 준비해둔 상태였다.

"돌아왔어요."

"저 녀석은 나한테 관심이 많은 것 같아. 미안하지만 렉스를 부탁할게."

신은 모습을 감춘 채로 돌아온 슈니에게 렉스의 구출을 맡

졌다. 신이 움직이면 아우라 촉수가 렉스를 노릴 가능성도 있었기 때문이다.

"죽음이, 왔다. 나, 나, 탐욕, 나태, 음욕, 모두, 죽인다."

아우라의 색이 변했다. 불길한 것은 여전했지만 희미한 노란색을 띠던 것이 녹색으로 바뀌어 있었다.

"오오, 오오, 죽음이여! 죄원의 사냥꾼!"

혼편에서 흘러나온 목소리가 부자연스럽게 메아리쳤다. 그와 동시에 아우라 촉수에도 변화가 있었다.

촉수 끝에 톱니 같은 칼날이 돋아나면서 굵기도 두 배로 늘어났다.

숫자는 일곱. 무수히 돋아난 촉수들이 통합되면서 질이 향상된 것이리라.

"그렇군. 나태인가."

신의 눈앞에서 혼편이 둘로 분열되어 있었다. 나태의 악마가 가진 분열 능력이었다.

신의 지식이 맞다면 원래는 더 많이 분열할 수 있을 테지만 능력이 제한된 건지, 둘 이상으로 늘어나지는 못했다.

하지만 목표는 바뀌지 않았는지 모든 촉수가 신을 향해 날아들었다. 열네 개의 칼날 촉수가 사방에서 포위하듯이 신에게 날아들었다.

"그래. 날 공격하라고!"

신은 구출이 용이하도록 렉스가 쓰러진 곳과 반대 방향으로 달렸다. 자세를 낮추고 일부러 포위망 한쪽으로 뛰어들면 대처해야 할 칼날 촉수의 숫자도 최대한 줄일 수 있었다.

사방에서 쏟아지는 공격이지만 날아드는 칼날 촉수의 숫자에는 한계가 있었다. 전후좌우, 그리고 머리 위까지 막아낸다고 치면 한 방향에서 날아드는 칼날은 고작 두세 개였다. 여유롭게 막아낼 수 있는 숫자였다.

신은 칼날 촉수 두 개를 장검으로, 하나를 건틀렛으로 튕겨냈다. 튕겨 나간 촉수는 모래를 파헤치듯이 바닥으로 꺼져 내려갔다. 겉보기엔 가벼운 것 같아도 위력은 훨씬 강했다.

신이 빠르게 앞지르는 것과 동시에 혼편과 촉수를 잇는 아우라를 칼로 내리치자 고무 덩어리 같은 감촉과 함께 아우라가 절단되었다. 잘려나간 칼날 촉수는 그대로 녹아버리듯 사라졌고 혼편과 연결된 아우라에서 새로운 촉수가 뻗어 나왔다. 재생 속도는 1, 2초 정도였다.

"죽음을! 죽음을!"

혼편은 같은 말만 반복하며 계속 신을 공격했다. 렉스에 대해서는 이미 까맣게 잊은 것 같았다. 신만 끈질기게 노리는 모습에서는 집착마저 느껴졌지만 촉수에 의한 공격에는 흐트러짐이 없었다. 서로 얽히거나 부딪히지도 않고 신에게만 쏟아진 것이다.

신은 촉수를 피하며 단숨에 혼편에 접근하더니 그중 하나를 발로 차버렸다. 아우라가 튕겨 나가며 혼편에 커다란 금이

갔다.
그때 묘한 현상이 일어났다. 신에게도 보이는 혼편의 HP 게이지가 양쪽 모두 줄어든 것이다.
신이 알기로 원래 분열된 순간부터는 각자의 HP가 개별적으로 관리되어야 했다. 표시 오류가 아니라면 분열된 혼편은 HP를 공유하는 상태인 셈이었다.
"목소리가 들리고 안 들리는 건 아무 상관도 없는 건가?"
신이 걷어찼던 것은 목소리가 안 들리는 쪽이었다.
"뭐, 어차피 말이 통하는 것도 아니지만 말이지."
무슨 정보라도 얻을 수 있나 싶어서 촉수를 튕겨내며 말을 걸어봤지만 반응은 전혀 없었다. 이렇게 된 이상 쓰러뜨릴 수밖에 없다고 생각하면서 신은 장검을 쥔 손에 힘을 모았다.
시야 끝에서 렉스를 둘러멘 슈니가 이동하는 것을 이미 확인한 뒤였다. 힘 조절을 하지 않아도 말려들 사람은 없었다.
신이 생각하는 사이 혼편은 어느새 하나로 돌아와 있었다. 합체했기 때문인지 HP는 완전히 회복된 상태였다.
신은 정면으로 나아갔다. 톱날 같은 칼날 촉수에 날씬하게 뻗은 장검 『이슬라』의 칼날을 맞댔다. 『이슬라』에 마력을 담아 휘두르자 지금까지 튕겨 나가던 촉수가 그대로 두 동강 났다. 은색 검신에는 마력에 반응하는 푸른 문양이 빛나고 있었다.
이제부터는 대악마용 장검 『이슬라』의 실력 발휘였다. 악마에 대한 위력이 상승하는 특공 효과의 영향 덕분인지 칼날 촉수의 재생 속도도 상당히 느려져 있었다. 완전히 재생되지 않은 상태에서도 촉수는 공격을 멈추지 않았다. 하지만 혼편이 하나로 돌아온 상태에서도 촉수의 숫자는 여전히 일곱이었다. 그것으로는 지금의 신을 막아낼 수 없었다.

"받아라!"

신은 필사적인 촉수의 맹공을 이겨내며 『이슬라』의 칼날로 혼편을 내리쳤다. 특공 효과를 십분 발휘한 『이슬라』는 일격으로 혼편을 두 동강 냈다.

신은 만전을 기하기 위해 『이슬라』를 두 번 더 휘둘렀다.

여섯 개로 나뉜 혼편은 땅에 떨어지더니 녹아내리듯 사라졌다. 그리고 혼편이 사라진 뒤에는 주먹 크기의 녹색 수정 같은 것이 출현했다.

"……끝난 건가?"

수정을 감정해보자 『나태의 결정(드롭 오브 피그리스)』이라고 표시되었다. 나태의 악마를 쓰러뜨린 증거였다. 즉 혼편의 형태는 달랐지만 방금 전까지 신과 싸운 상대가 나태의 악마 자체였던 셈이다.

다만 결정의 크기는 원래의 {절반}에 지나지 않았다.

신은 정말 끝났는지가 조금 의문이었다. 상대는 악마였다. 나태라는 이름이 붙었지만 신도 모르는 형태와 능력을 보여주지 않았던가. 쓰러진 척해서 기습해오더라도 이상할 것이 없었다.

하지만 미니맵에는 신 일행을 제외하면 아무 반응이 없었고 마기나 악마의 기척도 느껴지지 않았다. 혹시 몰라서 렉스 일행과 함께 있던 슈니에게도 물어보았지만 역시 아무것도 없다는 대답이 돌아왔다.

의식을 되찾은 렉스 일행에게 이야기를 들어보자 셋이서 이동하던 도중에 한 남자가 말을 걸어온 뒤부터 아무것도 기억나지 않는다고 했다.

던전의 한구석에서 완전히 죽어 있던 남자였다. 신과 슈니가 왔을 때는 이미 늦은 상황이었다.

룩스리아에게 접촉한 것도 바로 이 남자일 것이다.

중간부터는 나태로 바뀌었지만 세 사람을 조종한 것은 분명 『탐욕의 조각』이었다. 따라서 아와리티아와 이 일이 무관할 리는 없다고 봐야 했다.

신과 슈니는 뒤늦게 합류한 히라미에게 렉스 일행을 맡기고 일단 그곳을 벗어나기로 했다. 워낙 중대한 사항인 만큼 비밀리에 사후 처리가 행해졌고 다시 한번 논의하기 위해 두 사람은 학교로 불려갔다.

"그러고 보니 룩스리아는 나태와 만나본 적이 있다고 했지."

신은 학교에 향하는 도중에 문득 룩스리아와 나누었던 대화를 생각해냈다. 그리고 동시에 혼편을 베어내던 순간도 떠올렸다.

"왜 그러세요?"

"아니, 그게 말이지. 나태는 탐욕의 힘을 약화시키기 위해 우리를 꾀어낸 게 아닌가 하는 생각이 들었어. 어중간하게 강했던 건 탐욕의 힘을 빼앗았기 때문일지도 몰라. 근거는 전혀 없지만 말이야."

혼편을 뒤덮었던 아우라가 『이슬라』의 칼날이 닿은 순간 약해지는 것을 신은 똑똑히 기억했다. 그때는 악마 살해의 힘이 작용한 것으로만 생각했지만 그런 것치고는 타이밍이 너무 절묘했다.

그리고 결정이 떠들어대던 '죽음을'이라는 말.

신은 그것이 '나에게 죽음을 다오'라는 말처럼 들렸다.

"룩스리아의 말이 사실이라면 나태는 동화되는 것에 부정적이었다고 했어요. 어쩌면 나태 나름대로 저항한 건지도 모르겠네요."

그 말을 들은 것은 슈니도 마찬가지였다. 그랬기에 신의 생각이 단순한 망상이 아님을 알 수 있었다.

"……탐욕이 멋대로 하게 내버려 두는 건 역시 마음에 안 드는군."

"네."

두 사람은 조용히 각오를 다지며 다시 학교를 향해 걸어가기 시작했다.

결전의 날은 그리 멀지 않았다.

s t a t u s | 스테이터스 소개

THE NEW GATE

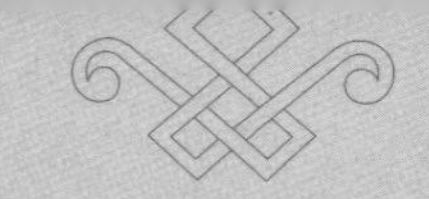

이름 : 몹 앤트 · 아발리스
종족 : 몹 앤트
등급 : 퀸

●능력치

LV : 408
HP : 6038
MP : 940
STR : 603
VIT : 488
DEX : 401
AGI : 10
INT : 68
LUC : 21

●전투용 장비

없음

●칭호

- ●왕종(王種)
- ●통괄자
- ●마수의 어미

●스킬

- ●감각 강화
- ●생명력 강화
- ●하위 개체 생성
- ●하위 개체 강화

기타

- ●탐욕의 권속

이름 : 뮤 해밀(꼭두각시)
성별 : 여성
종족 : 드래그닐
메인 잡 : 권투사
서브 잡 : 없음
모험가 랭크 : 없음
소속 : 엘쿤트 마법 학교

●능력치

LV : 183
HP : 4039
MP : 1302
STR : 342
VIT : 259
DEX : 330
AGI : 377
INT : 173
LUC : 41

●전투용 장비

머리 마철의 머리띠【VIT 보너스[미]】
몸 화도연의(和道錬衣)【AGI 보너스[미]】
팔 없음
다리 마철의 다리갑옷【VIT 보너스[미]】
액세서리 없음
무기 마철의 장갑【VIT 보너스[미]】

●칭호

●맨손 격투술 수련자
●역경에 도전하는 자

●스킬

●불꽃의 형태 · 홍련
●열공(烈空)
· 불꽃 차기
●홍련 찌르기
●기는 이빨
●기 맞대기
etc

기타

●선정자
●꼭두각시 상태(기본 능력치 + 10%)

※보너스 상승치 미〈약〈중〈강〈특

이름 : 렉스 어바인(꼭두각시)
성별 : 남성
종족 : 엘프
메인 잡 : 마법사
서브 잡 : 없음
모험가 랭크 : 없음
소속 : 엘쿤트 마법 학교

●능력치

LV : 192
HP : 2320
MP : 3492
STR : 166
VIT : 240
DEX : 351
AGI : 252
INT : 411
LUC : 53

●전투용 장비

머리	없음
몸	적마사(赤魔糸)의 로브【VIT 보너스[미]】
팔	없음
다리	숲늑대의 부츠【AGI 보너스[미]】
액세서리	마은(魔銀)의 반지【INT 보너스[미]】
무기	마수(魔樹)의 지팡이【영창 단축[소], MP 소비 감소[소]】

●칭호

●마법 수련자
●지휘관

●스킬

●에어 불릿
●에어 스톰
●트리플 불릿
●선더 라인
●선더 볼트
etc

기타

●선정자
●꼭두각시 상태(기본 능력치 + 10%)

이름 : 기안 엘멘트(꼭두각시)
성별 : 남성
종족 : 드래그닐
메인 잡 : 창술사
서브 잡 : 없음
모험가 랭크 : 없음
소속 : 엘쿤트 마법 학교

●능력치

LV : 190
HP : 4320
MP : 1492
STR : 366
VIT : 389
DEX : 281
AGI : 267
INT : 201
LUC : 50

●전투용 장비

머리 없음
몸 마철의 갑옷【VIT 보너스[미]】
팔 마철의 건틀렛【VIT 보너스[미]】
다리 마철의 각반【VIT 보너스[미]】
액세서리 없음
무기 마철의 창
마철의 카이트 실드【넉백 감소[미]】

●칭호

●창술 수련자
●선봉대장
●전선에 서는 자

●스킬

●트라이 엣지
●아이스 스피어
●워터 불릿
●베놈 스피어
●활진
etc

기타

● 선정자
● 꼭두각시 상태(기본 능력치 + 10%)

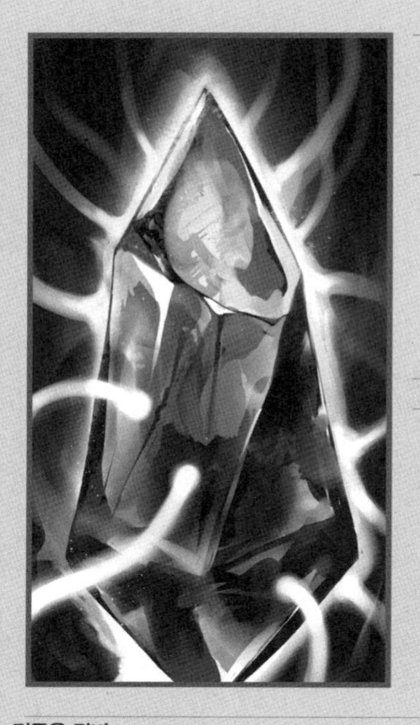

이름 : **나태의 혼편**
종족 : 죄원의 악마
등급 : 없음

●능력치

LV : 605
HP : 24039
MP : 9302
STR : 508
VIT : 433
DEX : 709
AGI : 204
INT : 527
LUC : 0

●전투용 장비

없음

●칭호

- 나태의 악마
- 타락으로 유혹하는 자

●스킬

- 꼭두각시의 마법 실
- 욕망의 분신
- 침식하는 마법 촉수

기타

- 나태의 반신(半身)
- 침식체

✧ 당신은 언제나 옳습니다. 그대의 삶을 응원합니다. — **라의눈 출판그룹**

더 뉴 게이트 13

초판 1쇄 2019년 7월 15일

지은이 카자나미 시노기 **일러스트** 晩杯あきら **옮긴이** 김진환
펴낸이 설응도 **편집주간** 안은주
영업책임 민경업 **디자인책임** 조은교

출판등록 2014년 1월 13일(제2014-000011호)
주소 서울시 강남구 테헤란로78길 14-12(대치동) 동영빌딩 4층
전화 02-466-1283 **팩스** 02-466-1301

문의(e-mail)
편집 editor@eyeofra.co.kr **마케팅** marketing@eyeofra.co.kr
경영지원 management@eyeofra.co.kr

ISBN 979-11-89881-09-2 04830
979-11-963499-0-5 04830(set)

라루나는 라의눈출판그룹의 브랜드입니다.